滅ぼす

上

anéantir
michel houellebecq

ミシェル・ウエルベック

野崎 歓
齋藤可津子
木内 尭
訳

河出書房新社

滅ぼす　上巻　目次

滅ぼす　上

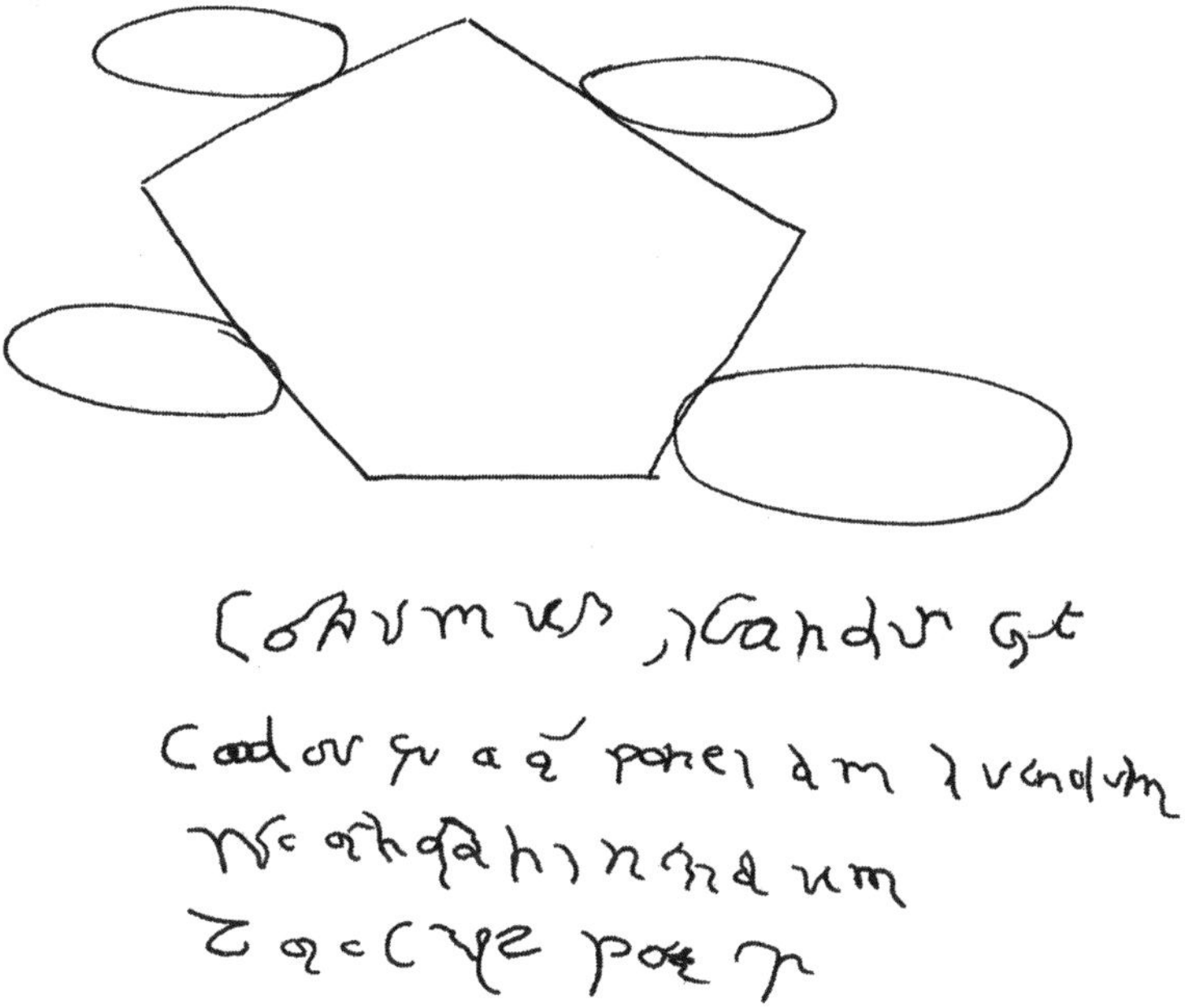

第1部

1

十一月末か十二月初めの月曜日ともなると、独り身ならとりわけ、自分が死への通路にいるような気がしてくる。夏のバカンスなどとうに忘れたし、新年はまだ先。いつになく虚無が身近に感じられる。

十一月二十三日月曜、バスチャン・ドゥトルモンは地下鉄で仕事に向かうことにした。ポルト・ド・クリシー駅で降りると、数日前から同僚たちが話題にしていた落書《らくが》きがあった。午前十時を少し過ぎたところで、ホームに人影はなかった。

バスチャンは若いころからパリの地下鉄の落書きに興味があって、ときおり古いiPhone――もう第二十三世代まで来ているのに、彼の持っているのは第十一世代――で撮影した。写真は駅や路線別に整理され、パソコンにファイルがたくさん保存してあった。いわばホビーだが、バスチャンは耳慣れた、しかし実際にはよりそっけない表現である「暇つぶし」のほうが好きだった。お気に入りの一つは、プラース・ディタリー駅の白い壁が長く続く通路で見つけた、几帳面《きちょうめん》な、やや傾いた字で書かれた落書きで、「時は過ぎ去らない！」と力強く告げるものだった。「パリ交通公団ポエジー大賞」の生ぬるく愚かしい受賞作品を並べ立てたポスターが、パリ中の地下鉄駅構内にあふれ出し、車両内にまで入り込んできたことがあった。憤慨した利用客たちからはさまざまな反応が巻き起こった。たとえばヴィクトル・ユゴー駅で見つけた落書きには、「私はイスラエル王の尊称を要求する。そうせずにはいられない」とあった。ヴォルテール駅には、さらに乱暴で苦悩に満ちたこんな落書きもあった。「おれの日常を狂わせようとしたあらゆる超能力者《テレパス》、あらゆるステファヌ[*1]たちに最終通告――否《ノン》！」

ポルト・ド・クリシー駅にあったものは、実際のところ落書きの域を超えていた。縦二メートルもある巨大な太い文字が、黒いペンキで、ガブリエル・ペリ／アニエール＝ジュヌヴィリエ行きのホーム全体にわたって記されていた。反対のホームからでも全部を画面に収めることができなかった。だが何と書いてあるのかはわかった。「独占資本が生き延びている／首都のまっただなかで」特に不安を抱かせる内容ではないし、意味もはっきりしない。しかしこれは数年来、公共スペースに増えている、謎《なぞ》めいた、どこか威嚇《いかく》的なメッセージの数々と同様、ＤＧＳＩ[*2]の興味を引き得る種類の案件だった。それらのメッセージは、既知のどんな政治的集団にも帰することができなかった。そしていま彼が解析を任されているインターネット映像こそは、その最も派手な、憂慮すべき例だった。

バスチャンの机の上には語彙《ごい》研究所のレポートがのせてあった。朝の第一便で届いたものだ。分析の結果、調査対象となったメッセージから五十三文字が抽出された。アルファベットの文字であり、表意文字ではない。文字間の空白をもとに、いくつかの語に切り分けることができた。そのうえで、既存のアルファベット言語への全単射が試みられ、最初にフランス語が試された。思いがけないことに、両者のあいだには共通点が認められるようだった。フランス語は、基本となる二十六文字にアクサン記号のついた文字や合字、セディーユ（cがsの発音となることを示す綴り字記号）を加えると四十二文字になる。また慣例では十一の句読記号も含めるので、それらを合わせると五十三の文字記号が得られる。つまり研究所員たちは、メッセージの文字と、広い意味でのフランス語アルファベットのあいだに一対一対応の関係を見出すという、古典的解読法の問題と取り組むことになったのである。しかし残念ながら、二週間にわたる努力は完全な袋小路に入った。これまでに知られているどんな解読システムを用いても、対応関係はいっさい見出されなかった。研究所の創設以来、初めての事態だった。誰にも解読できないメッセージをインターネット上に拡散するなど、明らかにバカげたおこないだ。メッセージには必ず宛先があるはずだが、それはいったい誰なのか？

彼は立ち上がり、エスプレッソを淹《い》れると、カップを片手に広々としたガラス窓まで歩いていった。大審裁判所の壁面の照り返しが眩《まぶ》しかった。こんなふうにガラスとはがねからなる巨大な直方体を、まともな構造もなしにただ積み重ねるやり方に、何か美点があるとは到底思えなかった。建物は泥でぬかるんだ陰気な風景のただなかに屹立《きつりつ》していた。いずれにしろ、開発立案者が追求した

＊1　象徴派の詩人ステファヌ・マラルメへの暗示か。

＊2　国内治安総局の略。フランス内務省直下の情報機関。

のは美でもなければ、快適さでさえなく、むしろある種の技術的ノウハウの誇示だったのだろう——あたかも、ひょっとして宇宙人がやってきたとき、目にもの見せてやることが何よりも重要だとでもいうかのように。バスチャンはオルフェーヴル河岸三六番地[*1]の歴史的な建物とは縁がなく、それゆえ、年長の同僚たちとは違って以前の建物に何のノスタルジアも抱いていなかった。だがこの「新クリシー」と呼ばれる地区が、日々、純然たる崩壊地区となりつつあることは認めざるを得なかった。当初の開発計画に含まれていたショッピングセンター、カフェ、レストランの数々は現実のものとはならず、日中、仕事場の外で一息入れることは、新地区ではほぼ不可能となった。反対に、駐車スペースを見つける苦労はいっさいなかった。

　バスチャンの五十メートルほど下で、アストンマーティンDB11が外来者用の駐車場に入ってきた。フレッドが到着したのだ。フレッドのようなおたくなら、当然テスラを買うはずのところ、奇妙なことに彼は、内燃機関のもつ時代遅れの魅力に忠実であり続けていた——愛車のV12エンジンの唸《うな》りに聞き惚《ほ》れながら、何分間も夢見心地《ごこち》に浸っていることもしばしばだった。フレッドはようやく車から降り、後ろ手にドアを閉めた。入口のセキュリティコントロールを通ってオフィスに着くまでに、あと十分はかかるだろう。バスチャンはフレッドが何かニュースをもってきてくれることを期待していた。本当のところ、バスチャンにとってはそれが、次の会議で何らかの進捗《しんちょく》を報告するための最後の頼みの綱だった。

　七年前、彼らがDGSIに嘱託《しょくたく》職員として——免状も職業上の経験ももたない若者にとっては十分以上の待遇で——採用されたとき、最初の面接では、各種インターネットサイトに侵入する能力を証明するよう求められた。面接にはBEFTI（情報技術関連不正行為に関する捜査班）の係官だけでなく、内務省の他の技術課に属する者たちも加わっていた。十五人ほどの面接官を前にバスチヤンとフレッドは、ひとたびRNIPP（国家個人別身分証明台帳）に入ったなら、国民健康保険証をクリック一つで失効させたり有効にしたりできることや、政府の税金サイトに侵入して、申告された収入額をいとも簡単に書き換えられることを説明した。さらには、DNA情報の国家データベースであるFNAEG、つまり国立DNAデータベースに侵入したなら――コードが定期的に変更されるせいで手順は厄介《やっかい》だが――、有罪判決を受けた個人の場合であっても、DNA情報を変更したり破壊したりできることまで示した。黙っておいたほうが得策だろうと考えた唯一の事柄は、ショー原子力発電所[*2]のサイトに侵入したことだった。彼らは四十八時間にわたり原子力発電所のシステムを掌握し、その気になれば原子炉を緊急停止させるプロセスを発動させることもできた――そうなればフランス国内のいくつもの県で停電が生じただろう。だが、大きな原発事故を引き起こすのは無理だった――原子炉の中心部に侵入するためには、四〇九六ビットの暗号キーが残っており、彼らにはまだそれを解除できなかったのである。フレッドは当時、クラッキングの新しいソフトウェアを開発済みで、それを起動させたいと思っていた。だがその日、自分たちはどうやら深入りしすぎたのではないかという点で意見が一致した。彼らは原子力発電所のシステムに侵入した痕跡をすべて消して立ち去り、けっして誰にも話さなかった――他人にだけでなく、二人のあいだでも。その夜、バスチヤンは腐敗した新生児

＊1　パリ警視庁本庁の所在地。DGSIは二〇〇七年、その由緒ある建物からパリ北西、ポルト・ド・クリシー近くに移転した。

＊2　ベルギー国境に隣接するアルデンヌ県に実在。

の体を寄せ集めたような怪物に追いかけられる悪夢を見た。夢の最後に、原子炉の中心部が目の前にあらわれた。二人は数日間会わず、電話もしなかった。何か国の役に立つ仕事をしようと思ったのは、おそらくそのときだった。若いころジュリアン・アサンジュとエドワード・スノーデンをヒーローとしていた彼らにとって、国家権力に協力するのは当然のことというわけではなかった。しかし二〇一〇年代半ばの時代背景は特異だった。イスラーム過激派によるテロが繰り返されて多数の死者が出たのち、フランス国民は警察と軍隊を支持し、好意を抱くようにさえなっていた。

　だがフレッドは、一年目の終わりにＤＧＳＩとの契約を更新しなかった。退職して、デジタル特殊効果や合成映像専門の会社〈ディストーテッド・ヴィジョンズ〉を立ち上げた。結局のところフレッドは、バスチャンと違って本物のハッカーだったことはけっしてなかった。一連のファイアウォールを潜り抜けていくときにスラローム競技のような特殊な快感を味わったこともなければ、入念に設定されたプロテクトキーを解読するために無数のゾンビコンピュータを駆動して猛攻撃をかける際、誇大妄想的な陶酔に浸ることもなかった。フレッドは、師と仰《あお》ぐジュリアン・アサンジュと同様、何よりもまず生まれながらのプログラマーだった。絶えず市場に登場してくるどんなに高度なコンピュータ言語も、ほんの数日でマスターできた――そしてその能力を、見たこともない形態や質感を生み出すためのアルゴリズムを書くことに用いた。フランスは航空産業や宇宙開発において卓越しているとよく言われるが、デジタル特殊効果の領域のことは忘れられがちである。フレッドの会社はハリウッドの最大手映画製作会社を顧客としていた。会社創立から五年で、すでに世界第三位の地位を得ていたのである。

フレッドがオフィスに入ってきてソファにぐったりと倒れ込んだとき、バスチャンはすぐさま、悪い知らせだなと悟った。

「じつは、いい話は何もないんだ、バスチャン」フレッドはあっさり認めた。「まず、最初のメッセージについて話そう。興味あるのはそっちじゃないだろうが、でもあの動画は不思議だぞ」

ネット上に最初に出回ったポップアップウィンドウは、ＤＧＳＩには気づかれなかった。それはおもに航空券購入サイトやホテルの予約サイトに侵入した。続く二つの事例と同様、そこには五角形と円、そして数行の読解不可能なアルファベットの文章が示されていた。ウィンドウのどこかをクリックすると動画がスタートした。俯瞰《ふかん》の、空中で静止した気球から撮ったような映像だった。十分ほど固定ショットが続いた。背の高い草が茂った広大な平原が地平線の彼方まで続き、空は完璧なまでに晴れ渡っていた——アメリカ西部のどこかの州のような風景だった。風が吹いて、草原のおもてに直線が何本も引かれ、やがて線が交差し、三角形や四角形を描き出した。すべてが静まり、草原はもとどおり見渡すかぎり平らになった。ふたたび風が吹くと、多角形がおりかさなって、ゆっくりと平原のはてまで網の目状に覆いつくしていった。とても美しい光景で、不安をかきたてる要素は何もなかった。風の音は録音されていなかったから、全体の形状は完全な静けさのうちに展開されていった。

「最近、うちの会社で戦争映画のために、海の嵐のシーンをたくさん作ったんだ」フレッドが言った。「これくらいのスケールの草原となると、同じ広さの水面を作るのと同じくらい手間がかかる——大海原《おおうなばら》ではなくても、大きな湖くらいか。たしかに言えるのは、この動画に出てくるような幾何学模様は、現実にはありえないということなんだ。風が同時に三つの別々の方角から吹いてくると仮定しなくちゃならない——ときには四つの方角から。だから、疑いの余地はない。これは合成映像だ。でも、本当に変なのは、この映像はいくらでも拡大できるという点なんだ。どれだけ拡大しても、合成したはずの草が本物の草のように見える。こういうのは普通、できないことだ。自然界にまったく同じ草は二つとない。不ぞろいだったり、ちょっと違っていたり、それぞれに何かしら遺伝子上の特性が表れる。この映像の一部分をランダムに選んで、千倍に拡大してみた。するとすべてが違っていた。賭けてもいいが、この動画に映っている何百万の草は、全部違う草だ。気が遠くなるような、ありえない作業だよ。うちの会社でやろうと思えばやれないことはない。でもこの長さのシークエンスとなると、計算するだけで何か月もかかるだろう」

2

二番目の動画では、経済・財務大臣であるブリュノ・ジュージュ――現大統領の五年任期の初めから予算大臣も兼任――が、両手を後ろ手に縛られて、一戸建て家屋の裏にあるらしい中くらいの広さの庭に立っていた。起伏のある景観は「ノルマンディー・スイス」[*1]を思わせ、春には緑に覆われるのだろうが、いまの季節、木々は裸で、晩秋ないし初冬らしかった。大臣は暗色のスーツパンツに半袖シャツという姿で、ネクタイはしておらず、季節の割には軽装すぎる――腕には鳥肌が立っていた。

次の場面では、大臣は黒い長衣に、こちらも黒のカピロテ（円錐形の頭巾）といういでたちで、セビリアの聖週間の苦行僧を思わせる様子だった。この種のかぶりものは異端審問がおこなわれていた時代、死刑囚が公衆の面前で辱めのしるしとしてかぶらされていたものでもあった。同じ服装をした二人

*1　フランス北西、カルヴァドス県とオルヌ県にまたがる渓谷地帯。

の男——ただしカピロテには目のところに穴があけられていた——が、大臣の脇をつかんで引き立てていった。

庭の奥まで行くと、彼らは大臣のカピロテを乱暴に剝ぎ取った。大臣は明るさに目をならそうとして瞬きを繰り返した。そこは草の生えた小さな丘のふもとで、丘の上にはギロチンが立っていた。ギロチンに気がついてもブリュノ・ジュージュは顔に恐怖を表さず、軽い驚きを浮かべただけだった。

二人の男たちのうち一人が大臣をひざまずかせて、首穴に頭を入れさせ、開閉装置を動かした。他方、もう一人が重しに刃を取りつけていた。落下の際に刃を安定させるための鋳鉄《ちゅうてつ》の重いかたまりである。彼らは刃をつけた重しを、滑車にとおした綱を用いて二人がかりで柱頭まで引き上げた。徐々にブリュノは大きな悲しみにとらわれていく様子だった。ただしそれは、むしろ漠《ばく》とした悲しみだった。

大臣は目を閉じていたが、すぐにまた目をひらいた。男たちの一人が掛け金をはずした。刃が二、三秒で下まで落ち、頭は一瞬にして切断された。おびただしい血がたらいに注ぎ込み、頭は草の生えた斜面を転がって、カメラのすぐ手前、レンズから数センチのところで止まった。大臣の目は大きく見開かれたまま、いまは驚愕《きょうがく》そのものを表していた。

ポップアップウィンドウとそれに続く動画は、www.impots.gouv.fr や www.servicepublic.fr など行政機関のサイトに侵入していた。ブリュノ・ジュージュはこの件をまず内務大臣に相談し、内務大臣がＤＧＳＩに異常事態を告げた。続いて首相にも報告がなされ、一件は大統領までもが知るところとなった。マスコミに公式声明はいっさい出されなかった。現在まで、動画を排除しようとす

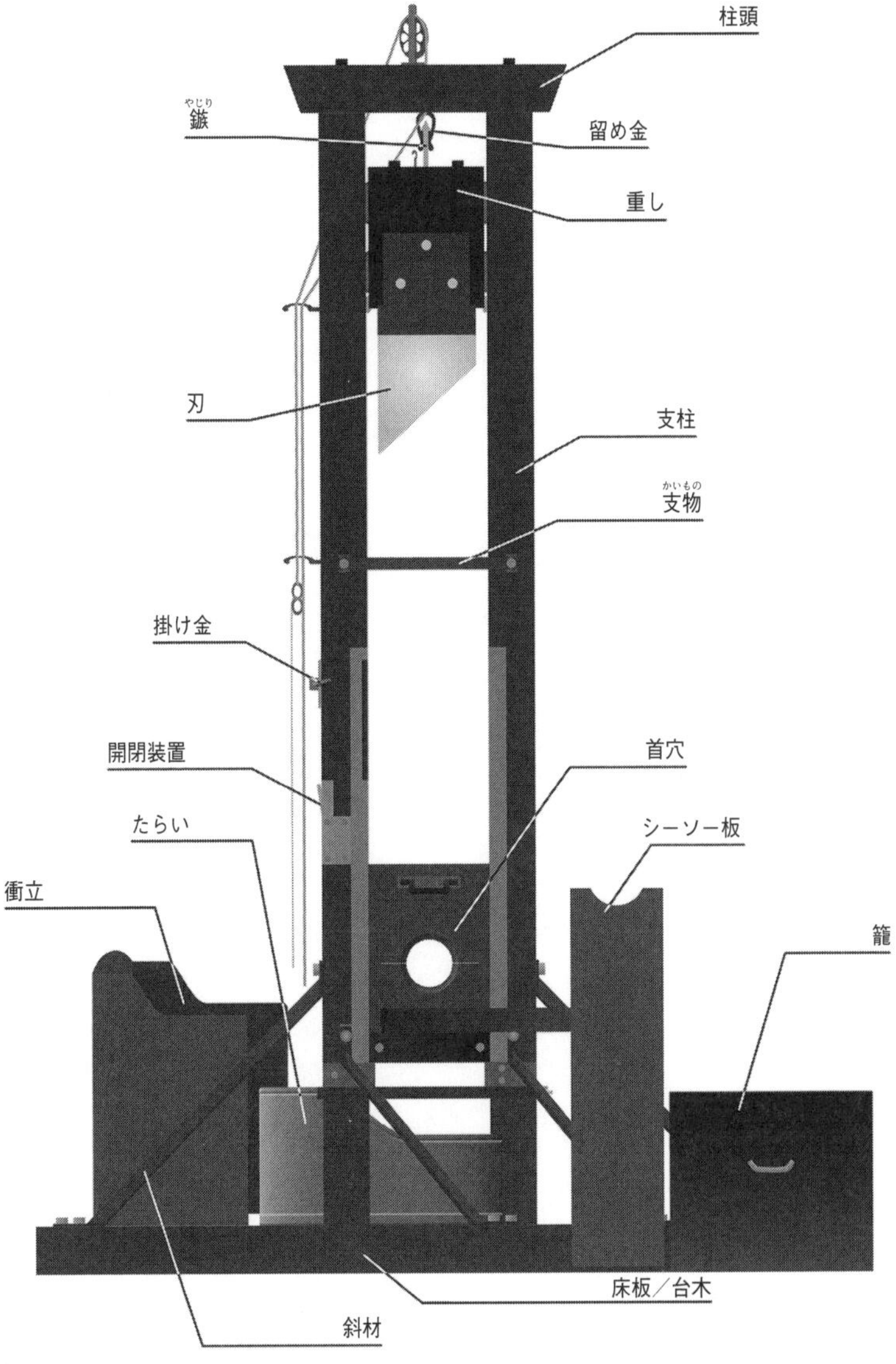
柱頭
鏃《やじり》
留め金
重し
刃
支柱
支物《かいもの》
掛け金
開閉装置
首穴
シーソー板
たらい
衝立
籠
床板／台木
斜材

る試みはことごとく失敗に終わっていた——異なるＩＰアドレスを発信源とするポップアップウィンドウが数時間後、ときには数分後にまたあらわれるのだ。

「その動画をとにかく何時間も見続けた」フレッドが話を続けた。「そして最大限まで拡大してみた。特に、首が切断される場面、頸動脈から血がほとばしり出る瞬間を。普通、ある程度まで拡大すると幾何学的なパターンが出てくる。人工的な極小図形が出てくるわけだ——たいていは、作ったやつが使った方程式まで推測がつく。ところがこの動画の場合、何も出てこない。どれだけ拡大しても不規則なカオス状態で、まるで本当に切断したかのごとくなんだ。あんまり不思議なので、ビュスタマントに話してみた。〈デジタル・コマンドー〉の社長さ」

「それって、おまえらの会社のライバルだろう？」

「ああ。ライバルとも言えるが、仲はいい。何本かの映画で一緒に仕事をしたこともある。得意分野が同じわけじゃないんだ。空想上の建築や、バーチャルの群集なんかこしらえるのなら、こっちのほうが上さ。ホラー系の特殊効果、ばけものだの身体切除だの断頭だのにかけては、あっちのほうが上なんだよ。そのビュスタマントが、おれと同じようにぶったまげていた。どうやったらこんなのができるのか、全然わからんとさ。もし裁判所で宣誓したうえで証言しなければならなかったら、それにもちろん、大臣じゃなくて、誰だか知らない御仁が映ってたんだとしたら、本物の断頭シーンに違いありませんと証言しただろうと思うよ……」

二人とも黙りこくった。バスチヤンは窓の外に目をやり、ガラスとはがねの巨大な直方体にあらためて視線をさまよわせた。まったくもって堂々たる建物で、晴れた日に見るとぞっとしてしまうほどだった。しかし大審裁判所には、人々の恐怖をかきたてる必要もあるのだろう。

「三番目の動画は、おまえももう見たよな」フレッドが話を続けた。「移動カメラのロングショットで、鉄道のトンネル内で撮っている。不安を誘うような映像で、黄色が基調になっている。BGMは典型的なインダストリアル・メタル。もちろん合成映像だ。軌間《きかん》十メートルのレールなんて存在しないし、高さ五十メートルのディーゼル機関車などというのも存在しない。よくできてるよ。すごくよくできてると言ってもいい。合成映像としてはじつにいいできなんだが、ほかの二つほどびっくりってわけじゃない。〈ディストーテッド〉でもやろうと思えばできるだろう。二週間の作業ってとこかな」

バスチャンはフレッドを見つめて言った。「三番目のメッセージで気がかりなのは、内容じゃなくて拡散のさせ方なんだ。今回、連中は行政機関のサイトに攻撃を仕掛けるんじゃなくて、グーグルやフェイスブックに狙いをつけた。つまり普通ならガードする方法を備えているところさ。ところが驚くべきなのは、激烈で、しかもすみやかな攻撃がなされたという点なんだ。おれの考えでは、連中のボットネット（コンピュータを外部から遠隔操作するウイルス）は、少なくとも一億台のゾンビコンピュータをコントロールしている」フレッドはぎょっとした。ありえない、これまでとは桁違いのスケールだ。「わかるよ」バスチャンが続けた。「だが、事態は変わったんだ。ある意味、ハッカーたちにとっては前よりやりやすくなってる。世の中の連中はあいかわらず、単に習慣でコンピュータを買ってるが、ネットに接続するのはもっぱらスマホをとおしてだ。しかもコンピュータは電源が入ったまま放ってある。いま全世界で、コンピュータが何億台、ひょっとしたら何十億台も眠ったままの状態になっている。ボットにコントロールされるのを待ってるようなものさ」

「お役に立てなくて残念だよ、バスチャン」

「いや、助かったよ。今夜七時に財務省のポール・レゾンと会うんだ。大臣執務室勤務のお方だが、この件を報告しなければならない。おかげで何と報告すべきかわかった。第一に、攻撃者の正体は不明。第二に、犯人らはその道きっての専門家も不可能だという特殊効果のデジタル技術を駆使できる。第三に、連中の計算能力は驚くべきもので、これまでに知られているケースをすべて超えている。第四に、動機はわからないということだな」

　二人のあいだにまた沈黙が訪れた。

「そのレゾンというのは、どんなやつだ？」やがてフレッドが尋ねた。

「有能だよ。真面目で、面白みはまったくないし、堅物《かたぶつ》と言ってもいいくらいだが、理知的な男だ。DGSIの連中は彼のことを知っているらしい――というか、彼の父親のことを覚えてるんだ。エドゥアール・レゾンというんだが、かれこれ四十年も前、いにしえのパリ警視庁情報部を振り出しにして、全キャリアを情報関係で過ごした人物さ。尊敬されていて、大事件をいくつも手がけてきた。最高レベルの事件、国家の安全に直接関わるような事件だよ。つまり、息子もいくらかはこっちのお仲間ということさ。国立行政学院《ENA》出身で財務検査官という、お決まりの出世コースだが、おれたちの仕事の特殊な性格についてもわかってる。のっけから敵意ある相手というわけじゃないのさ」

3

空は灰色の雲に覆われている。光は上空から届くのではなく、地表を覆う雪から洩《も》れ出ているように思える。光はどうしようもなく弱まっていくが、きっともう夜なのかもしれない。霜が凍りつき、木々の枝はぽきりと折れそうだ。顔を見合わすこともなく行き交う人々のあいだを雪が舞い散る。みな険しい表情で、顔に皺《しわ》を寄せている。瞳にはかすかに錯乱の光を湛《たた》えている。家路をたどる者たちもいるが、彼らには家に着くまでに家族が死んでしまうか、もう死んでいるかもしれないとわかっている。ポールは、この惑星が寒気によって死に絶えつつあることに気づく。最初は仮定にすぎなかったものが、徐々に確信に変わっていく。政府はもはや存在しない。逃亡したのか、それとも消失してしまったのか。どちらとも決めがたい。やがてポールは列車のなかだ。ポーランド経由で行くことにしたが、壁に分厚い毛皮が張りめぐらされているにもかかわらず、コンパートメント内にも死の冷たさが居坐っている。そのときポールには、もはや列車を運転する者がいないことがわかる。列車は人けのない平原を全速力で疾走していく。気温は下がり続ける。マイナス四十度、マイナス五十度、マイナス六十度……。

ポールは寒さで夢から覚めた。時刻は零時二十七分。毎晩、庁舎内のオフィスの暖房は夜九時に切られる。それでもまだ遅いほうで、たいていの役所では職員たちはずっと早い時刻に退所する。ポールはDGSIの人間が立ち去ってからほどなくしてオフィスのソファで眠り込んでしまったらしかった。その人物は不安げな様子をしていた。個人的に、自分の境遇を心配しているように見えた――ひょっとするとポールが上役に訴え出て、彼を事件の担当から外すよう頼むのではないか、といったような。ポールにそんな意思はまったくなかった。いずれにせよ、三番目の動画が出回って以来、事件は世界的なものになっていた。今回はグーグルが直接ターゲットにされていた。地球最大の企業にして、アメリカ国家安全保障局《NSA》と緊密に協力しあっている企業である。DGSIにはおそらくグーグルから、最初の検証結果が伝えられるだろう。礼儀としてだけでなく、なぜかはわからないがこれが第一にフランスの大臣に関わる事件だったからである。しかしアメリカ側の調査能力はフランス側のそれをはるかに凌駕《りょうが》する。彼らはたちまち、事件の全体を自分たちのコントロール下に収めるはずだ。DGSIの担当者を処分する決定を下すとしたら、それは単に不公正なだけでなく、愚かしいことだろう。もはやポールの父親の現役のころのように、危険が地域限定的だった時代ではない。危険はいまやほとんどすぐさま、世界的規模に達するのである。

　さしあたり、ポールは空腹だった。帰宅しよう、そうするほかないと思ったが、自宅には食べるものがないことをすぐ思い出した。冷蔵庫のなかの彼に割り当てられた棚は絶望的なまでにからっぽなはずだ。そして「自宅」という表現すら、バカバカしいくらい楽観的と言うべきだった。

自分たち夫婦の関係悪化を最もよく象徴しているのは、たしかに、冷蔵庫の使い分けだった。予算局の若手官僚だったポールが、財務局の若手官僚だったプリュダンスと出会ったとき、最初の数分ですでに、疑いの余地なく、何かが起こった。最初の数秒ではなかったかもしれず、一目ぼれと言うのは誇張かもしれないが、ほんの数分、せいぜい五分もかからない出来事だったのは確かだ。実際のところ歌一曲分ほどの時間だったろう。プリュダンスの父親は若いころジョン・レノンのファンだった。それが自分のファーストネームの由来なのだと、数週間後に彼女から聞かされた。「ディア・プルーデンス」はたしかにビートルズの最良の曲ではないし、さらに言えばポールは、『ホワイト・アルバム』がビートルズのキャリアの頂点に位置する作品だとはけっして思わなかった。いずれにせよ彼にはプリュダンスをファーストネームで呼ぶことがけっしてできなかった。いちばん親密な時間を過ごすときも、ポールは彼女を「マ・シェリ」、あるいは「モナムール」と呼んでいた。

一緒に暮らすようになってから、プリュダンスが料理を作ったことは一度もなかった。彼女にとって、自分の地位にふさわしい事柄とは思えなかったのである。ポール同様、国立行政学院の卒業生にして財務検査官であり、実際の話、財務検査官が台所仕事をするのは何かしっくりこなかった。キャピタル・ゲインに対する課税額査定に関して、二人の意見は完全に一致していた。そして二人とも、感じよく微笑《ほほえ》むとか、いろいろな話題について気軽に話すといったこと、つまり相手に対して魅力的にふるまうことが苦手なたちだった。だから、税務局の延々と夜更けまで続く、多くはB87会議室で開催された度重なる会議をとおして、二人の恋が実るのを後押ししたのは、課税額査定に関する意見の一致だったのかもしれない。セックス面でも、二人の関係はたちまち円滑なものとなった。陶酔の極みを味わうことはほとんどなかったが、たいていのカップルはそこまでは望まないものだ。ひとたびカップルとなった二人のあいだに、ぱっとしないものではあれ性的活動が維持されるとしたら、それだけでも成功であり、通例どころかまったく例外的なことである。その件に関して詳しい人々（有力女性雑誌の記者やリアリズム小説の作者たち）の大半はそう証言している。またこれは、徐々に五十代に近づきつつあるポールとプリュダンスのような、比較的年配の層にのみ関わることで、同時代のより若い層にとっては、自立した個人間の性的関係という観念そのものが、せいぜい数分間しかもたない、時代遅れの、言うなれば嘆かわしい幻想としか思えなくなっている。

　反対に、食べ物については、プリュダンスとポールの意見の不一致はたちまち露呈した。ただし最初の数年間、プリュダンスは愛情か、それに類する感情に動かされて、ポールの好みにあった食べ物を用意してくれた。彼女とすれば耐えがたく保守的と思える仕事ではあったが。自ら料理はしなくとも、買い物を担当し、ポールのために最高級のステーキ肉やチーズ、ハム・ソーセージ類を見つけてくることに特別な誇りを抱いていた。そのころ、二人が一緒に使う冷蔵庫の棚で、それらの動物性食品は彼女の常食する果物やシリアル、有機栽培の豆類と共存し、愛情に満ちた混乱状態を呈していたのである。

　プリュダンスがヴィーガンを実践するようになったのは早くも二〇一五年からで、ヴィーガンという言葉がプチ・ロベール辞典に登場したのと同時期だったが、それはすぐさま食生活上の全面戦争を引き起こし、十一年後のいまもその傷は癒《い》えていなかった。先に夫婦の命脈が尽きてしまいそうだった。

プリュダンスからの最初の攻撃は唐突で、容赦《ようしゃ》なく、決然としたものだった。ポールは当時の大臣に同行してアフリカ連合の会議に出席するため、マラケッシュに赴《おもむ》いた。戻ってみると、驚いたことに冷蔵庫はいつもの果物や野菜類に加えて、海藻《かいそう》やモヤシ、「有機圏《ビオゾーン》」印のさまざまな食材、つまりトーフやブルグル（乾燥ひきわり小麦）やキノア（ペルーなどアンデス高地産のヒユ科の雑穀）やスペルト小麦、日本産の麺類《めんるい》などで満杯になっていた。どれをとってもポールにはおよそ食べる気になれないものばかりで、そのことを彼はいささかとげとげしい口調で訴えた（正確には彼は「まずそうなもんばっかだな」と言ったのである）。短い、しかし激しいやりとりがあったのち、ポールは冷蔵庫の一段を自分専用に与えられ、そこに「オヤジ向きの食べ物」――プリュダンスの表現――を常備しておくことになった。以後、彼は食べ物を自分で買いに行き、自分の金で購入することとなった（彼らはそれぞれ独立した口座をもっていたが、これは重要な点である）。

最初の数週間、ポールは何度か局地戦を試みたが、手厳しい反撃にあった。サン＝ネクテール（フランス中南部オーヴェルニュ地方特産のチーズ）やパテのパイ皮包みの残りをプリュダンスのトーフやキノアのあいだに置いておくと、数時間後には元の棚に戻されるか、さもなければあっさりゴミ箱に捨てられてしまった。

それから十年ほどたって、表向きはすべて鎮静化していた。食べ物に関して、ポールは自分に割り当てられたささやかな区画で満足し、そこにたえず食糧を補給していた。こだわりの店とのつきあいは徐々に途絶え、栄養価の点ではバランスの取れた、信頼できる販売元の電子レンジ用レトルト食品でよしとするようになった。モノプリグルメ・シリーズ（スーパー・チェーン、モノプリの商品）のチキン土鍋風《タジン》を前にして、彼は悟ったように「とにかく何か食べなきゃならないから」と自分に言い聞かせ、一種陰気な快楽主義《エピキュリスム》の心境になった。チキンは「ＥＵ諸国」産だった。それならまだましだ、ブラジル産チキンなんか御免こうむると彼は思った。いまでは夜中に、小さなやつらが頻繁にあらわれるようになっていた。連中はすばやく動き回り、肌の色は濃く、腕が何本も生えていた。

　危機の始まりから、彼らは寝室を別々にした。独りで寝る習慣をなくしたあとで、また独り寝に戻るのは難しい。冷え冷えとして、恐怖も覚える。だが彼らはその苦しい段階を過ぎて久しかった。絶望が当然のことと思えるような段階に達していたのである。

　夫婦関係に影が差し始めたのは、二十年ローンを各自が組んで、ベルシー公園そばのルルー通りにアパルトマンを共同購入してまもなくのことだった。寝室が二つに素晴らしい「生活空間」のある豪華なメゾネットタイプのマンションで、ガラス窓は公園に面していた。二つの事柄が重なったのは偶然ではなく、生活環境の向上は、往々にして生きがい、特に夫婦の生きがいの損失をともなうものだ。彼らのアパルトマンがある界隈《かいわい》について、ポールの義妹であるバカ女インディーは「ステキっていう以上にステキ」と感心したものだった。二〇一七年春、ポールの哀れな弟とともにアパルトマンにやってきた際のことだが、幸い、それが唯一の訪問となった。ポールはインディーの首を絞めてやりたいという気持ちをあまりに強烈に覚えたので、二度目に自制できるかどうか定かではないくらいだった。

　なるほど、ステキな界隈であるのは間違いなかった。彼らの寝室——まだ寝室を共にしていたころの寝室——は、テロワール・ド・フランス大通りの縁日博物館に面していた。五十メートルほど離れたラ・クール・サン゠テミリオン通りは、「ベルシー・ヴィラージュ」の名で知られる街区の真ん中を横切っており、上空には夏も冬もカラフルな気球が群れをなして浮かんでいた。郷土料理のレストランや新機軸のビストロも軒を連ねていた。そこでは人は思うがまま、子供時代の気持ちを取り戻すことができる。公園自体も同じような遊び心あふれる無秩序さを示していた。野菜を大いにアピールしようという意図があったらしく、パリ市当局が運営するパビリオンでは地域住民に菜園用スペースを提供していた（建物正面を飾るスローガンによれば「パリで庭いじり、できるんです！」）。

　アパルトマンのある場所は――それが二人にとって具体的で強力なアピールポイントであることに変わりはなかったが――庁舎から歩いて十五分だった。いま時刻は零時四十二分――成人してからの人生全般を振り返っていたのに、十五分ほどしかたっていなかった。いま庁舎を出れば、午前一時には自宅に戻れるだろう。少なくとも、自分の住居には。

4

オフィスを出てすぐ右に曲がり、北側エレベーターに向かう途中、ポールはほのかな光で照らされた大臣専用アパルトマンへの長い廊下の端から、強制収容所の囚人のような灰色のパジャマを着た人物が、ゆっくりやってくるのを見た。ポールは数歩進んで、それが誰だかわかった。大臣その人だった。二か月前にブリュノ・ジュージュは、庁舎が建てられて以来使われたためしのなかった大臣専用アパルトマンを使いたいと言い出した。つまり彼は、はっきりとそう口にしないまでも、二十五年間の結婚生活に終止符を打って、夫婦の住まいを出る決意をしたわけだ。ポールはブリュノと妻のあいだの問題が正確にどういう性質のものなのかは知らなかった——西欧の、年齢も環境も似通った相手に対する単なる同一視から、自分の抱えている問題と似たものではないかと想像していたのだが。庁舎の廊下でささやかれていたのは（なぜそんなことが廊下でささやかれるのか？ポールには謎だったが、ともかくささやかれていた）、この一件の奥底には、度重なる不倫——妻の側の不倫——に起因する、より醜悪な問題が横たわっているということだった。数年前に省内で催されたレセプションの際に、大臣の妻エヴァンジェリーヌの露骨なふるまいを目撃した人物もいるらしかった。ポールの妻は少なくとも、その種のスキャンダルとは無縁だった。彼の知るかぎり、プリュダンスには性生活がなかった。彼女の心を晴れやかにするには、ヨガや超越瞑想のもたらす、より禁欲的な喜びで十分なようだった。あるいは十分ではなかったのかもしれないが、他に彼女を満たすものは何もなかったろうし、セックスによってはなおのことだった。プリュダンスはセックス向きの女ではなかった。少なくともポールは自分にそう言い聞かせようとしていたが、本当に納得しているわけではなかった。なぜなら、プリュダンスも他の多くの女たちと同じくらい、ひょっとすると他の女たち以上にセックスに向いた女であり、心のうちではつねにセックス、つまり彼女の場合は異性相手のセックス、もっと具体的に言わなければならないのならペニスの挿入を求めているのだろうと、彼にもよくわかっていたからだった。だが、ある集団内部で社会的地位が課してくる暗黙のふるまいには、いかに愚かな、軽蔑《けいべつ》すべきものでさえあっても、果たすべき役割がある。プリュダンスは、セックス面においてもヴィーガンとしての食生活においても、一種の先駆者だった。無性愛者《アセクシュアル》が増えていることは、あらゆる調査が示しており、全人口に占める無性愛者の割合は月を追って、単に増え続けているだけではなく、加速度的に増加しているように思われる。例によって大雑把で、不正確な学術用語を使いたがるジャーナリストたちは、指数関数的などと形容した。それは間違いで、増加のリズムは真に指数的と言えるほど極端ではなかったが、とはいえきわめて迅速だった。

　プリュダンスや他の多くの同時代人とは反対に、エヴァンジェリーヌは本物の多情な女であることを引き受け、おそらくいまでもそうあり続けていた。それはもちろん、ブリュノのように、政治的ゲームに必然的につきまとう権力闘争を忘れさせてくれる、温かく居心地のいい家庭を何よりも大切に思う男にとっては、望ましくないことだった。ポールとブリュノそれぞれの抱える夫婦問題には、実際のところ、ほとんど何の共通点もなかった。


「やあ、ポール。いたのか」ブリュノはまだ完全には目を覚ましていないようだった。口調は不確かで、やや心もとなかったが、声は明るかった。「まだ仕事してたのか」

「いや、そういうわけでも。じつはそうじゃなくて。ソファで居眠りしてました」

「ああ、ソファね……」ブリュノはまるでソファが素晴らしい発明であり、その存在をいま思い出したとでもいうようなうっとりした調子で言った。「わたしはよく眠れなくてね」彼はがらりと口調を変えた。「で、ちょっと考えてみたんだ、ある件について。こっちに来て何か飲まないか？中国人にレアアースを独占させておくわけにはいかないぞ」彼はほとんど間を置かずに話を続けた。ポールはすでに彼のあとに従って歩き出していた。「ほら、いま〈リナス〉と協定を結ぶ件が最終段階に入っているだろう。オーストラリアの会社だよ——知らんだろうが、オーストラリア人というのは手ごわい交渉相手なんだ。とにかく、イットリウムやガドリニウム、ランタンに関してはこれで大丈夫だろう。だがまだ問題は山ほど残っている。特にサマリウムとプラセオジムだ。わたしはブルンジやロシアと交渉中なんだ」

「ぜひとも締結したいところだな、ブルンジとは」ポールは考えもなく相槌《あいづち》を打った。ブルンジはアフリカの国。彼のブルンジに関する知識は、ほぼそこで止まっていた。ただし記憶の片隅から「コンゴ・ブルンジ」というまとまった言い方が浮かんできて、コンゴの隣国ではないかと思いはしたが、それにちゃんとした意味を与えることはできなかった。

「最近、ブルンジの首脳陣にはじつに頼もしいメンバーがそろった」ブリュノは言い足したが、もう返事は期待していない様子だった。

「少しばかり、腹が減って」ポールが言った。「じつは今晩、夕飯を食べそこねたもので。今晩というか、もう昨晩だけど」

「そうか……？　わたしのところにサンドイッチが残っていると思う。まあ、サンドイッチみたいなものが。午後に食べるつもりだったんだ。あまりうまくはないかもしれないが。とにかく、そいつならある」

彼らはアパルトマンに入った。ブリュノがポールのほうを振り向いた。「忘れてた。オフィスから書類を取ってこようと思っていたんだ。ちょっと待っててくれ」

彼の大臣としてのオフィスである、政界や労働組合のリーダー、大企業の社長と会うための部屋は建物の別翼にあり、行って戻ってくるだけで二十分ほどかかるだろう。ブリュノはアパルトマンの小部屋にも仕事机を備えつけていた。ただしそれは単にメラミン樹脂のボードで、模造トネリコのボードの上にノート型パソコンと少しばかりの書類がプリンターとともにのせてあった。カーテンは引かれ、セーヌ川の眺めは完全に隠されていた。

キッチンは真新しく輝いていて、一度も使われたことがないらしかった。流しには食器もなく、巨大なアメリカ製冷蔵庫のなかはからだった。セーヌ川に面した夫婦用スイートルームが使われた形跡はなく、ベッドはきちんと整えられたままだった。ブリュノは子供用の部屋で寝ているらしかった。ただしそれは、よほど要求水準の低い子供でなければ納得しないような部屋だった。窓のない小部屋で、壁もカーペットも灰色、家具としては一人用ベッドとナイトテーブルがあるだけだった。

ポールはセーヌ川を見下ろすダイニングルームに戻った。部屋の三方に張りめぐらされた大きなガラス窓越しの眺めは素晴らしかった。地下鉄《メトロ》が地上を走るあたりのアーケードには照明が輝き、オーステルリッツ河岸にはまだかなりの交通量があった。街灯に照らされて黄金色を帯びたセーヌ川の水が、ベルシー橋の橋脚にひたひたと打ち寄せていた。室内を満たす壮麗な灯《あか》りは、パリの夜の社交界が繰り広げられる舞台のような上流風の贅沢《ぜいたく》さで、優美な、造形美術的な趣きさえあった。だがそれはポールにとってまったく縁のない、未知の事柄だった——ブリュノにとってもおそらく同様だったろう。白いテーブルクロスで覆われた八人掛けのテーブルの上には、ドナ印の「マキシふんわりサンド、チキンとエメンタールチーズ入り」がパッケージに包まれたままの状態で置かれ、かたわらには「トゥルテル」（ノンアルコールビール）が一本あった。それがブリュノの食事なのだ。国家のために尽くす姿勢には、やっぱり尊敬を禁じえないところがある、とポールは思った。リヨン駅（パリ市内にあるパリ・リヨン間の列車の発着駅）の近くにはまだ開いているブラスリもあるはずだった。一般的に、大きな駅のそばには深夜でも開いているブラスリがあって、孤独な旅客たちに伝統的な料理を提供している。だからといって、家庭料理や伝統的メニューが象徴する人間味のある世界との縁が切れてはいないと実感させてくれるわけでもないのだが。そうしたあっぱれなブラスリ、あまりに多くの苦悩を目の当たりにしたウェイターが概して若くして死んでしまうようなブラスリが、ポールにとってはまともな夕食にありつくための最後のチャンスだった。

ブリュノが分厚い書類の束を手に戻ってきたとき、ポールは隣の小さな居間にいて、窓の下枠に置かれた動物の彫刻をじっくり眺めているところだった。動物の筋肉が丹念に描き出されていた。後ろを向き、不安げな様子で、おそらく背後で何か物音が聞こえたのか、天敵の存在でもかぎつけたのか。ヤギあるいはノロ、それとも牝鹿かもしれないが、ポールは動物のことはあまり知らなかった。

「これはなんです？」彼は尋ねた。

「牝鹿だよ、たぶん」

「うん、そうかな。きっと牝鹿だ。どういう由来の品？」

「何も知らない。最初からあった」

明らかに、ブリュノは初めてこの彫刻の存在に気づいたのだった。中国産あるいは非中国産のレアアースをめぐって、ブリュノがまた嘆いているあいだ、ポールはDGSIの件を耳に入れておくべきだろうかと思った。あの動画に傷ついたブリュノが、一瞬、政界からの引退さえ考えたことをポールは知っていた。真の政界というか、その原子炉の炉心部分では、ブリュノは多かれ少なかれアウトサイダーだった。五年前に経済・財務大臣に任命されたとき、省内が歓喜で沸き立ったわけではないのは確かだった――「ブロンカ」[*1]が起こったとさえ言えそうだったが、ただしこれは、ダークグレーのスーツで身を固めた財務検査官たちにふさわしい単語ではないかもしれない。ブリュノは財務検査官ではなかったし、国立行政学院出身ですらなかった。あらゆる点で純然たる理工《エコール・》科学校《ポリテクニーク》出身者であり、これまでずっと産業畑を歩んできた人間だった。その分野では見事な成功を収めてきた。まず〈ダッソー・アヴィアシオン〉（民間および軍用航空機製造会社）、次いで〈オラノ〉（原子力産業会社）、さらには〈アリアンスペース〉[*2]の経営陣に加わり、〈アリアンスペース〉では数年でライバルのアメリカと中国を退けることに成功、衛星打ち上げにおいてフランスを世界トップの座に押し上げた。軍備、原子力、宇宙。いずれも高度なテクノロジーに関わる、理工科学校出身者が活躍するにはおあつらえ向きの分野である。それゆえに、再選された大統領が選挙公約を実現するためのスタッフとして理想的な経歴の持ち主ということにもなった。実際、このたび大統領は、最初の大統領選の際に掲げた「スタートアップ・ネイション」の幻想を捨て去っていた。それは客観的に見れば、コントロール不可能な多国籍企業の内部に、不安定で給料の安い、ほとんど奴隷仕事まがいの雇用をいくらか作り出しただけで終わった。大統領は再選に向けた選挙戦をしめくくるパリでの大規模集会で、フランス流経営の魅力を再評価し、キリストを思わせるような熱っぽさで両腕を大きくひらいて（以前からお得意のポーズだったが、いまやいっそう力が入って、両腕がありえないくらいの角度でひらかれるようになり、ヨガのコーチでも受けていなければ無理だろうと思わせた）、こう宣言した。「わたしは今夜、希望のメッセージを携えてやってきました。そして不幸の預言者たちを黙らせてやるつもりです。フランスにとって、今日、新たな栄光の三十年（第二次大戦後の経済成長期）が始まるのです！」

ブリュノ・ジュージュはほかの誰よりも、この産業上の難題に挑むのに打ってつけの人物だった。五年ほどのち、彼は十分以上の成果を上げていた。その最も派手な成功例として、メディアでもしょっちゅう取り上げられ、人々の心に深く刻まれたのは、グループＰＳＡ[*3]をものの見事に再建させ

＊1　スペイン語で「野次」「揶揄」。とりわけ闘牛場で観客の示す不満を意味する。

＊2　欧州諸国共同出資による宇宙ロケット打ち上げ会社。

たことだった。国が大株主となり、事実上ほぼ国家管理下に置かれたグループＰＳＡは、一つのブランド、つまりシトロエンのみに絞って高級車市場での巻き返しに乗り出した。自動車にはもはやローコストとハイクラスの二つの市場しかない。少なくともそれがブリュノの信じるところだった。ブリュノ自身はそうとは言わなかったし、そもそも彼の直接関わるべき問題ではなかったが、それはちょうど、もはや富裕層と貧困層の二つの社会階層しか存在しないのと同様の事態だった。中間層は消え失せてしまった。それとともにミドルクラス車もほどなく、消失の道をたどるだろう。フランスはローコストの領域では能力と競争力を発揮していた——ルノーによるダチア買収[*1]は、おそらく近年の自動車製造史で最も印象的と言えるほどのサクセスストーリーの基盤となった。贅沢品産業ではエレガンスとリーダーシップの評判が保たれているのだから、フランスはラグジュアリーカー部門に進出して、ドイツの自動車メーカーに正面切って戦いを挑むことができるはずだとブリュノは考えた。ラグジュアリーカーの最上級クラスには手が届かない——それはイギリス車の独壇場で、理由は結局のところわからないが、英国王室が消滅でもしないかぎり変わらないのだろう。だがドイツ車が優勢を占めるクラスは、フランスのメーカーにも手の届くところにあった。

　大臣としてのキャリアにおいて最も重要なこの挑戦に際し、ブリュノは何か月ものあいだ、経済・財務省のオフィスで睡眠時間を削って職務にあたり、その間に妻は、どうやら他の男たちの抱《ほう》擁《よう》に身をまかせていたのである。ブリュノは最終的に挑戦に成功した。前年、シトロエンは全世界のほぼすべての市場でメルセデスと互角の成績を収めた。戦略上きわめて重要なインド市場では、ドイツのライバル三社を尻目にトップの座に躍り出た——かの至高のアウディが二位に甘んじたのである。経済評論家フランソワ・ラングレは、ふだんはめったに感情を表に出さない男だが、ＬＣ

I（ニュース専門テレビ局）のダヴィド・ピュジャダスの人気番組でこのニュースを報じたとき、涙さえ流した。
ブリュノが個人的に選んだデザイナーたち――ふだんは技術屋に徹している彼が、珍しく自分の芸術的ヴィジョンを前面に押し出した――が創意を発揮した結果、シトロエンはトラクシオン・アヴァンやＤＳ[*2]を生み出したころの大胆さを取り戻した。そしてより一般的に、フランスという国自体が、世界の賞賛と羨望を集める高級イメージの代表格としての地位を回復した――しかもそのきっかけは意外にも、モードではなく自動車製造の分野にあった。テクノロジーの知性と美が合体した成果として、何よりも象徴的な意味をもつ分野である。

メディアで最も華々しく扱われたのがシトロエンの成功だったとしても、それが唯一の成功例というわけでは毛頭なかった。そしてフランスはふたたび世界経済第五位の強国となり、第四位のドイツを脅かす存在となった。いまや赤字は国内総生産の一パーセント以下、負債も徐々に減少していた。そうしたいっさいが、異議申し立ての運動やストライキなしに、驚くほど円満な雰囲気のうちに成しとげられていった。大臣としてのブリュノは完全な成功を収めた。

現在、次期大統領選まで半年を切っていたが、現大統領がふたたび立候補すれば間違いなく当選しただろう。だがそれは絶対に不可能だった。二〇〇八年におこなわれた軽率な憲法改正によって、

＊3 （37頁）プジョー、シトロエン等の自動車メーカーの経営統合による企業。二〇二一年一月、フィアット・クライスラー・オートモービルズとの統合により社名をステランティスに変更。

＊1 ルーマニアの自動車メーカー、一九九九年にルノー傘下となった。

＊2 前者は一九三〇年代から五〇年代にかけて、後者は一九五〇年代から七〇年代にかけてのシトロエンの代表的シリーズ。先端的・前衛的なデザイン、コンセプトで知られた。

いかなる大統領も二期を超えて地位に留まることはできなくなったからである。
来《きた》る大統領選に関しては、すでに多くのことが明らかになっていた。国民連合（極右政党、二〇一八年に国民戦線から改称）の候補が決選投票まで残るだろう——ただしいまだに候補者が決まらず、五、六人の名前が取り沙汰されていた。そしてその候補は敗れるだろう。残るのは、単純にして重大な問いだった。つまり、与党の大統領候補は誰になるのか？

多くの点で、ブリュノは最有力の存在だった。彼はすでに大統領の信頼を得ていた——これは重要なことだった。なぜなら現大統領は五年後ふたたび大統領の座に戻り、新たに二期務める意向をもっていたからである。どうやら大統領は、ブリュノが約束を守って、五年の任期を務めたのちは、権力に酔いしれたりせずに身を引くだろうと確信しているらしかった。ブリュノは技術官僚、それも例外的なほど優れた技術官僚であり、権力者タイプではなかった。少なくとも大統領は多くの機会を通して、そう信じるようになったのだ。とはいえこの一件全体にはファウストの契約を思わせる面があり、確実に言えることは何もなかった。

もう一つの、より直近の問題としては、世論調査の問題があった。八八パーセントのフランス人にとって、ブリュノは「有能」な人間だった。八九パーセントが彼を「勤勉」、八二パーセントが「清廉《せいれん》」と考えていた。これは世論調査がおこなわれるようになって以来、どんな政治家も記録したことのない例外的な数字だった。アントワーヌ・ピネー[*1]やピエール・マンデス゠フランス[*2]でさえこれほどの評価には到底及ばなかった。とはいえブリュノについて「温かみがある」との回答は一八パーセント、「ものわかりがいい」は一六パーセント、「親しみやすい」は一一パーセントにすぎない——こちらは惨憺《さんたん》たる数字であり、全党派を合わせても最低の評価だった。要するに、能力は高く買われていても愛されてはいなかった。それは本人も承知で、悩んでいた。だからこそあの血なまぐさい動画に、あれほど深い衝撃を受けたのである。人々に愛されていないばかりか、彼を憎むあまり処刑を演出したりする者さえいるのだ。断頭というやり方の選択には、革命的な意味合いも込められており、旧体制下の貴族と同じくらい民衆から遠く離れた、冷ややかな技術官僚としてのイメージをひときわ強調するものだった。

それは不当で、ブリュノが善良な人間であることをポールは知っていた。だが有権者をどうやって説得すればいいのか？　メディア対応が苦手で、プライベートな事柄に触れられるのを頑《がん》として拒むブリュノは、人前で話すのも嫌っていた。そんな男がどうして選挙戦に耐えられるだろう？実際のところ、彼が立候補するかどうかはまったく不透明だった。

彼らが親しくなったのは比較的最近のことだった。ポールは税務局で働いていたころ、ブリュノと何度か、ごく短い時間、顔を合わせる機会があった。現大統領が就任した最初の年から、ブリュノは大幅減税実施を決めたが、減税はフランス国内の産業への投資に限定されるものだった——それは交渉の余地なき条件であるとして、ブリュノは譲ろうとしなかった。これほど明確な統制政策は経済・財務省にとって異例のことで、ポールは自らの部局の役人全体を相手にほとんど一人で戦

＊1　一八九一－一九九四年。五二－五三年に首相を務め、経済の好況をもたらしたとされる。
＊2　一九〇七－八二年。フランス第四共和政（四六－五八年）で最も卓越した政治家と評される。五四－五五年に首相を務めた。

わざるを得ず、大臣の意向にそった指令や報告書を臆することなく書き続けた。結局、彼らが勝利を収めたものの、一年以上に及ぶ内部での戦いは傷跡を残した。

ともに戦ったことで、ブリュノの注意はポールに向けられたが、両者の関係が真に個人的な様相を帯びるようになったのはアディスアベバでアフリカ連合の会議が開催されたとき、より具体的には会議初日の晩、〈ヒルトンホテル〉のバーでだった。最初のうちは気づまりで、堅苦しい調子だった会話は、ウェイトレスが注文の品をもって戻ってきたあたりで、すっかり打ち解けたものとなった。「最近、妻とあまりうまくいっていなくてね……」ブリュノは、ウェイトレスが彼の前にシャンパンのグラスを置いたときに打ち明けた。ポールは驚き、あやうくカクテルをひっくり返すところだった──甘ったるいトロピカル風のろくでもない代物だったから、ひっくり返したところでたいした損失ではなかったのだが。まさにこのとき、完璧な偶然の一致によって、彼らから数メートルのテーブルにアフリカ人娼婦が二人腰を下ろした。ブリュノはそれまで、プライベートな事柄は少しも話題にしたことがなかった。ポールはブリュノが結婚していることさえ知らなかった。だが結局のところ、そういうこともたしかにありうる。結婚する人間は、男でも女でも、いまだに存在するし、ごく当たり前のことでさえある。理工科学校出身者、それも首席卒業生にして、鉱山局のグランコール[*1]だった人物といっても、やはり一人の男なのだ。それはブリュノの新たな一面で、以後、ポールはその点も考えに入れるようになった。

ブリュノはしばらくのあいだ、それ以上は何も言わなかった。やがて、口ごもりながら、話しにくそうに言った。「もう半年も愛しあっていない……」ポールはすぐ、彼が「愛しあう」という表現を用いたことに気づいた。ブリュノが愛情に関わる表現を選び、「やる」（ポール自身ならたぶんこれを用いただろう）や「性生活」（ニュートラルな表現を使うことで打ち明け話の感情的なインパクトを和らげようとする者の多くが選んだだろう）という表現を選ばなかったという事実が、すでにして非常に多くを物語っていた。理工科学校出身者とはいえ、ブリュノは妻と「愛しあう」のだ。少なくとも過去においては。理工科学校出身者とはいえ、ブリュノは（予算に対する厳格さも含めて、彼の全人格がこのとき、新たな光のもとに照らされてあらわれた）ロマンチックな男だったのである。忘れられがちだが、ロマン主義はドイツで生まれた。しかもまさしく、北ドイツの敬《けい》虔《けん》な地域で誕生したのだが、それは産業資本主義の最初の進展においても重要な役割を担った地域だった。そこには歴史上の痛ましい謎がある。ポールは青春時代、精神的な物事にまだ関心を引かれていたころには、そのことにしばしば思いをめぐらせたものだった。

　彼はもう少しのところで、身もふたもなく自虐的に言い返すところだった。「半年？　こっちはもう、十年になりますよ……！」だがそれは本当のことだった。十年来、彼は「やる」ことも、いわんや「愛しあう」こともないままだった。プリュダンスとであれ、ほかの誰とであれ。だがそんな事柄に触れるのは、両者の関係のこの段階ではまだ場違いであると、ポールはぎりぎりのところで判断した。ブリュノはきっとまだ、妻との関係修復や、さらには純然たる再開が可能だと思っているのだろう。実際、多くの証言によれば、半年ならばそれはなお可能だった。

　アディスアベバには夜の帳《とばり》が下り、コンゴ風ルンバの響きがやわらかくバーを満たしていた。隣のテーブルの女二人は娼婦とはいえ高級な部類であることがありありと見て取れた。ブランド物の

＊1　国立行政学院や理工科学校を優秀な成績で卒業した上級公務員たちが形成する特に威信の高い職員群。

服、控えめな化粧、全身に漂うエレガンス。たぶん学歴も高く、エンジニアか博士課程の学生かもしれない。そのうえとても美しく、ぴったりとはりついたミニスカートや体の線を強調したブラウスは、多大な快楽を約束しているようだった。誇り高い様子からして、いかにもエチオピアの女性らしかった。この段階ではいっさいはごく簡単だったろう。こちらのテーブルに招きさえすればよかった。向こうはそのために来ているのだし、しかもそれは彼女たちだけではなかった。ほぼ誰もが、そのためにこそ、このくだらない会議にやってきていたのだ。この会議でアフリカの発展のために何かが決められることなどありえないのは、一日目が終了した時点ですでに明らかだった。ブリュノはきっと、そこここで、原子力発電所の売り込みに成功するだろう。国際会議のたびに原子力発電所を売り込もうとするのは彼の癖だった。実際にはすぐさま契約書に署名されるわけではなく、契約の約束だけがなされ、署名はあとでこっそりと、おそらくはパリで交わされることになる。

それよりも間近な未来に、二人の女をテーブルに招いたならば、礼儀正しく手短な交渉が行われることだろう。価格はほぼ誰もが知っているとおりだ――原子力発電所だったら、それほど単純ではなかったろうが、そちらはポールの管轄ではない。残るは女たちの割り当ての問題である。だがその点についてポールには特に希望はなかった。二人とも同じくらい気に入ったし、互いに引けを取らない美人だった。二人とも同じように好感のもてる、穏やかな女性であるらしかった。そしていずれもが西欧のペニスの世話をしたいと願っているようだった。ポールはこのとき、ブリュノに先に選ばせる心づもりをしていた。もしブリュノが選べないなら、四人で一緒にというのも考えられるかもしれなかった。

そんなことを思い浮かべたその瞬間に、ポールは状況全体が出口なしであることを理解した。ブリュノとの関係が、数分前から、新たな次元に入ったのは確かだ。とはいえまだ、複数の女たちと同じ寝室で一緒に寝るなどという段階ではなかったし、そんな段階が訪れることはけっしてないだろう。彼らの友情がそうした基盤の上に築かれることはありえなかった。二人ともセックス好きではなかったし、今後もけっしてそうはならないだろう。ブリュノが娼婦を買う交渉をする場にポールが立ち会うことさえありえなかった——しかも、ブリュノは全国的に有名な政治家であり、会議の出席者を装った記者たちがこの瞬間にもホールのそこかしこにいて、エレベーターの乗降口を見張っているかもしれない。ポールはすでに、ブリュノとしてもポールの前で女たちの誘いに応えることはできないだろう。同時に、両者のあいだにはより強力な了解が生まれてもいた。それが彼らを本能的なオスの共同体から遠ざければ遠ざけるだけ、二人のあいだには慎みを基盤とする、新たな親近感が芽生えたのだった。

　ポールはこの洞察から直ちに結論を導き、ちょっと疲れたのでと言い訳をして立ち上がった。時差のせいでしょうかなどと付け加えもした（パリとアディスアベバのあいだに時差はほとんどないのだから、言うも愚かなことだった）。そしておやすみなさいと挨拶《あいさつ》した。女たちはそれに反応してかすかに体を動かし、手短に意見を交わした。たしかに、構図には変化が生じていた。ブリュノはどうするつもりなのか？　二人の女のどちらかを選んでもいいし、二人とも選ぶことだってできる。ポールだったらきっとそうしたところだ。あるいは、第三の仮定として、しかも残念ながらこれが最もありそうなことだったが、何もしないでおくこともできた。ブリュノは長期的な解決策を求める男だった。フランスの産業政策の管理においてと同様、自分の性生活の管理においてもおそらくそうだった。ブリュノは、長期的な解決など存在しないし、そもそも人生に長期的な解決などありはしないという、ポールにとって切実なものとなる一方の陰鬱《いんうつ》な精神状態にはまだ至っていなかったし、たぶん将来もけっして至りはしないのだろう。

　四年前のそんな記憶、つまり席を立って自室に戻り、ブリュノにはその晩起こりうる性的な事態に一人で向かい合ってもらうことにしたときの記憶がよみがえってくるとともに、ポールは自分がＤＧＳＩの人間との話し合いについて、ブリュノに伝える気持ちになれないことを悟った。いますぐに話すのはやめておこう。


　あの晩の翌日、ポールがフロントでミニバーの会計を済ませながらブリュノについて尋ねてみると、驚いたことにブリュノはその朝早く、荷物をもって先にチェックアウトしていた。一人、早朝の出発というのはラブアフェアのあととは思えない。ブリュノの携帯は留守電になっており、素早い決断を迫られる状態だった。すぐさま外交筋に知らせるべきか？　ポールとしてはどんな場合であれ大臣を放っておくわけにはいかない。しかし、少しだけ大臣に時間を与えることに決め、空港行きのタクシーを頼んだ。

　アディスアベバの空港まで運ばれていくあいだ、ポールは、このメルセデスベンツのミニバンには大家族を運べるほどたっぷりスペースがあると思った。標高が高いため、ジブチやスーダンのような極端な気温とは無縁のアディスアベバは、第一級のアフリカの都市、大陸全体の経済の要となる野心を抱いていた。つかの間の滞在を経て、その目標には現実味があるとポールには思えていた。たとえば付随するサービスの提供という点から考えても、昨晩の娼婦たちは相当に優秀なレベルにあり、西洋のどんな実業家でも、あるいは中国のビジネスマンだって魅了することができただろう。

空港のロビーは旅行客でごった返していたが、会話の中身から判断すると、そのなかにはオカピの写真を撮りにきた人たちがいるようだった。それは旅行代理業者の間違った情報のせいだった。オカピはコンゴ民主共和国の北東部の限られた地域、イトゥリの森にのみ生息し、そのあたりはオカピの保護区になっている。しかもオカピは人目につきにくい場所で暮らしているため、撮影は非常に困難なのだ。空港のカフェテリアで、彼はずんぐりした体形の陽気なスロヴェニア人に話しかけられた。EU代表として派遣された男だった。別に話すべき事柄がないのは、あらゆるEU代表がそうであるのと同様だった。とはいえポールは忍耐強く話に耳を傾けた。それがEU代表に対して取るべき態度だからだ。ふと、一人の若い娘のかもしだす強烈な色彩のハーモニーに目を引かれた。白いパンツと赤いTシャツを着た、長い黒髪に浅黒い肌の娘の姿が、旅行客の一団からくっきりと浮かび上がった。やがて驚きは収まった。それと同時に娘自身も消えてしまったように思えた。ターミナルの暑すぎるかと思えば冷房が効きすぎとも思える空気のなかに霧消してしまったようだった。だがそんなふうに姿を消すなどほぼ不可能なことであるのは、ポールにもわかっていた。

出発ロビーのスピーカーから最終搭乗案内の放送が流れる直前に、スーツケースを手にしたブリュノがあらわれた。何をしていたのか、どうして遅くなったのかを説明しようとせず、ポールも尋ねようとはしなかった。そのときも、あとになってからも。

帰国して一週間後、大臣執務室のスタッフとなるようブリュノから声がかかった。例外的なことではなく、ポールは行政官としての経歴において、声がかかっても当然の段階にさしかかっていた。

ところが驚くべきことにそれは——すぐにわかったのだが——、何か具体的な仕事のためではなかった。ブリュノのスケジュール管理はさほど大変ではなかった。ポールが想像していたよりはるかに予定は少なかった。ブリュノは書類に取り組むのが好きで、会う相手はごく限られていた。たとえばベルナール・アルノー[*1]はフランス最大の富豪だが、大統領の就任以来、ブリュノとの会見を取りつけようとしては断られていた。単にブリュノは高級ファッションブランドに興味がないのだった——いずれにせよ高級ファッションブランドには、公権力による援助などまったく必要ないのだから。

　徐々にわかったのだが、ポールの最重要の役割は単に、必要に応じてブリュノの腹心役を務めることであるらしかった。彼はそれを異常なこととは思わなかったし、屈辱とも感じなかった。ブリュノはおそらくコルベール[*2]以来最も偉大な経済大臣だった。国のために任務を遂行しようとするなかで、彼はきっと何年間にもわたって、特異な運命を背負わなければならなくなるだろう。自問したり疑いを抱いたりする瞬間も必ずあるはずだ。助言者など必要ではなかった。ブリュノは案件を完璧なまでにわがものとする。それはあたかも第二の脳を備えているかのよう、通常の人間の脳にコンピュータの脳が移植されているかのようだった。だが腹心、つまり本当に信頼できる誰かの存在は、ブリュノの人生のその段階において、たぶん不可欠になっていた。

　それから二年後のこの夜、ポールはしばらく前からブリュノの言葉をうわの空で聞いていた。彼はレアアースの話から、中国製ソーラーパネルに対する酷評に移っていた。そして現大統領の一期目に中国がフランスからどれほど信じがたいやり方でテクノロジーを奪い取ったかを非難し、おかげで低価格の中国製品がいまやフランスの市場にあふれようとしていると嘆いた。フランスのソーラーパネル製造業者の利益を守るために、本当の経済戦争を起こすことさえ考えているほどだった。それはいいアイデアなんじゃないかな、とポールは初めて話をさえぎって言った。ただし環境保護派の有権者の理解を得るために十分、配慮する必要があるだろう。特にブリュノが、フランス原子力発電産業を一貫して支援している点については。

「さて、そろそろ帰ろうかな。午前二時になったので」とポールが言った。

「そうだな……。うん、そうしてくれ」ブリュノはあいかわらず手にしたままの書類にちらりと目をやった。「わたしはもう少し続けるとしよう」

＊1　一九四九年生まれ。ＬＶＭＨおよびクリスチャン・ディオールの大株主、取締役会長兼ＣＥＯ。

＊2　ルイ十四世の時代、財政改革をおこない絶対王政の経済的基盤を築いた政治家（一六一九‐八三）。

5

ポールは頭のなかでは、庁舎内にいるのだとわかっている。ブリュノのオフィスを出たばかりなのだから。ところが、エレベーターの内壁に見覚えがない。扉の金属はくすんだ、古ぼけた様子で、彼が0のボタン（日本の一階に相当）を押すとかすかにふるえ始めた。床は汚らしいコンクリートで、あれこれゴミが散らばっている。床がコンクリートになったエレベーターなど存在するのか？　間違って貨物用エレベーターに乗ってしまったらしい。エレベーター内部の空間は冷たく張りつめ、目に見えない金属の棒でかろうじて支えられているみたいで、その支えなしでは風船のように割れてぺしゃんこになってしまいそうだ。

　金属のきしむような音を延々と立てながら、エレベーターは0階で停まったが、扉は開こうとしない。ボタンを何度押しても開かず、いささか不安な事態となってきた。一瞬ためらったのち、緊急時用ボタンを押した。二十四時間対応の救護班を呼び出せるはずだ。少なくとも通常のエレベーターはそうだし、貨物用でも同様だろう。するとエレベーターが、今度は猛スピードで下降し始め、表示盤には異常な速さで数字が表示されていく。やがて急停止し、その衝撃でポールは思わずよろけてしまう。表示盤の表示は−62。庁舎に地下六十二階があるとは知らなかった。しかし、結局のところありえないことではない。考えたこともなかったが。

今度は扉がすばやく、スムーズに開いた。ほとんど白に見えるくらい明るい灰色のコンクリートの通路が、ほの暗い照明のもと、目の前にどこまでも延びている。外に出たいという衝動を覚えたが、思い直す。このままエレベーター内に留まっていたら安心できない。何か欠陥があることは明らかだ。だが−62で停まるとは？　これまでに−62で降りた者などいるのか？　目の前に延びる通路はがらんとして人影がなく、今までもずっとそうだったような印象を与える。もしエレベーターが勝手に動いたらどうする？　−62から出られなくなったら、飢えと渇きで死んでしまうのでは？　また0のボタンを押してみる。このとき気づいたのだが、行き先階ボタンには−62も、その上階も存在しない。−4から下には何もなかった。

エレベーターはすぐ上昇し始めた。今度は凄まじいスピードで、数字がこんがらがり、読みとる暇もなく更新されていく。マイナス記号が消えているのだけが感じ取れる。それから唐突に停止し、そのショックで後ろの壁面に叩きつけられた。揺れが三十秒ほども続いてからようやく収まる。短い行程とはいえ、果てしなく続いたような気がする。

到着したのは六十四階である。これはもう、ありえないことだ。到底ありえない。経済・財務省の建物は七階建てだ。絶対に間違いない。扉がひらくと白いカーペットの敷かれた通路で、片側は広々としたガラス窓になっている。強い光が差し込んでまばゆいばかり。電子オルガンが奏でる、陽気かと思えば悲しげな曲が遠くから聞こえてくる。

今度はポールはじっと動かず、一分ほど身じろぎもせずにいる。すると、エレベーターは彼の従順さに対するご褒美でもあるかのように、ふたたび動き始めた。扉が静かに閉まり、通常の速度で下降していく。表示盤に示される階数（40、30、20……）は行き先階ボタンには少しも対応していない。何しろ七階以上のボタンはないのだが、ともかく数字は安定した速度で変わっていく。

そしてエレベーターは0階で止まり、扉が大きくひらく。助かった、と思ったのもつかの間、エレベーターの外に出たポールは、そこが庁舎の内部ではなく、見知らぬ場所であることに気づく。広大なホールで、天井まで少なくとも五十メートルの高さがある。ショッピングセンターだろうと直感的に思ったが、店など一軒も見当たらない。どこかラテンアメリカの首都らしく、徐々に耳が慣れてくるにつれて、いかにもショッピングセンターらしい音楽が聞こえてくる。周囲のざわめきにもスペイン語が聞き取れるようで、ラテンアメリカの首都という仮説は現実味を帯びてくる。だが、そこを行き交うかなりの数の客たちは少しもラテンアメリカ風ではなく、それどころか人間らしくさえなかった。彼らの顔は不健康な青白さで、異常なまでにのっぺりしていて、鼻がほとんどない。ポールは突如、彼らの舌が長く、筒状で、先が二股に割れていることに気づいた。あたかも蛇の舌のように。

そのとき、一定の間隔でベルが鳴っているのが聞こえてきた。短く、不快な音が十五秒おきに繰り返し鳴っていた。ベルというよりもビープ音だった。携帯電話に新しいメッセージが来たことを知らせる通知音だと気づいて、彼ははっと目を覚ました。

父のパートナーであるマドレーヌからのメッセージだった。彼女は朝九時に電話してきていた。

いまの時刻は十一時少し過ぎ。留守電の内容は啜《すす》り泣《な》きがまじってところどころ聞き取れず、おまけに後ろでは車の往来する轟音《ごうおん》が響いていた。とはいえポールは、父親が昏睡状態で、リヨンのサン＝リュック医療センターに運ばれたことを理解した。すぐさま折り返し電話をした。最初の呼び出し音でマドレーヌが出た。彼女は少し落ち着きを取り戻し、ポールの父が脳梗塞《のうこうそく》で倒れたと何とか説明することができた。ポールの父が先に起床し、マドレーヌはもう少しベッドにいようと思っていたとき、キッチンから鈍い衝撃音が聞こえてきたのだという。救急車がなかなか来なかった、三十分近くもかかったとマドレーヌは嘆いた。父の家は交通の便が悪い田舎の奥地、リヨンから五十キロ北の、ボージョレの小村にあるのだから、それは驚くべきことではなかった。とはいえ、重大な影響を及ぼしかねなかった。数分間、酸素が欠乏したせいで、脳の一部が損傷を受けた可能性があった。マドレーヌの話は新たにこみ上げてくる涙のせいでときおり中断された。ポールはマドレーヌに話しかけながらインターネットを検索して、ペラーシュ（リヨン中心部のリヨン・ペラーシュ駅）行きの次の列車が十二時五十九分に出ることを確かめた。それなら十分、間に合うだろう。途中で庁舎に立ち寄り、ブリュノに事情を話す時間だってありそうだ。ポールはついでにリヨンの〈ソフィテル〉（国際的高級ホテルチェーン）の部屋も予約した。サン＝リュック医療センターから遠くなさそうだった。それから電話を切り、身の回りの品の準備をした。

彼はブリュノのオフィスの入口で少し待った。

「いまルノーの会長と会ってるんだ……」ブリュノは半開きにしたドアから身を乗り出して言った。

「重大なことでも？」

「父が昏睡状態なんです。リヨンに行ってきます」

「こっちの用件はもうじき終わる」

待っているあいだ、ポールはインターネットの医療関係ページを検索してみた。脳梗塞は脳血管障害の一種である——その最も多いケースで、脳血管障害全体の八〇パーセントを占める。脳の酸素欠乏がどれくらい続いたかが、予後の診断にとって決定的に重要な要素となる。

「たいしたことはわからない、予後は何とも言えないと医者は言うだろうな……」二分後、ブリュノはポールに言った。「残念ながら、本当なんだ。数日で目を覚ますかもしれないし、ずっとそのままかもしれない。うちの父親も去年、脳卒中になってね。半年間、昏睡状態だった」

「で、それから？」

「それから死んだよ」


リヨン駅はいつになく人影がまばらだった。ポールはパニーニとラップサンドを買うだけの時間があった。それらをゆっくり咀嚼《そしゃく》するあいだ、列車は取りつく島のない灰色の空の下、ブルゴーニュ地方を時速三百キロで突っ切っていった。父は七十七歳、かなりの歳だがとんでもない高齢というわけでもない。いまやその年齢を超える人たちは大勢いる。だから父も生き延びるのではないかと思えた。だがそう思える理由はほぼそれだけだった。喫煙者であり続け、ハム・ソーセージ類やフルボディのワインを好み、ポールの知るかぎり運動などしようとしない。あらゆる点から見て、動脈硬化を悪化させて不思議はなかった。

ペラーシュ駅でタクシーに乗ったが、サン=リュック医療センターは、駅からたった五分の距離だった。ローヌ川にそったクロード・ベルナール河岸の道路はひどい渋滞ぶりで、歩いたほうがましだった。サン＝リュック医療センターのファサードを飾るカラフルな長方形の窓ガラスは、患者の家族を励まし、笑いをもたらす病院、レゴで作ったおもちゃみたいな病院というイメージを与えようとしているに違いない。だがその目的はほとんど果たされていなかった。窓ガラスはところどころ汚れ、くすんでいて、陽気な見せかけを裏切っていた。どちらにしても、病院内に足を踏み入れるとたちまち、モニター装置や呼吸補助装置の存在によって現実に引き戻される。ここにやってくるのは遊ぶためではなかった。たいていの場合、死ぬためなのである。

「ええ、レゾンさん、パパは今朝入院されました」受付の女性がそう言った。その声は優しく、気持ちを和らげるような口調で、要するに完璧だった。「もちろん、お会いになれます。でもその前に、担当の先生からお話があるようです。先生にお知らせしてきますね」

　担当の医師は、つんとすました五十がらみの女性で、明らかにブルジョワだった――人に指図することや街でのディナーにいかにも慣れている感じで、ブルジョワっぽいイヤリングをしていた。きっちりボタンを留めた白衣の下には真珠のネックレスをしのばせているに違いないとポールは思った――実際のところ、医師は少しばかりプリュダンスを思い出させた。あるいはむしろプリュダンスがなり得ただろう、本来なるべきだった姿を彷彿《ほうふつ》とさせた。どう解釈するにせよ、嬉しいニュースとは言えなかった。医師は一分もかからずにカルテを見つけ出した――少なくとも、机の上はきちんと片づけられていた。

「パパは今朝八時十七分に入院されました」医師もまた「パパ」と言った。恐ろしいことだ。まず近親を子供扱いすることから始めるよう指示が出ているのか？　ポールはまもなく五十歳で、父親を「パパ」と呼ばなくなって久しい。医師自身が父親を「パパ」と呼んでいるのだとしたら驚き入った話である。問題はポールが父親をファーストネームで「エドゥアール」とも呼べなくなっていることだった。弟や同世代の友人と話すときのようにはいかない。要するに、彼にはもう父親をどう呼べばいいのかわからないのだった。

「すぐＭＲＩ検査をやりました」医師は続けた。「脳動脈の状態を調べるためです。それから血栓溶解と血栓摘出をおこないました。これは脳動脈をつまらせている血栓を除去するためです。手術はうまく行きました。ただ残念ながら、二次出血が起こって厄介な状況になってしまったのです」

「回復の見込みはありますか？」

「そうお尋ねになるのは当然です」医師は満足そうにうなずいた。明らかに、彼女は普通の患者、普通の家族、普通の質問を好んでいた。「でも残念ながら、何もわからないとお答えするほかありません。損傷がありそうな部位はＭＲＩで確定できます――いまの場合は、前頭頂葉ということですが。ただ、損傷の度合いまではわからないのです。これ以上はもう、医学的には処置のしようがありません。動脈の血圧と血糖値をコントロールしながら状況を見守るだけです。パパの意識は以前のレベルまでは回復しないかもしれないし、正常レベルまで回復するかもしれない。でも、脳死状態に向かう可能性だってあります。いまの段階ではあらゆる可能性があります。とにかく、理性的になっていただかなくては……」彼女は言わずもがなの言葉でしめくくった。

「理性的でない者が、誰かいるんですか？」ポールはそう訊《き》かずにはいられなかった。医師の態度にいささか苛立《いらだ》ち始めていた。

「ええっと、父上のパートナーの方なんですが……。感情的になるのは、もちろん理解できるけれど……。でも、妹さんが来られてから、少し落ち着きました」

つまり、セシルが来ているのだ。アラス[*1]からやってきて、どんなふうに対処したのだろう？　ポールとは違い、セシルはとても早起きだった。マドレーヌはまず彼女に電話したに違いない。マドレーヌはセシルとはすぐに打ち解けた。一方、ポールに対してはいつもびくびくしたような態度を見せていた——それはポールが長男だからなのか、あるいはマドレーヌが誰に対しても少しびくついているせいなのか。

「最後にもう一つ……」医師はポールをドアまで送るために立ち上がった。「パパには人工呼吸器を装着しなければなりませんでした。呼吸のために不可欠なんです。気管挿管されている様子が、ご家族にとって少しつらいものであるのはわかっています。でもご本人には苦痛はありません。苦痛はいっさいないと保証できます」

　実際のところ、喉《のど》にチューブを差し込まれ、キャスター付きの大きな装置につながれた「パパ」の姿——装置の唸《うな》るような音が病室を満たしていた——、肘窩《ちゅうか》に点滴の針を刺され、頭と胸に電極を取り付けられたその様子は、ポールには恐ろしく老《ふ》け込《こ》んで弱々しく見えた。とても長くもちこたえられそうではなく、瀕死《ひんし》の状態としか思えなかった。女二人は病室の隅に隣りあって坐っていたが、何時間も前からそうしているような印象を与えた。マドレーヌが先に気づき、ポールに向かっておびえたようでもあり安心したようでもある視線を投げかけた。だが椅子から立ち上がろうとはしなかった。セシルが彼のところまで来て抱擁した。妹に会うのは何年ぶりだろう？　七年、それとも八年ぶりだろうか。とはいえアラスはそれほど遠くはなく、パリからＴＧＶで一時間もかからない距離なのだが。彼女は少し老けていた。何本か白髪があったが、目立つほどではない。明るいブロンドの髪はあいかわらずボリューム豊かだった。顔も少しふっくらとしたようだが、前と同じように素晴らしく整った顔立ちだった。妹が女子高校生時代、学校きっての美少女の一人だったことをポールはよく覚えていた。数えきれないほどの男子たちに取り巻かれていたが、彼女は結婚まで処女のままだった。彼はそう確信していた。妹は恋愛を隠し立てすることなどできないたちだった。そのころからとても信心深く、日曜ごとにミサに出席し、教区のカトリック関係の行事に参加していた。あるとき、深夜目を覚ましたポールが用を足して戻る際に、間違えて彼女の部屋のドアを開けたことがあった。すると彼女はひざまずいて祈っていた。そのとき、まるで妹が男と一緒にいるところを見てしまったみたいに気づまりに感じたのを覚えている。彼女自身、少し気づまりな様子だった。あのころ彼女は十六歳だったろうか、それからまもなく、兄が試験のことで気を揉《も》んでいると——当然のことながら、試験で気を揉むことが彼には一度ならずあった——、彼女はこんなふうに言うようになった。「わたし、兄さんのために聖母さまにお願いするわ」。それもごく自然な、あたかもクリーニング店にブラウスを取りに行くとでもいうような口調だった。妹のこうした絶対的信仰心がどこから来たものなのか、ポールには皆目《かいもく》わからなかった。家族でそうした傾向があるのは妹だけだった。彼女は自分と似たタイプの、一見、さらに冷静沈着な男と結婚した——田舎の公証人というのは原則的に冷静沈着なはずだ。それで人はつい思い違いをする。だが実際には、二、三分話しただけで、彼には何か熾烈《しれつ》なものがあるのが感じられた。彼ならばキリストのた

＊1　フランス北部、ベルギー国境に近い町。

めに、あるいはそれに匹敵する大義のために、一瞬のためらいもなく命を差し出すのではないかという印象を与えた。ポールは彼らのことが好きだった。お似合いのカップル——いずれにせよ、自分とプリュダンスよりもはるかに立派なカップルだと思っていた。いわんや弟とそのどうしようもない妻など、比較にならなかった。

「大丈夫か？　つらいよな」抱擁を解いて、ようやく彼は尋ねた。

「ええ。本当につらい。でも、パパはきっと治るってわかってる。神さまにお願いしたから」

6

数分後、病室に看護師が入ってきて、点滴の具合や人工呼吸器のチューブの位置を確認し、モニターに表示されている数字をメモした。「お体をきれいにしましょう……」最後に彼女が言った。

「部屋にいてもいいですよ。どちらでも大丈夫です」

「タバコを吸ってきます」とポールが言った。たいていの場合、彼は禁煙のルールに従って社会が課してくる一定の時間を我慢することができた。だが、いまは不可抗力だった。河岸に出るとすぐ、肌を刺すような寒さに襲われた。病院の入口前では、三十人ほどがタバコを吸いながらうろうろしていた。話をする者はなく、他人も目に入っていない様子だった。それぞれが小さな個別の地獄に閉じこめられていた。実際、不安をかきたてる状況を生み出す場所、タバコを吸いたいという気持ちをたちまち抑えられなくなる場所があるとすれば、それは病院にほかならない。夫が、父が、息子がいるとしよう。その日の朝までは一緒だったのに、数時間、ときには数分で命が奪われかねない。そんな状況で助けになるものなどあるだろうか、一本のタバコ以外に？　イエス・キリスト、とセシルならば答えただろう。そう、イエス・キリストなら、たぶん大丈夫だろう。ポールが最後に父に会ったのは夏の初めで、それからまだ半年もたっていなかった。そのとき父は元気満々で、マドレーヌと一緒に行く予定のポルトガル旅行の準備に没頭していた――出発は翌週で、父は〈ポサーダ〉（中世の古城や歴史的な建物を改修したホテル）か何か、そうした種類のホテルを予約していた。昔からポルトガルが好きで、再訪したい場所がたくさんあったのだ。父は政治の動向にも興味をもち、ブラック・ブロック*1の活動の再燃について、詳細に延々と解説してくれた。全体として何の心配もない、満足のいく再会だった。父は歳の割には活動的で頭も冴《さ》え、引退後の生活を心ゆくまで楽しみ、パートナーとはポールだってうらやましくなるような関係を築いていた――あれこそはまさに、とポールは思った。葬儀保険の広告に決まって登場するような理想のシニア像だ。

　会社が引ける時刻で、クロード・ベルナール河岸の交通量はいっそう増し、いまや車がほとんど前に進まない状態になっていた。病院のすぐ前にある信号はまた赤に変わった。最初に一台がクラクションを鳴らした。孤独なシカの鳴き声のようなその音に続いて、巨大なクラクションの波が押し寄せ、悪臭漂う空気を満たした。ドライバーたちはきっとみな、さまざまな心配事、私生活での、あるいは仕事上の厄介事を抱えているのだろう。だが彼らは死がすぐ近く、この河岸で待ちかまえていることなど想像していなかった。病院ではご家族の方々が死への旅立ちに備えていた。彼らにももちろん私生活があり、仕事があった。もしドライバーたちがあと何分か留まっていたなら、死の姿を目にしただろう。死は病院入口のすぐそばにいた。そしていまにも上階にのぼっていこうとしていた。それは売女《ばいた》、しかもどちらかといえばブルジョワの、高級でセクシーな売女だった。だが彼女はあらゆる往生を受け入れる。瀕死の庶民も、金持ちと同じように彼女を頼りにすることができた。あらゆる娼婦と同様、彼女は客を選ばない。病院が街なかにあるのはよくないのではないか、とポールは思った。周囲はあまりに喧噪《けんそう》に満ち、計画や欲望に満ちている。街は死ぬのに適した場所ではない。彼は三本目のタバコに火をつけた。病室に戻って、体に管を入れられた父の姿を見る気にはなれなかった。だが、仕方がない。病室にはセシルだけがいた。彼女はベッドの下に文字どおりひざまずいて、恥ずかしげもなく祈っていた。ポールはわれ知らず、そう思った。

「お祈りしてたのか……　神さまに?」彼は考えもなしに尋ねた。まったく、いつもこういう調子だ。将来、愚問以外の質問をすることができるようになる日が来るのだろうか?

「違うわ」彼女は立ち上がりながら言った。「いまのはふだんどおりのお祈り。聖母さまに直接お願いするよりそのほうがいいから」

「なるほど、わかるよ」

「兄さんにわかるわけない。でも、別にいいのよ……」彼女はほとんど笑い出しそうだった。晴れやかな微笑みを浮かべていたが、少しからかうような表情でもあった。たちまち彼は、十九歳の夏、エルヴェと出会う直前の妹の姿を思い出した。まさに同じ微笑みだった。当時、妹にはあまり悩みもなく、人生は驚くほど澄み渡っていた。ポール自身は厄介な状況のただなかにいた。というか、それが終わろうとしているところだった。ヴェロニックが彼とのあいだにできた子供を、いっさい相談なしで中絶し、手術の翌日になって知らされた。それだけでも凶兆だったが、実際ヴェロニックとは数週間後に別れることになった。運命の言葉を発したのは彼女のほうだった。「わたしたち、

＊1　黒い衣服・覆面等を着用して街頭行動をするアナーキストや反資本主義運動家の集団。

もうおしまいにしたほうがいいと思う」とか、それとも「考える時間を置いたほうがいいと思う」といった種類の言葉である。ポールにはもう思い出せなかったが、どちらにしても同じことだった。いったん考える時間を置いたなら、結果はもう見えている。それは感情問題に限ったことではない。単に思慮と人生は両立しないのだ。ポールにとっては素晴らしい人生の可能性が奪われたというほどのことでもなかった。ヴェロニックは凡庸な女であり、世界の凡庸さの一端に責任がある女、ほとんど世界の凡庸さを象徴するような女だった。その後どうなったかはまったく知らないし、知りたいと思ったこともない。結婚しているとしたら夫はきっと幸せではないだろうし、彼女も同じに違いない。他の人間を幸せにすること、自分を幸せにすること、それはどちらも彼女の力に余ることだった。端的に言って愛する能力がなかったのである。

学業の面でも彼には悩みがあった。それもまた、いまから振り返ってみれば、情けないほど凡庸な悩みだった。国立行政学院を成績優秀で卒業し、財務検査官の道に進めるかどうか、それだけが当時の彼の関心事と言ってよかった。セシルはその面でも悩み知らずで、そもそも彼女にとって勉学の道は無関係だった。社会福祉や診療補助の分野で先の保証のない有期雇用のポストを渡り歩いたのち、いまでは、専業主婦でとおすのだとほぼ心に決めているらしかった。仕事に出るのはよほどの緊急事態になったときに限られるだろう。彼女は職業につくことに少しも魅力を感じていなかったし、学問のほうも同様で、彼女にとってはまったく意味のないことだった。「わたしはインテリじゃないから」彼女はときおりそう言っていた。本当のところポールも同じで、寝る前にヴィトゲンシュタインを読むようなタイプではなかった。しかし彼には野心があった。野心？　自分がどのような野心を抱いていたのかを思い出すのは、いまとなっては難かしかった。政治家になるという野心でなかったことは確かで、そんな気持ちを抱いたことは一度もなかった。彼の野心とは、ベルシー公園に面した大きなガラス張りの素晴らしい生活空間のあるメゾネットに住み、生物多様性に配慮した、ギンコ・ビロバ（日本のイチョウ）の並木や菜園がある公園を毎朝歩くことができて、プリュダンスのような相手と結婚する、といったことだったはずだ。

「マドレーヌに、家に帰って寝るように言ったの」セシルは思い出にふけっている彼にそう言った。「今朝から、大変だったから」彼はマドレーヌのことを完全に忘れていた。そしてにわかに、彼女の置かれている状況を思って怖くなった。父が引退したのは十年前、その数日後に母が死んだ。ポールはそれが父の健康、さらには生命にさえ危険を及ぼすのではないかと真剣に案じた。退職し、妻もいない。これではもう、やって行けないだろう。父は昔の書類を何時間もひっくり返して過ごしていた。きちんと身づくろいをしたり、食べたりといったことはもう頭に浮かばないようだった。その反対に、残念ながら酒は飲み続け、酒量は増えてさえいた。マコン＝ベルヴュの精神科病院に入院して、さまざまな向精神薬を投与されたことが多少の効果を上げた。父は少しも嫌がらずに薬を飲み、主任医師の表現によればとても「聞き分けのいい」患者としてふるまった。そしてサン＝ジョゼフの家に戻ってきた。それは父の愛する家、人生の一部分をなす家だったが、とはいえ一部分にすぎなかった。前はＤＧＳＩでの仕事があったが、それももう終わった。結婚生活も同様に終わっていた。父の人生は大幅に簡略化されてしまっていた。たしかに家はまだ残されていたが、それだけではおそらく十分ではなかった。

　ポールには、マドレーヌが給料をもらっているのが県からなのか、それとも地方行政からなのかわからなかった。彼女はホームヘルパーであり、昔ながらの仕事（掃除、買い物、料理、洗濯、アイロンがけ）全般をこなせたが、ポールの父は、同世代のすべての男たちと同じく、そうした仕事については完全に無能だった——次の世代が能力を高めたわけではなくて、女たちも能力を失って、なし崩し的に男女平等がなりたった結果、富裕層や、小金のある世帯は家事を外注し（ちょうど企業が清掃と警備を下請けに出すように）、そうでない世帯は徐々に険悪なムードになって、虫がわき、全般的に不潔になった。いずれにせよ、ポールの父の場合、ホームヘルパーが不可欠で、普通ならそれ以上の進展はないはずだった。父は恋をしたのだろうか？　六十五歳になっても恋をすることはできるのか？　きっとできるのだろう。地上にはありとあらゆる事柄が存在する。とにかく、確かなのはマドレーヌが父に恋をしたということだった。その明白な事実にポールは気づまりを覚えた。父の恋愛事情は彼が向き合いたい主題ではなかった。理解はできた。父はそれなりに貫禄があったし、ポールはいつでも父に少しばかり気おくれを覚えていた。だが別に怖がっていたわけではなかった。なぜなら父が善良な人物でもあることは明らかだったからだ。つまり、最初は善良だったのだが、情報機関での仕事によっていくらか消耗し、かつまた鍛えられたのだろう。マドレーヌの境遇はそんな世界とは無縁だった。彼女はただ哀れな女というほかなく、これまでの人生は徹頭徹尾くだらないものだった。アルコール中毒の男との短い結婚生活、それがすべて。一般に、人々の一生というのがどれほど取るに足らないものかは、想像もつかないくらいだ。自分自身がそうした人々の一員であるからといって想像しやすくなるわけではない。そして我々は多かれ少なかれ、みなその一員なのである。彼女はちょうど五十歳——父より十五歳年下——で、これまでの人生で幸福というものを知らず、それに類した何かを知ることもなかった。でもいまだに美しさを保っていたし、昔はさぞ美しかったに違いない——そしておそらくそれが不幸の要因となったのだろう。醜ければもっと幸せだったというのではない。逆に、そうだったなら彼女の不幸はさらに単調で退屈な、より短いものですんだだろう。たぶんもっと早く死んでいたのではないか。最後に訪れた幸福が、脳動脈に形成された血栓のせいで、いまや奪い去られようとしていた。どうして落ち着いて対応などできただろう？　彼女は主人を失った犬のようなものだった。そうした場合、犬は取り乱し、吠《ほ》えたてる。

「ホテルは取った？」一人で考えにふけっていた彼は、ようやくセシルに尋ねた。

「駅の近くの〈イビス〉（エコノミー・ホテルのチェーン）。なかなかいいよ、便利で」

なるほど、イビスか。キリスト教的な謙譲《けんじょう》の美徳の表れだろうか。本当を言えば、ポールは少し苛立った。キリスト教的な謙譲の美徳か。ふん、エルヴェは公証人で、ホームレスってわけじゃないんだから。マドレーヌのほうはプロレタリアらしい単純さで、キリスト教的であろうがなかろうが、謙譲の美徳など喜んで捨て去り、ポールの父と一緒にポルトガルの豪華な〈ポサーダ〉に泊まれることを、ほとんど子供のように――ポールはその様子をよく覚えている――喜んでいたものだ。

「こっちはソフィテルを取った……。今夜はソフィテルのレストランで一緒に食事をしよう。ご馳走するよ」彼はインターネット上でポーカーのプレイヤーがするのを見たのと同じ、両手を広げるしぐさをしてみせた。「ここからすぐ近くだ。ローヌ河岸の反対側、ほとんど真正面にある」

「いいわね。地図だとどこになるかな」彼女はハンドバッグからリヨンの地図を取り出した。実際、すぐ近くだった。橋を渡るだけでよかった。

「わたしは病院が閉まる七時半までここにいるから。途中で、リヨンのソシソン（リヨン名物の豚肉ソーセージ）を買っておいてくれる？　ゆでて食べるタイプを。買って帰るってエルヴェに約束したの。モンタランという店に行くといいよ。ホテルまでの途中にある、フランクラン通りのなかほどの店」

「わかった。ゆでて食べるやつね」

「二本買ってもいい。トリュフ入りのと、ピスタチオ入りのと。自分用に一本、買っておいたら？　リヨンのソシソンは格別。フランスのソーセージでも最高の品の一つじゃないかな」

「でも、知ってるだろ。ぼくは料理があんまり得意じゃないから」

「そんなの、料理のうちに入らない……」彼女は寛大に、そして少しもどかしげに頭を振った。

「フツフツ沸いたお湯で三十分ゆでるだけ。まあ、好きにしたら」

7

ローヌ川は驚くほど川幅の広い、立派な川だった。ポールがユニヴェルシテ橋を渡り出してからもう五分もたっていた。「おごそか」な川といっても誇張ではなく、これに比べたらセーヌ川はみすぼらしい小川にすぎなかった。彼のオフィスからはセーヌ川が眺められた。大臣執務室のメンバーが浴している恩恵だったが、日中、セーヌ川を眺めることはほとんどなかった——ローヌ川を前にすると、それがなぜなのかわかった。子供のころ、小学校の地理の教科書では、フランスの河川それぞれに決まった形容が付されていた。ロワール川は「気まぐれ」、ガロンヌ川は「血気盛ん」、セーヌ川は何だったろうか。「悠然とした」だろうか？　そうかもしれない。そしてローヌ川は？　たしか、「おごそか」だったはずだ。

部屋でメッセージを確認した。着信はブリュノからの一件だけだった。「連絡してくれ。よろしく」彼はすぐブリュノに電話し、事情をできるだけかいつまんで説明した——だが、客観的に言えば、ほとんど何もわからないというのが本当のところだった。たぶん明日の午前中には戻れると思うと彼は付け加えた。

レストラン〈トロワ・ドーム〉は驚くほどの店ではなかった。どことなく笑いを誘うような誇張に満ちた品名が並んでいるのは多くの店と同じで、「郷土のアダージョ」とか「やんごとなきオマール海老」とかいった調子である。彼はろくに考えもせず、すぐに料理を選んだ。ノルウェー産スクレイ（ノルウェー特産の高級タラ）の塩締め。一方、妹はうっとりとメニューに目をさまよわせ続けていて、どうやら星付きのレストランに出かける機会はあまりないらしかった。ワインはいいものにしようと、ポールはメニューにある最も高いワインのうちの一本をためらいなく選んだ。コルトン＝シャルルマーニュ。「バターのような感触と柑橘《かんきつ》類、パイナップル、シナノキ、焼きリンゴ、シダ、シナモン、火打ち石、ネズ、そしてハチミツの香り」が特徴だという。何とも恐れ入ったワインだった。

ローヌ河岸の交通量はやや落ち着いてきた。夜の闇のなか、地平線には二つの巨大なビルが、煌々《こうこう》と照明を浴びてそびえていた。現代的な建築で、一方は鉛筆、もう一方は消しゴムの形をしている。リヨン・パール＝ディユーと呼ばれる地区だろうか？　とにかく、やや不安を誘う眺めだった。光り輝く幽霊がビルのあいだを漂っているような印象を受けた――オーロラを思わせもするが、紫や緑を帯びた異常な色調で、それが屍衣《しい》のようによじれるさまは、父の魂を奪いにやってきた邪悪な神々かと思えた。ポールは不安にとらわれて数秒間ぼんやりしてしまい、セシルが何か言っているのは唇の動きからわかっても、声が聞き取れなかった。気を取り戻すと、セシルはリヨン料理について話していた。セシルは料理が昔から大好きだった。ウェイターがミザンブーシュ（一口大のオードブル）を運んできた。

「明日帰ることにするよ」彼は言った。「ここにいてもたいして役に立たないと思うから」

「そうね。それほど役に立つわけじゃないわね」

彼はむっとした。いったい何が言いたいのだろう？　自分のほうが兄よりも役に立つと信じているのか？　お返しに何か痛烈な言葉をぶつけてやろうとしたとき、不意に妹の考えがわかった。そう、彼女は自分のほうが役に立つと思っているのだ。父が昏睡状態から覚めますようにと彼女は祈るだろう、休みなく祈り続けるだろう。そしてきっと、父の枕元で祈ったほうが祈りが通じやすいと思っているのだ。実際、魔術的思考には、あるいは宗教的思考と言っても同じだろうが、それなりの理屈がある。ポールは突然、『チベット死者の書』のことを思い出した。若いころ、仏教徒のガールフレンドの影響で読んだことがあった。その娘は膣をきゅっとすぼめる技をもっていた。女の子にそれをやってもらうのはポールにとって初めてだった。彼女の宗教では膣は「ヨニ」と呼ばれるという。彼はその響きをかわいいと思った。しかも彼女の「ヨニ」は常ならぬ甘い味がした。彼女の部屋はとても明るい雰囲気で、カラフルな曼陀羅《まんだら》で飾られていた。なかでもひときわ大きな絵に強い印象を受けたことを、いまでも覚えていた。真ん中ではブッダ・シャカムニが、森にひらけた場所の菩提樹の下であぐらをかいていた。まわりには森から出てきた動物たちが集まっていた。虎、牝鹿、チンパンジー、蛇、象、水牛……。すべての動物たちがブッダをじっと見つめ、彼の瞑《めい》想《そう》の結果を不安げに見守りつつ、いまこの空き地の中央で起こりつつある何かが全世界的な重要性をもつことを漠然と予感していた。ブッダがついに悟りをひらいたなら、彼一人だけでなく人類全体が輪廻《サムサラ》転生から解放されるのであり、それに続いてあらゆる存在が仮象の世界を去り、啓示を受けることができる。動物たちにはそれがわかっていた。

彼が国立行政学院の入試に合格すると同時に、カトリーヌは国立獣医学専門学院の入試に合格した。現役合格だったが、メゾン・アルフォールに行けるほどの成績ではなかったので、トゥールーズで学ぶこととなった。[*1] 別れのとき、ポールは心底、悲痛な気持ちを味わった。女の子とのつきあいが終わることで本物の悲しみを覚えたのはそれが初めてだった。もちろん、彼女がパリに来ることはできるし、彼がときどきトゥールーズまで行くこともできた。お互いにそう言いあってはいたが、信じていたわけではなかった。そしてもちろん彼女はすぐに別の男とつきあうようになった。けっこうかわいかったし、誰とでも打ち解ける陽気な子で、セックスが好きだった。当然のなりゆきではないか。少しあとで、彼は別の仏教徒の女の子と寝た。こちらは政治学院《シアンス・ポ》（社会科学の名門校）の学生で、もっと知的な仏教、というよりも禅の信者だった。二人の関係は、ポールが彼女から「とんでもない恐怖に襲われた」夜の体験を聞かされた直後、唐突に終わった。彼女が瞑想に入ろうとしたとき、より正確には「妙なる法の蓮の教え」（妙法蓮華経）を唱えようとしたとき、廊下からひどいわめき声が聞こえてきて祈りを妨げた。部屋のドアに近寄り、のぞき窓に目を当てて外を見ると、一人の男がうずくまり、体をわなわなとふるわせ、血を流していた。彼女は何もせず、警察を呼びもせずに、またカーペットの上であぐらをかき、「瞑想を中断しないよう」に努めた。ささやかではあるが重大な出来事が語られたことで、二人のあいだにはたちまち目に見えない心の壁ができた。彼女はそれを意識もせず、自分の話のせいでポールにおぞましく思われかねないと気づいていない様子だった。ポールはすぐに口実を作って彼女の部屋から去り、以後は電話がかかってきても出なかった。だから二人の肉体関係は一度きりの交接に終わったが、忘れられないというほどではなかった。素晴らしい美人ではあったけれど、膣を収縮する術は備えていなかったし、フェラチオのやり方もいいかげんだった。一方、カトリーヌは一生懸命、熱心にフェラチオをした。あらゆる点でチベット仏教は禅に勝っているようだった。ともかく、チベット仏教の場合、死の瞬間は輪廻《りんね》転生の無限の円環から抜け出る最後のチャンスを意味していた。リヨンの街はすっかり夜闇に包まれていた。瀕死の者に対するラマ僧のお経は、つねに「高貴なる子よ、ぼんやりせずに聞くがよい」という呼びかけで始まるのだったと彼は思い出した。死者にもそう呼びかける。彼らにとって死者の魂は、死後数週間は交流可能なのだった。

「パパはもうすぐ死ぬわけじゃないわ」妹が断固とした調子で言葉を発した。ポールは五分間、思い出に浸って何も言わずにいたのだが、妹は彼の考えの筋道をたどっていたかのようだった。

「ああ、さっきも言ってたな、神さまにお願いしたって……」彼の口ぶりはいささか軽すぎた。とはいえ妹を傷つけることだけはしたくなかった。「終油の秘跡の儀式をおこなうのかい？」彼は埋め合わせになればと願って尋ねた。

「第二ヴァチカン会議（一九六二―六五年）以来、病者の塗油って言うの」彼女は辛抱強く答えた。「それに、病者は意識がなきゃいけないのよ。自分で願い出なければだめで、まわりが勝手にするわけにはいかない」

　そうか、またしても余計なことを言ってしまった。とにかく、セシルと話すには、カトリックの教えの歴史について調べておかなければならない。そういえば近所に教会があった。ノートル＝ダム・ド・ラ・ナティヴィテ・ド・ベルシーとかなんとか言っただろうか。あそこに行けばきっと、

＊1　フランスの獣医学教育は国立の専門学院四校からなり、そのうちパリ郊外のメゾン・アルフォールは最古の伝統を誇る。

カトリックの教えについての資料があるだろう。

「わたしが気を悪くするんじゃないかって、心配しなくてもいいよ……」彼女はやさしく言った。「わたしたちカトリック信者は、そういうのに慣れてるから」妹は本当に、彼の考えを逐一読みとっているのだろうか？

「わたしもあした、帰る」彼女は続けた。「でもまず、マドレーヌをサン＝ジョゼフまで送っていく。家に戻るとき、一人じゃないほうがいいと思うから。それに、わたしたちがあそこで暮らすのに必要なものがそろっているかどうかも調べておかなきゃならないし。来週、エルヴェと一緒にまた来るつもり」

「エルヴェ？　でもそんなの無理だろう？　仕事があるじゃないか」

「それがね……」彼女は気まずそうに顔を伏せた。「まだ言っていなかったけど。あんまり会う機会もなかったしね」彼女はとがめるようにではなく、まったく単純に事実を述べる口調で言った。

「エルヴェは一年前から失業してるのよ」

　失業？　公証人が失業するなどということがありうるのか？　彼はふと、エルヴェは公証人とはいえ、豊かな家庭の出身どころか、その反対であることを思い出した。ヴァランシエンヌだったかドゥナンだったか、とにかく失業者が三代続いているような北部の町の生まれだった。初めて彼に会って、両親は何をしているのか尋ねたとき、彼はさも当然のことという調子で「失業者です」と答えたのだった。

「彼が俸給表で第四カテゴリー（最上級）まで行ったとき、所属してた事務所が倒産したの。わたしたちの住んでいるあたりで再就職先を見つけるのは、本当に大変なのよ。不動産危機が深刻で、取引はまったく停滞しきっている。公証人にとって、不動産は一番の基礎となるものだから」

「でも……　大丈夫なのか？　生活は？」

「失業手当が出ているうちは大丈夫。でもそんなに長くは出ない。手当が切れたら、わたしが何か仕事を見つけなくちゃ。なにしろわたし、勉強してないでしょう。本当に働いたことだってないし。料理と掃除のほかは、なんにもできないんだから」

　この夜のやりとり以来、ポールは自分が毎月八千ユーロもらっていることに気まずさを覚え始めた――学歴と職歴に照らせば、異常な高額ではまったくなかったとはいえ、気まずく感じた。仕事も妻も自分で選んだが、その結果、不幸せになった――そもそも、本当に選んだのか？　妻のほうはたしかに、いくらかは、自分が選んだ相手だったし、仕事もまあそうだったが――少なくとも、金銭の問題は彼にはなかった。結局、彼とセシルは正反対の道を歩んできたのである。そして二人の運命も、運命が一般に帯びる耐えがたいほど決定的な性格のために、正反対のものとなったのだ。

　実際のところ、ブリュノと出会って以来、仕事の面ではけっこううまく行っていた。ブリュノは幸運な偶然、彼の人生で唯一の幸運な偶然の賜物《たまもの》だった。そのほかのすべてを、彼は競争や戦いを経て勝ち取ってきた。プリュダンスを得るためにも戦ったのだったか？　たぶん、戦ったのだろう。どうも思い出せなかった。何年か隔てて振り返ると、何とも奇妙なことのように思えた。

「で、娘さんたちは？　学費のほうは大丈夫？」なぜだかよくわからないが、姪《めい》たちについてはより質問しやすく、悲劇的な色合いが薄いような気がした――きっと、彼女らがより若いせいなのだろう。

　デボラは進学しなかった、とセシルは言った。彼女は前から、デボラは母親似で、インテリじゃないとよく言っていた。デボラはささやかな仕事を転々としていた。たいていはウェイトレスの仕事で、いまはピザの店で働いていた。有期雇用契約ばかりだったが、それでもうまく行っていた。彼女は元気満々で笑顔を絶やさず、客にも雇用主にも受けがよくて、次の仕事は簡単に見つかった。

アンヌ＝リーズは話が別だった。ソルボンヌの博士課程でフランスのデカダン派作家に関する研究を始めたところで、とりわけエレミール・ブールジュとユーグ・ルベルを対象としていた。セシルはそのことをなぜか自慢げに語って聞かせたが、それらの作家については明らかに何も知らなかった。親が自分の子供のやっている学問のことを、それについて何も知らないのに、いっそう自慢げに語るのは不思議なことである。人間らしい美しい感情というものだろう、とポールは思った。しかもアンヌ＝リーズはソルボンヌ、つまり文学部のなかで最高の名門の学生だ。セシルもその点はわかっていた。アンヌ＝リーズは両親に何も求めず、経済面での援助を断っていた。しかしパリの家賃は高い。彼女は出版社でアルバイトの仕事を見つけ、経済的に自立していた。

アンヌ＝リーズは六年前からパリにいるのに、一度も会っていない。ポールはそのことをにわかに意識した。それは彼の間違い、完全に彼の間違いであり、どう考えても彼のほうから連絡を取るべきだった。とはいえ、どこで姪と会えばよかったのか？　自宅は、プリュダンスとの関係の現状から考えて容易ではなかった。それは終わりを迎えつつあるカップルの不都合な点で、自分たちの不和のみじめで陳腐なありさまを見られるのが恥ずかしいのだ。誰であれ客を招くのがだんだんと難しくなり、ついには社交的なつながりがすっかりなくなってしまう。二人はそれぞれが専用の寝室と浴室をもっていた。公園に面してガラス張りになった生活空間は、徐々にノーマンズランドと化し、無人の緩衝《かんしょう》地帯となっていった。二人がいまなお共有している唯一のスペースはキッチンであり、最後に残った共用の家具は冷蔵庫だった。そんないっさいを、アンヌ゠リーズにどう説明すればいいのか？

ウェイターがデザートを運んできたとき、ポールのノルウェー産スクレイの塩締めの皿はまだ下げられていなかった。そこまでは完璧だったサービスにかすかな綻《ほころ》びが出た。ポールはそれに目をつぶろうとはしなかった。ウェイターの詫《わ》びの言葉に、金持ちならではの抑えた微笑で応じた——許しはするが、しかし今回かぎりだぞという金持ちの態度である。

ポールが願ったとおり、セシルの娘たちの話題になって、座の雰囲気はぐっと軽くなった。結局のところ、若者たちには本当の問題、深刻な問題などけっしてない。若者なら何とかなると思える。反対に、五十歳で失業した男に関しては、また職が見つかるだろうなどと本気で信じる者は誰もいない。しかし、そう信じるふりはする。職業安定所の相談員はさも見込みがありそうな様子を見事に演じてみせる。そのために雇われているのだし、演劇の研修か、ピエロのワークショップにでも加わっているのかもしれない。おかげで近年、失業者は心理面で大いにケアしてもらえるようになった。だが失業率は下がっておらず、それが大臣としてのブリュノの数少ない真の失敗の一つだった。彼にできたのは失業率を上昇させないことだけだったが、フランス経済は勢いを取り戻し、輸出力を高めていた。しかし労働生産性が飛躍的に向上する一方で、無資格者向けの雇用はほぼ完全になくなっていた。

「あした一緒にサン゠ジョゼフに来る？」セシルがそう尋ねたので、ポールのとりとめのない考えごとは中断された。いずれにせよフランスの失業問題はどうにもならない。自分たちの夫婦関係も、父の昏睡状態も同様だ。「わたしに何ができよう？」たしかカントがどこかでそんな問いを発していたのではなかったか？　それともむしろ「わたしは何をすべきか？」だったか。ポールにはもう思い出せなかった。別の問いだったかもしれないし、そうではないかもしれない。サン＝ジョゼフ＝アン＝ボージョレはまさしく彼の子供時代の家だった。父は毎週末になると戻ってきたし、バカンスはいつも家族みんなでそこで過ごした。「パパがいないのにあそこに行くのは、まだちょっと早すぎるかな」彼はそう答えた。ほら、自分でも「パパ」なんて言い始めた、結局、子供時代に退行するのは心地いいことなのだろう。きっと本当は誰もがそれを望んでいるのだろう。セシルはうなずき、わかると言った。彼女は実際にはすっかりわかっているわけではなかった。一番の問題は、ポールにはいま、マドレーヌのそばにいるのが耐えられないということだった。彼女はまわりに熱波のような耐えがたい苦しみの波動を及ぼしていた。あれほどの苦しみを受け止めるには、少なくとも神が必要だった。マドレーヌがキリスト教的な意味での神を信じているのかどうかさえ定かではなかった。しかし彼女は、人間の命を導いたり破壊したりする大元となる力の存在を信じているに違いなかった——結局のところ、さほど人を安堵させてはくれない、福音書のメッセージよりもギリシア神話に近い何かである。いずれにせよ、マドレーヌはセシルを信じていた。セシルを、祈りによって神の意志を変えることのできる一種の秘儀に通じた者とみなしているはずだった。そして彼自身、何とも驚いたことに、妹をいくぶん同じようにみなし始めていた。

　川の向こう側、ここから数百メートルの病院のベッドに横たわった父は、いったいいま何を考えているのだろう？　昏睡状態の病人たちにはもはや覚醒も睡眠もないが、それでもなお夢を見るのだろうか？　本当のところは誰にもわからない。どんな医者に訊いてみても、口をそろえて言うだろう。「そこには近づくことのできない精神の大陸が広がっているのです」

いよいよあやしく漂い出す彼の連想を、セシルがまたも中断させた。「明日、十七時十二分の列車に乗る。北駅（アラス方面への列車が出るパリの駅）に移動するのに、四十五分くらい余裕があるよね。一緒に帰ろうか？」

彼女の言葉には質問が一つ、というより二つ含まれていた。そう、リヨン駅から北駅まで、四十五分あれば大丈夫だろう。いいとも、一緒の列車で帰ろう。列車に乗るまでのあいだ、リヨンの町を歩いてみようか。漠然とした記憶だが、たしかリヨンにはソーヌ河岸かどこか、散歩に向いた場所があるはずだった。

8

予想に反して、リヨンの町の散策はけっこう心地よいものだった。ソーヌ河岸はローヌ河岸よりも静かで、車はほとんど行き交っていなかった。川をはさんで向こう側には、森の丘陵のそこここに古い建物が立ち並んでいた。たぶん二十世紀初頭に建てられたものだろう。一戸建ての住宅や、立派なお屋敷もあった。全体として調和がとれており、驚くほど閑静だった。今日《こんにち》、心地よい風景がほぼ必然的に、人の手がまったく触れないまま少なくとも一世紀はたった風景であることは、残念ながら認めざるを得ない。きっとその事実から何か政治的な帰結を引き出す余地もあるだろう――とはいえ彼の国政中枢部における地位からして、それは控えておいたほうがよさそうだった。

おそらく彼は、より全般的に言って、考えること自体を控えておいたほうがよさそうだった。八年前に訪れた母の死は人生において強烈な、奇妙な経験だった。母のシュザンヌはアミアンの大聖堂の塔を飾る天使の群像を修復している最中に、足場から転落した。安全ベルトを確かめておくのを忘れたのだ。引退まであと半年だった。あまりに唐突で、予見不可能な事故だったので、当時彼は神経が麻痺したような状態になった。本当に悲しみを覚えたという記憶もなく、むしろ呆然《ぼうぜん》としていたのだった。だがこのたび、父の場合はまったく別だった。薄い霧がたちこめるソーヌ河岸を歩きながら、彼は心が静かな、果てしない絶望に浸されていくのを感じた。そしていまや自分が本当に人生最後の部分、最終局面に入っていくのだと思った。次は自分の番、あるいはセシルだろうか。いや、きっと自分の番だろう。

そのとき、妹とのあいだでオーレリアンの話題がまったく出なかったことに気がついた。昨晩は弟の名前さえ口にされずじまいだった。とにかく、知らせてはあるのだろうか？　たぶん知らせていないのだろう。マドレーヌはこれまで、オーレリアンとのあいだに本当の意味でつながりをもったことはなかった。誰が知らせる役を引き受けるのか？　もちろんセシルだろう、人としてつらい仕事になりそうなとき、その仕事は自動的にセシルに割り当てられるのだった。「カトリックなんだから……」彼はベンチに腰を下ろしながらぼんやりとつぶやいた。そしてそれきり、しばらくのあいだ彼の頭から筋道だった考えは消え去った。川面から立ち昇る霧があたりを分厚く取り巻き、数メートル先までしか視界がきかなくなっていた。

デラックスな乗り心地のいい長距離バスが、白い平らな岩の重なりあった砂漠のような景色を横切って、高速道路をひた走っていた。とげのある植物や多肉植物がまばらに生えていた。おそらくアメリカ西部の州、アリゾナかネヴァダだろうか、そしてバスはほぼ間違いなくグレイハウンドバスだった。バスのなかほどには背の高い、褐色の髪をした、いかつい、悪魔のような顔の男が坐っていた。隣にはもう一人男が坐っており、褐色の髪の男の知りあいらしかったが、そうではないのかもしれなかった。いずれにせよ、もう一人の男が介入しようとしたところで無駄だった。なぜなら褐色の髪の男は「悪」の象徴だったからだ。他の乗客たちは（そしてポールもまた彼らと同じように）、褐色の髪の男がいまにも立ち上がって、誰か乗客を殺そうとしているのだと知っていた。そして自分たちの誰一人、それに抵抗することはできないし、抵抗しようと考えさえしないだろうとわかっていた。

　褐色の髪の男は立ち上がり、バス前方、運転手に近い席に坐っている老人に近づいていった。老人はふるえていた、おびえているのがありありと見て取れた。だが抵抗しようなどとは思いもよらないのだった。褐色の髪の男は、老人をドアまで引きずって行って開閉装置を作動させると、老人を外に突き落とした。それから一瞬、身を乗り出して、落下の衝撃と老人の体の砕け具合を確認し、乾燥した地面に血痕が描き出した模様を眺めた。そして男はふたたび席に坐り、バスの旅は続いた。ポールには、旅が終わるまで、褐色の髪の男による制裁が不規則な間を置いて繰り返されるのだろうとわかった。

　やがてポールは、ベンチで目を覚ます寸前に、褐色の髪の男が神の象徴でもあり、そのかぎりにおいて男の決定する事柄は厳正で、異議申し立て不可能なのだと理解した。日が暮れて、少し冷えてきていた。そのせいで目が覚めたのだろう。ちょうどよかった。もう十六時三十分、駅に行く時間だった。割増料金は自分が出すからチケットを一等車に変えてもらおうという彼の提案を、セシルはさほど遠慮せずに受け入れた。そしてオーレリアンについて彼女の側から話を切り出した。オーレリアンはこれまで父親と仲がいいわけではけっしてなかった。母親とは仲がよすぎるくらいで、エコール・ド・コンデ（私立美術総合専門学校）で勉強して「文化財保護修復師」の資格を取ったのも母親に倣《なら》ってのことだった。しかも専門として選んだ時代――中世末期、ルネサンス初期――も一緒だった。

唯一の違いは、母親が彫刻、オーレリアンがタペストリーを専門にした点だった。母の後を追って、ほとんど同じ専門的キャリアを選ぶことで、オーレリアンは父のキャリアに対するひそかな、暗黙《あんもく》裡《り》の——とはいえつねに暗黙裡というわけでもなかったが——拒絶を示した。父のキャリアとは、国家への奉仕と、フランス情報局の多様でときに不透明な利益に対する無条件の、軍隊式賛同にもとづくものだった。

　父は本当のところ、三番目の子供を欲していなかった。上の二人より何年もあとになってできた、いわば押しつけられた子供であり、計画に入っていたわけではなかった。そして一般に、自分の計画どおりにやりたがるのは男のほうだ。カップルはたいていの場合、ある計画のもとに形作られる。ただし一心同体のカップルは別で、彼らの場合、唯一の計画とは永遠にお互いを見つめあっていること、自分たちの人生の終わりまであらゆる優しい思いやりで包みあうことである。ポールもそんなカップルが実在するのだと聞いたことはあった。だが彼の両親はそうではなかった。だから両親は具体的な計画を立てなければならなかったのだろう。子供を二人もつというのは古典的な計画だし、古典的な計画の原型でさえある。プリュダンスと彼のあいだに子供がいたなら、いまのようにはなっていなかっただろうか。いや、実際にはやはりこうなっていただろう。逆に、とうに別れてさえいたかもしれない。今日、子供がいても夫婦の危機を救うに十分ではない。子供はむしろ危機の原因になる。いずれにせよポールとプリュダンスのあいだでは、子供のことなど考えるより先に関係が悪化し始めた。ポールの両親の場合は別の計画もあった。それがサン＝ジョゼフの家だった。父のよく知る土地で、小さいころ、父はブドウ園を経営する叔父のところで田園の楽しみに満ちたバカンスを過ごしたことがあった。一九七六年、父は早くも結婚の数週間後に、ヴィリエ＝モルゴン町のサン＝ジョゼフ＝アン＝ボージョレ近くの廃屋数軒をまとめて購入した。

　三人兄弟の持ち家だった大きさのまちまちな家三軒と牛小屋、そして広い納屋があった。それらを父は捨て値同然で手に入れた。壁や屋根はしっかりしていたが、ほかはすべて修繕の必要があった。続く十年間、父はその仕事に週末もバカンスも注ぎ込んだ。建築を学んだことなどまったくなかったのに自分で図面を引き、建具造作や木組みなど、作業の大部分を手ずからおこなった。母屋と、子供部屋のある小さな家屋のあいだに温室とガラス張りの渡り廊下を作るというのも、父自身のアイデアだった。母もこの企画に夢中になった。母の仕事柄、あらゆる分野の腕利きの職人につてがあったことも幸いした。この家は夫婦の人生にとっていよいよ大切さを増し、この家こそが夫婦の存在の目に見える、最も長持ちするだろう証《あか》しとなった。努力の結果は素晴らしいものだった。ポールはセシルと一緒にそこで何年か、子供時代ならではの非現実的で純粋な幸福を味わった。北西を向いたポールの部屋の窓からは、起伏のある牧草地や森やブドウ畑が見えた。秋には一帯が赤と金色に照り映え、アヴナの山々の切り立った緑の斜面に連なるのだった。

　それは彼にとってもはや過去のことだった。あんな幸せは二度と戻っては来ないだろう。もはや現実には不可能なことだった。セシルもまたそうした幸福な時期を味わったのだが、ひょっとするといまもそれを味わっているのかもしれなかった。彼女には子供たちがいるし、自分自身、ふたたび子供になっていた。彼女らの信仰の世界で言うとおり、「父」なる神の御手のうちに自分の魂を預けていたのだ。ポールはセシルが幸福だと思いたかった。何としてもそう思いたかった。

　一日の最後の陽光のなかで、車窓に流れる風景を穏やかに、じっと眺めているセシルの様子に彼は目をやった。車内の液晶パネルには時速三一三キロという走行速度が、通過地点の情報とともに

表示されていた。思い出にふけっていたまさにそのとき、列車がマコンの少し南、サン＝ジョゼフの家から数キロの地点を通過していることを知って、彼は胸を突かれた。

それからかなりたってから、セシルはまた彼のほうを向いた——列車は現在、ラロシュ＝ミジェンヌに時速三二七キロで接近中。

「プリュダンスとどうなってるのか、まだ聞いていなかったけど……」セシルが遠慮がちに切り出した。

「それでよかったんだよ。聞いてくれなくてよかった」

「うすうす感じてたけど、残念ね。兄さんは幸せになって当然なのに」

なぜ妹は何でもお見とおしなのか。なぜ人生を知りつくしているのか。たった一人の男しか知らず、奇跡的な予知能力によって、知りあうとすぐこの人しかいないと決めたその相手は、品行方正、誠実、美徳の権化のような人物だったというのに。ひょっとしたら、実際のところ人生はひどく単純なものなのかもしれない、とポールは思った。知っておくべきことなどほとんど何もなく、導かれるがままにしていれば十分なのかもしれない。

パリに到着するまで、二人はそれ以上たいした話はせずに終わった。今後の段取りはもう決まっていた。一週間以内にセシルはエルヴェと一緒に戻り、サン＝ジョゼフの家に落ち着く。まずやるべきは、マドレーヌの不安を和らげ、日々に意味を取り戻させ、サン＝リュック医療センターの看護助手たちに終日つきまとうのをやめさせること。あとは待つほかない。待つこと、そして祈ること。祈りはカップルの活動でありうるのか？　それとも、どうしたって個別の、個人的な神とのコンタクトということになるのか？

二人はつかの間、とはいえしっかり抱擁しあった。そしてセシルは地下鉄の駅に下りていった——バスチーユで乗り換えたら、あとは北駅まで乗り換えなし。

9

アパルトマンの扉を開けたとき、生活空間からクジラの歌声が聞こえてきてポールは驚いた。プリュダンスが帰宅している、いままさに家にいるとわかった。いつものタイムスケジュールどおりだった。一方、それは彼のタイムスケジュールではまったくなかった。大臣執務室付になってからというもの、朝遅く起きるようになっていた。昼ごろ、ぶらぶらとベルシー公園――間抜けな菜園用スペースのあるこの公園を彼は好きになりかけていた――、それからイツハク・ラビン庭園を横切って庁舎に向かう。ベルシーに着くと、昼食にたいていは魚の燻製《くんせい》を取る――大臣執務室には職員用食堂とは別の厨房があり、腕のいいシェフがいた。だがポールは昼は魚の燻製にしておく。ブリュノに会うのはこの時間帯になってからである。

ブリュノは朝早く、七時にはオフィスにやってくる――そして、大臣用の住居を使い始めてからは夜遅くまでそこで過ごすようになっていた――とはいえ、午前中は人と会わず、実務に没頭した。はるか先達であるコルベールについて伝説的に言われるように、おそらくはブリュノもまた、その日に取り組むべき机上の書類の山を前にして、いそいそと両手をこすりあわせているのだろう。たいがいポールと二人きりで昼食を取りながら――ブリュノのほうは、ピザが好みだった――、一緒に午後と晩の面会の予定をチェックし、何か厄介なことがあるかどうかを検討した。

たいていポールは遅くなってから、午前一時から三時に帰宅するが、その時間プリュダンスはとうに自室に入っていた。一日の終わりに、彼はときどき動物についてのドキュメンタリー番組を見た。マスターベーションはまったくやらなくなっていた。実際のところ、彼はもう何か月か――ほとんど一年にもなる、と考えて彼はぞっとした――妻に会ったことがなく、それまでの何年間も、妻の顔を見ることはまれで、しかもほんの一瞬だった。ＣＳＰ＋＋[*1]の典型として、彼らは世間体を保ち、夫婦関係の破綻ができるかぎり文明的に進行することに重きを置いた。しかし、クジラの歌声を聞くと彼はもう少しでアパルトマンから逃げ出して、ホテルで一夜を過ごしたくなった。だが面倒さがまさり、生活空間のドアを押した。

プリュダンスは彼を見てはっとした。慣れないことでどぎまぎしているのだろう。すぐにその場をとりつくろわなければならなかった。彼は説明した。父が脳卒中で倒れ、リヨンの病院で昏睡状態になっている。ふだんと違う時間に帰ったのはそんな事情からだけど、明日からは元通りになるから、こういうことはもう起こらない。そんな約束は彼女にとってどうでもいいようだった。それどころか意外にも、ポールに同情しているらしく、悲しみか、少なくとも心配に似た何かを表して眉をひそめた。たしかに、その表情はたちまち消えた。しかし一瞬浮かんだのは間違いなかった。それから彼女は、よりありきたりな事柄、そちらの都合のいいようにしてくれていい、自分のことは気にしなくていいからといったようなことを述べた。彼女もまた、もうすぐ五十に手の届くところだった。両親との関係はどうなっているのだろう？　ありがちなブルジョワ左翼で、高等教育か司法関係の保護された分野で仕事をし、間違いなくジョギング愛好者。彼女の両親は元気満々のはずだった。彼はプリュダンスの両親が昔から苦手だった。父親のほうはまだしも、母親ははっきり言って耐えがたかった。「娘と結婚したければ、母親を見ろ」などという、民間の知恵を伝える昔ながらの言い方があった。当時彼は、そんな警告を勇敢にも無視したというのが本当のところだった。だがプリュダンスは――驚いたことに――エドゥアールの運命を気にかけてくれるらしかった。八年前にシュザンヌが死んだときは無関心な態度だったのだが。「結局、あなたは父親似なのね……」以前、そう言われたことがあった。これら二つの情報のあいだには関係があるのか？　父の運命に対する意外な同情は、ポールにまだ心残りがあるしるしなのか？　そう考えるとめまいを覚えた。そもそも昨晩リヨンを出て以来、彼は何とも不確かなゾーンに突入したような気分になっていた。本当に昨晩からだろうか？　それよりずっと前にさかのぼる、深刻な事態だとも思えた。不確かなゾーンは人生の一部に限られているのではなくて、人生のすべてが不確かになり、自分自身さえもが不確かな存在となって、理解不可能な分身に取って代わられようとしているかのようだった。数年来、ひょっとするとそもそもの最初から、分身がひそかにつき従っていたのかもしれなかった。

いずれにせよ、彼はプリュダンス相手にさしあたり、これ以上深入りしないほうがいいと判断し、疲れたからすぐ寝に行くと告げた。旅行もしたし感情的にも大変だったのだから、これは説明しや

＊1　経済・教養両面での最上流階級を示すマーケティング指標。

すいことだった。プリュダンスは微笑みを浮かべ、彼が立ち去ろうとしても気を悪くする様子もなく落ち着いて受け止めた。それはまさに二人のあいだで求められるとおりの態度だった。しかし彼女が動揺していることは、片手をかすかに回すようなしぐさに表れていた。あたかも、エーテル中にデカルト的な渦巻を引き起こすことで、二人のあいだに引力にも似た力を生み出そうと願うかのようだった。[*1] ただしデカルトの言うエーテルや渦巻の存在は大昔に否定され、その誤りは科学者のあいだではもはや疑いのないものとなっていた。フォントネルは一七五二年に『デカルト的渦巻の理論及び引力に関する考察』を刊行したが、デカルト擁護《ようご》のこの最後の企ては何の反響も呼ばなかった。

彼女はむしろポールに尻を、さらに言えば胸を見せたほうがよかったのかもしれない。悲しみの尊厳が、露骨な性的誘惑によって損なわれると考えるのは間違いである。しばしば、正反対の結果が生じる。生理的器官が悲しみによって打撃を受け、最も単純な生物学的機能さえ果たせなくなるのではないかとおびえたとき、逆に何であれ、生命のできる限り基本的なありように戻りたいという欲求が生まれるのだ。だがそれはプリュダンスの力の及ぶところではなかっただろう。彼女の受けた教育はそうした方向に向けられたものではなかった。残念なことだった。なぜなら二人には、こんなチャンスは他にほとんど残されていなかったからである。

＊1　デカルトは天体の運動は空間を満たす媒質（エーテル）内の巨大な渦巻によるものであるという渦動説を唱えた。

10

翌日の朝、オフィスにやってきたブリュノは、ポールに向かって単刀直入に、父親が生き延びるチャンスはどれくらいあるのかと尋ねた。ポールは自分にできる範囲で事態を説明した。ブリュノが、父親は一人でいるのかと尋ねたので、ポールがマドレーヌのことを話すと、ブリュノは思いをめぐらす様子で、遠い目つきになり、何か定かではない領域にさまよい出たかのようだった。ポールは彼がときおり、一般的な事柄をめぐって物思いにふけることに慣れ始めていた。そんなとき、いつもの実践的で正確な思考様式は、より理論的な考察に取って代わられる。

「父上は確か、一九五二年生まれだったな？」ブリュノがようやく尋ねた。ポールはうなずいた。「ということは典型的なベビーブーマーか……。つくづく思うんだが」とブリュノは続けた。「この世代の人たちというのは、あらゆる点で我々よりもエネルギッシュで、活動的で、クリエイティヴで、要するにもっと才能に恵まれていたと同時に、夫婦関係も含めてすべての面で、我々よりもうまく切り抜けてきたんじゃないだろうか。離婚しても——離婚ということ自体、いまより少なかったが、ともかく離婚もしたわけだ――、そしてその時点で歳を取っていても、それでもまだ、誰かを見つけることができた。それが我々となると、そんなに簡単にはいかないだろう。さらに下の世代になればもっと大変だ。うちの二人の息子のことを考えるんだが、そのうち一人はホモセクシュアルだ――つまり、理屈の上ではホモセクシュアル、実際のところあいつには、決まった相手にしろ一時的な相手にしろ、恋人は誰もいない。ホモセクシュアルの傾向をもつアセクシュアルと言ったほうがいい。もう一人のことはわからんが、あいつはまったくもって、何者でもないと思う。これまでもまったく、何者でもなかったし、ついついあいつがいることさえ忘れるくらいさ。我々はとにかく、カップルになろうと試みた。失敗することが多かったにしても、試みはしたんだ」

多かれ少なかれ、フランスに「栄光の三十年」をよみがえらせるという明確な目的のために任命された以上、ブリュノがベビーブーマーの心理に魅了されるのは無理からぬことだった。それは楽観主義と大胆さにおいて現代人の心理とまったく異なり、あまりに違いすぎて、一世代の隔たりしかないとは信じられないほどだった。ブリュノの父は、ポールが知るかぎり、高級官僚と中級役人のあいだという地位で、その意味ではベビーブーマーの典型例とは言えなかった。本来のベビーブーマー、代表的ベビーブーマーとは、会社の創始者や社長であり、ブリュノがフランスの再生を託したいと願っているタイプの人物のことだが、そんな人物にポールはついぞ会ったことがなかった。そもそもそうした人々はいまやほぼ死んでいた。一九七〇年代の伝説的なセックス好き女たちも同様で、毛深いおまんこ共々、言うなれば男たちにつきあって墓に入ってしまっていた。いずれにせよ夫婦関係の面では、ポールにはブリュノの醒《さ》めた断定に対して何の反論もなかった。ポールはウナギの燻製をお代わりした。午後はほぼ平穏のうちに過ぎた。翌日のおもな予定は組合代表たちとの昼食だった。フランスの労働組合の主たる代表たちをベルシーに集めて月例昼食会をひらくというのはポールのアイデアだった。具体的な議題は何もない「インフォーマル」な昼食で、「国の体温を測る」ことを狙いとしていた。〈野ウサギのロワイヤル風〉や〈モリバトのコンフィ〉とそれに見合った特級《グラン・クリュ》のワインで組合代表たちの歓心を買おうというのは、いかにも単純で、いっそ愚かしい手と思われるかもしれない。だがこの五年間、フランス社会には驚くほどの協調ムードが漂い、第五共和制が始まって以来、ストの日数がこれほど少なかったことはかつてなかった。しかし公務員の人数は徐々に、容赦なく減らされており、公共サービスや医療保障という点では、ほとんどアフリカの国のレベルまで下がった地方行政地域もあるのだった。

その情報が入ったのは十八時を少し過ぎたころで、ポールは報道担当官からの十八時二十五分のメールで内容を知らされた。新たなメッセージがネット上に出現した。まず出たのは、これまでと同様、ラフに描かれた五角形と円の組み合わせだった。ただし毎回変化もあって、とりわけ円の数が違っていた。それからいつもの字体を使った文章が来た。しかし今回は前よりも長文になっていた。これまでは四、五行だったのが、今回は二十行ほどあった。

ウィンドウのどこかをクリックすると動画が開始された。灰色の荒れた大海原。カメラがゆっくりと一艘《いっそう》の船に近づいていく。巨大なコンテナ船が全速力で波間を航行している。甲板に人影はなく、乗組員の姿は見当たらなかった。何か衝撃が加わったようには見えなかったのだが、コンテナ船は突如、海上に直立し、船体をまっぷたつに断ち割られて海面に落下した。船体の片割れはそれぞれ、一分もたたないうちに沈んでいった。

いつもながら完璧なトリックだ、とポールは独りごちた。まるで本物の映像としか思えない。一、二分後、彼はドゥトルモンに電話した。ドゥトルモンはもちろん調査に当たっていたが、さしあたり何も言えなかった。何かわかり次第、深夜でも電話を入れるとドゥトルモンは約束した。

彼は翌朝八時に電話を入れ、ポールは起きぬけに留守電を聞いた。電話口では何も言いたくない、午後庁舎で会おう。できればＤＧＳＩの上司と一緒に行きたいとのことだった。

彼は十四時ちょうどに、マルタン＝ルノー局長とやってきた。五十がらみの、グレーの髪を短く切った、どちらかといえば軍隊風の様子の男――本当のところ、ポールにとっては父を思い出させるような人物だった。

「情報課のトップでいらっしゃるのですか？」

「というよりも、ＤＧＳＩ全体を率いているのです。父上と一緒に仕事をする機会もありました。もう何年も前のことになるが。父上のことは聞き及んでいます。本当にお気の毒だ。今日ここに来たのは、そのためでもある。でも、まずはこのたびの件について話しましょう」彼はドゥトルモンのほうを振り向いた。

「メッセージには」とドゥトルモンが言った。「これまでのものと比べて新たな特徴がいくつか見られます。まず、拡散方法です。今回はほぼ世界中の百を超えるサーバに侵入している。中国も含まれていますが、これはいままでになかったことです。しかし何と言っても、これまでの動画はトリックによるものでした――じつに見事な出来ばえだったけれど、トリックはトリックです。ところが今回はその点、深刻な疑いがあります」

「つまり、船が本当に沈められたのではないかと言いたいんだな？」

「登録番号がはっきり読み取れるので、調べたところ簡単に確認できました。上海の造船所で建造された最新型のコンテナ船です。全長四百メートルを超える大きさで、標準型コンテナを最大二万三千個まで積載可能です。これは約二十二万トンの積荷に相当します。上海・ロッテルダム間を結ぶ船で、〈CGA‐CGM〉社にチャーターされていました。コンテナ物流業界では世界第四位の海運会社で、フランスが本拠です。もちろん、会社の持ち船に事故があったら知らせるよう言っておきました。彼らには連絡の義務があるわけですが、まだ果たされていません。これは推測ですが、彼らとしてはこの事件で騒がれたくないのではないでしょうか。騒がれないことを、我々に保証してもらいたいのかもしれません」

「そんな希望に沿えるかどうかは何とも言えないね」マルタン＝ルノーが口をはさんだ。「どうも我々には、どんな場合でもメディアをコントロールする力があって、何が表に出て、何が出ないかを決定できると思われているらしい。だがそんなことはない。情報が洩れる可能性はいくらでもあるし、コントロールするのは到底無理だ。それにあの動画には特に気になる点がある。人間の姿がなく、乗組員が誰も映っていない――まるで、攻撃が予告されていて、船を離れる時間があったみたいじゃないか。そうだとしたら、乗組員たちは遅かれ早かれ、姿を現すはずだ――そして彼らが口をひらくのを止めることはできない」

「これほどの大きさの船を沈没させるのは、たやすいことではないでしょう。軍事的な手段が必要なのでは？」

「ある程度はそう言える。魚雷発射装置は一般の市場で簡単に入手できるものではないが、それを普通の船に搭載することは可能だ。今回の場合、手段は間接爆発だな。魚雷は船体に直接接触せず、船の数メートル下で爆発し、噴き上がった水柱が船を破壊する。必ずしも非常に強力な魚雷が不可欠というわけではない。つまり、大がかりな道具立てがなくてもできる。ただし、照準と爆発のタイミングはきわめて正確でなければならない。弾道学に関する本物の知識が必要となる」

「誰ならばできたんでしょう」ポールは思わず、ほとんど無意識にそう尋ねた。マルタン＝ルノーは、今度はにっこりと微笑んだ。

「それはもちろん、我々が知りたいと思っていることですよ……」彼はドゥトルモンと視線を交わした。「いずれにせよ、こちらの把握していない人物だな。実際、最初のメッセージからずっと五里霧中というありさまだ。しかも今回は、重大な結果を招きかねないときている。中国政府はもちろん、自国企業の製品の輸送を守るための手段をもっている。だがコンテナ船すべてを駆逐艦で護衛させるとすると、その費用はきわめて高くつくだろう。さらには海洋保険の金額も跳ね上がるはずだ」

「つまり、これは世界貿易に影響を及ぼすということですね」そう尋ねたのはドゥトルモンだった。ポールにとって答えは明白だった。ＤＧＳＩの局長はそれをシンプルに言い表した。「世界貿易に害を及ぼしたいなら、まさに打ってつけのやり方だろう」そう考えるなら明らかに、ある種の活動家、どちらかといえば極左の活動家たちが浮上してくる。だが極左の活動家たちは、デモであれば何であれ台無しにする能力は発揮してきたが、これまでのところ軍事レベルの能力はまったく示していないし、財政的手段にも乏しかった。どうやって入手を試みるにせよ、魚雷発射装置が高価であることに変わりはなかった。

マルタン＝ルノーは少したためらってから、先を続けた。「実はお会いしたかった理由がほかにもあって……。父上の手もとに、まだ書類が残っているんですよ」ポールは驚いた。文書とは？　父は引退したはずですが。もちろんそうなんだが、しかし父上のような職務についている場合、完全に引退ということにはけっしてならない、とマルタン＝ルノーは言った。「そもそも、実際には書類というわけではなくて、どうも説明しにくいんだが。読んでもらってもかまいませんよ」彼は話を続けた。「何のことだか、わからないでしょう。いや、読んでもかまいません。機密文書というわけじゃないから」と彼は付け加えた。「だから盗まれないための予防策もまったく講じていません。誰であれ、そこから重要な情報を引き出せるとは思っていないのでね」結局のところ、それは書類というよりも奇妙な事実や素材の集積で、それらのあいだに関係をつけられるのはポールの父親のみだった。捜査や監視作戦を立ち上げるだけの確固たる何かがあるわけではなかった。むしろ一種の謎のようなもので、ポールの父は何年にもわたりそれらを気にかけ、そこに国家の安全に対する脅威をかぎつけながら、その性質を特定することができなかったのである。「厚紙のファイルが何冊か、サン＝ジョゼフ＝アン＝ボージョレの書斎に保管されていたと思うのです。一度、お邪魔したことがある」とマルタン＝ルノーが説明した。「そこで、万一の場合、つまり望ましくない事態となった場合には、それらの書類を我々のもとにご返却いただきたいんです」

　ポールは最初、相手が「死」の一語を使うのを避けたのは自分に対する遠慮からだと考えた。ところがマルタン＝ルノーをちらりと見て、彼が本当に動揺し、つらく思っていることがわかった。「私は父上のことがとても好きだった」と彼は明言した。「わが師匠などと言うつもりはない。あの人はほかにも大勢の若手と仕事をした。しかし私はあの人のもとで多くのことを学んだのです」

　父がどんな仕事をしているのか、ポールには理解できたためしがなかった。唯一覚えているのは、ときおり――食事中にも――テオレム[*1]に電話が入り、父がすぐさま自室にこもって応答していたことだけだった。あとで会話の内容を話すことはけっしてなく、たいがいは終日、思案顔で過ごす。そして寡黙《かもく》になった。そう、父はその職務が思案を特徴とするような人物だった。ポールに言えるのはせいぜいそれくらいだった。

もちろん、彼は同意した。「わたしからも、お願いしたいことがありまして……」と彼は続けた。サイバー攻撃――そして今回のテロ――の犯人らは明らかに、相当な能力をもっている。とはいえ限度がないわけではないはずだ。これまでに、自分たちのメッセージを消去しようとする試みがなされたのは連中も承知している――だがすぐさま、他のサーバ上、あるいは同じサーバ上にまたあらわれた。いまや彼らが管理すべきメッセージ数は増しているのだから、以前のメッセージに対してはあまり注意が届かなくなっているかもしれない。自分が断頭される動画に大臣が深く傷つけられたことは、ポールにはわかっている。それは大臣の心を苛《さいな》み続けている。あの動画の一掃を図れないだろうか？

マルタン＝ルノーはすぐに同意した。「たしかに、おっしゃるとおりだ……。よし、戻ったらすぐに取りかかろう」

会見が終わると、もう夕刻が近づいていた。十二月初めの夕方の日差しは陰鬱なものだ、とポールは思った。それはまさに死ぬには打ってつけのときだった。

＊1　高級官僚や軍関係者用の高度セキュリティ機能を備えた携帯電話。

11

翌日、コンテナ船の乗組員たちが姿をあらわした。船はラ・コルーニャ沖、スペイン領海との境界上で沈没していた。ポールはこうした巨大な船が乗組員十人ほどによって動かされていることを知って驚いた。取り調べでたいした情報は得られなかった。彼らは無線で連絡を受けたのだが、交信相手の身元はもちろん特定できなかった。まず船尾をかすめる魚雷が一発撃たれ、脅しが冗談ではないことが示された。それから船を立ち去るために十分間の猶予が与えられた。

メディアは当初、事件を大々的に伝えたが――こういうタイプのテロ攻撃は前例がなかった――めぼしい情報がないせいで、報道はたちまち鎮静化した。ポールはブリュノにマルタン＝ルノーとの会見の内容をかいつまんで伝え、事件を冷静に受け止めるブリュノの態度に驚かされた。そもそも、彼自身に直接関わる一件をのぞけば、ブリュノは最初のサイバー攻撃に対しても比較的関心の薄い様子を示し、ポールは意外に感じていた。とはいえそれらの攻撃は金融取引に重大な影響を及ぼしていた。インターネットの安全性への疑念が広がり、ディーリングルームは電話とファックスの時代に逆戻りした——四十年前への回帰だった。ただしブリュノは、以前から金融資本主義をいささか軽蔑しており、マネーを作り出すことなど本当にはできないと考えていた。遅かれ早かれ、違いははっきりするだろう。遅かれ早かれ、何らかの財を生産する力を証明することが不可欠になるはずだ。実際、金融取引がかなり減速しても、生産システムの状況にはほぼ変化がなかった。しかし今回は、実体経済が被害を受けていた。だが本当のところ、大っぴらに主張できる意見ではないとはいえ、中国の対外貿易が妨害を受けることはフランスにとって必ずしも悪いニュースではなかった。最初から、ブリュノは本気でこの件に身を入れてはいなかった。彼には彼自身のゲームがあった。

ポールはまた、ブリュノが別の種類の、より直接的に政治に関わる問題に心を奪われ始めていることを感じていた。状況はいまひとつはっきりしていなかった。ブリュノは立候補を宣言しないばかりか、「時期尚早」として、その件に関する意見表明を拒み続けていた。与党に彼のライバルとなりうる人物など誰もいなかった。首相が立候補するのではないかという説がメディアでは取り沙汰されたが、その都度すぐに退けられていた。大統領の任期の最初から、首相は大統領の単なる操り人形にすぎなかった。大統領の真の相談相手は一貫してブリュノ一人であり、彼だけが国政のゆくえを左右する力量を備えていた。

最近になって、別の驚くようなライバルが登場した。バンジャマン・サルファティ。「ベン」あるいは「ビッグ・ベン」とも呼ばれる男が、娯楽テレビ界の最下層から浮上してきたのだ。全キャリアをＴＦ１（フランスの大手民放テレビ局）で築いてきた人物で、最初に担当したのは青少年向け番組の司会役だった。

明らかに「ジャッカス」[*1]に範を取った番組だったが、ただしそこで繰り広げられるチャレンジは、危険性よりも屈辱のほうにぐっと傾いている点が違っていた。ズボンを脱がせたり、嘔吐《おうと》したり、放屁《ほうひ》したりといった内容を売り物にすることで、TF1はその歴史上初めて、青少年・若年成人層の視聴率ランキングでトップの座を獲得した。以降、この局への忠誠、および都市居住者の富裕化《ジェントリー化》のテレビ版といえる「ドリュケール化」が彼のキャリアの特徴となった。クライマックスとなったのが、ミシェル・ドリュケール[*2]の引退記念番組への出演だった。ドリュケール八十歳の誕生日に放送されたその番組は、二〇二〇年代のテレビ界にとっての一大事件となった。やがてサルファティが毎週、さらには毎日のように仕切っているトークショーには、一流政治家や知識人までもが続々登場するようになった――なかでも出演を承諾させるのが難しかったのはステファヌ・ベルヌ[*3]で、ベルヌは年輩のファンたちに嫌がられるのを恐れたのである。だが結局、ベルヌもやってきた。それはサルファティのキャリアにおける最大の喜びの一つとなった。ほぼ同時に、彼はシリル・アヌーナ[*4]の退場という幸運にも恵まれた。この人物が訴えられたのが、露出狂的な行為のせいだったか、セクハラだったか、それともずばりレイプだったか、ポールはもうよく覚えていなかった。いずれにせよ彼は飛行中に自爆したのであり、業界にしっかりとした後ろ盾をもっているつもりだったのがじつのところそうではなく、テレビ番組からも人々の意識からも、出てきたときよりさらに素早

＊1　二〇〇〇年代初めにアメリカのケーブルテレビで放送された娯楽番組。
＊2　一九四二年生まれ。半世紀以上にわたり人気司会者として仏テレビ界に君臨。
＊3　一九六三年生まれのテレビ司会者、著述家。王党派を標榜《ひょうぼう》、文化財保護活動にも従事。
＊4　一九七四年生まれのテレビ司会者。言動がたびたび物議をかもす。

く消えてしまった。もはや誰も以前に彼を起用したことを覚えていないばかりか、彼と会った記憶さえなくしていた。「ブイグがボロレに雪辱を果たしたんだ」とブリュノは簡潔にコメントしていた。[*1]

大統領の党をあからさまに支持することはないものの——そうしたならば彼の司会者としての倫理に反することになっただろう——、バンジャマン・サルファティは自分の政治的立場をそれとなく知らせていた。たとえば政府要人との討論番組には、なるべく冴えない野党政治家——人材には事欠かない——を登場させるといったやり方によってである。そうやって彼は権力中枢に近い人々に接近していった。大統領選への出馬を本気で考えるまでには、さらに多くの段階を経なければならなかった。しかし彼がそのための努力を重ねてきたことは、いまや誰もが認めていた。おそらく決定的だったのは、コンサルタント会社〈コンフリュアンス〉の社長ソレーヌ・シニャルとの出会いだった。以後、ソレーヌはバンジャマンの広報全般を担当することとなった。

ソレーヌは、競合する同業者と違って、インターネット上での積極的展開が必要だとはあまり考えていなかった。彼女の持論では、インターネットの用途は二つだけ。ポルノをダウンロードするか、それとも危険なしに他人を侮辱するか。ネット上で意見を言うのは、とりわけ恨み深い下劣な少数の人間たちだけだ。とはいえインターネットはフィクション的観点からすると不可避な、ストーリーに欠かせない要素ではある。ただし彼女によれば、ネットで人気があるということさえ知らしめれば十分であり、そのほうが望ましくさえあった。たとえそれがどんな現実にも対応していなくても。何十万回、何百万回視聴という数字を平気で掲げることだってできた。検証などいっさい不可能な話なのだ。

ソレーヌの真の革新は第二の段階、インターネット展開のすぐあとに来る段階にあった。それは彼女の影響下、あらゆるコンサルタント会社にとって、現代的なストーリー構築のために避けて通れないものとなった。その段階では、セレブになりかけの連中（期待の若手女優、デビューしてまもない歌手）を起用する。彼らの役割は出演機会のあるメディアで——ほとんどは流行を追いかけるたぐいの番組、しかしときには重厚な番組でも——、大統領候補についてたえず同じメッセージを媒介することだった。人情味があって、気さくで、思いやりがある——さらには、祖国愛にあふれ、真剣で、共和国の諸価値を大切にしている等々。ソレーヌによればこの段階こそ最重要、そして最も長期に及ぶものであり、何と言っても時間と労力を必要とした。なぜならセレブになりかけの連中と実際に会って話をしなければならないし、途方もなく巨大で憐《あわ》れを誘う彼らのエゴに理解を示してやらなければならないからだった。その点でバンジャマンはじつに恵まれていた。テレビ業界内での地位や、トークショーの信じがたいほどの高視聴率ゆえに、セレブ一歩手前の人間にとってバンジャマンは必須の対話相手となっていたからだ。ちょっとした意見の違いはありえたかもしれない。だがバンジャマンと仲たがいするなど、セレブになりかけの連中にとってはありえない選択肢だった。

第三の段階、ロケットの三段目については、ソレーヌは何の新機軸も打ち出していなかった。彼女が接触する人物は競争相手のコンサルタントたちが接触する人物とまったく同じで、知りあいも、

＊1　ＴＦ1の経営権をもつマルタン・ブイグに対し、ヴァンサン・ボロレはケーブルテレビ局カナル・プリュスを率い、シリル・アヌーナのトーク番組等で若者に人気を博した。

やはり同じ上院議員、同じ官房長官、同じ有力紙の記者だった。彼女が差をつけたいと考えているのは、特に第二段階においてだった（そして少し前から、バンジャマン・サルファティは明らかに第三段階に移行していた）。もちろん料金は高かったが、彼女の会社はまだ若かったから、とんでもない高額を要求するわけではなかった。

立候補が確実視されるようになってはいたものの、サルファティもやはり正式発表には踏み切っていなかった。年末年始の休みが明けてから決定的な動きがあるはずだった。

アパルトマンで鉢合わせしてから、ポールとプリュダンスは週に一度——たいていは日曜の午後に——顔を合わせるようになっていた。やりとりはいぜんとしてスムーズではなく、もっぱら言葉を交わすのみで、頰《ほお》を寄せあう挨拶の段階を超えることはなかった——とはいえ言葉を交わせるようになっただけでも大変なことだ、とポールは思った。二人のあいだの隔たりは本当に大きくなっていたのだ。プリュダンスはもっぱら自分の仕事について話した——彼女はあいかわらず財務局にいた。友人関係や、休日の過ごし方については、一月《ひとつき》たってもポールにはうかがい知れないままだった。彼女のうちには何か新しい要素が加わっていた——あきらめのような、悲しみのような何か。いまでは彼女はゆっくりとした口調で、おばあちゃんのような話し方をした。しかし外見的にはほとんど変わっていなかった。

毎回、ポールの父についても尋ねてきた——結局、それが二人をふたたび近づけたのだ。ポールも父の状況を伝えようとした——あれ以来リヨンに帰っていなかったが、サン＝ジョゼフの家に滞在しているセシルにはしょっちゅう電話していた。いまのところ、父はいぜんとして昏睡状態のまま変化がなかった。とはいえセシルは少しも希望を失っていないようだった――祈りの力に無限の信頼を抱いているらしかった。

十二月半ばの土曜日、ポールはノートル＝ダム・ド・ラ・ナティヴィテ・ド・ベルシー教会に行ってみた。彼の家から歩いて五分のラシャンボディ広場にあった。本当に小さな、おそらく十九世紀に建てられたと思われる教会で、モダンな、あるいはポストモダンなこの界隈には場違いな感じだった。数メートル先にはフランス南東方面行きの鉄道路線が通り、マコンやリヨンへ向かうＴＧＶが走っている。ＴＧＶに乗ったとき、何度も教会の前を通り過ぎたはずだが、その存在にまったく気づいていなかった。案内パンフレットにはさらに詳しい情報が載っていた。この教会は一六七七年にノートル＝ダム・ド・ボン・スクールの名で建設されたが、やがて廃墟《はいきょ》同然の状態となり、一八二一年に取り壊されたのち、一八二三年から再建がおこなわれた。パリコミューンのさなかにまたも破壊されたが、やがてもとどおり修復された。一九一〇年、セーヌ川の氾濫《はんらん》の際に浸水し、一九四四年に鉄道が爆撃された際にも被害を受けた。一九八二年には火災で一部を消失した。要するに、苦難を経てきた教会であり、現在も順風満帆とは言いがたかった。土曜日の午後、教会内に人影はまったく見当たらず、ほぼいつでもそうなのではないかと思わせた。西欧におけるキリスト教信仰の辛苦を表現したいのであれば、ノートル＝ダム・ド・ラ・ナティヴィテ・ド・ベルシー教会ほどそれにふさわしい例を見つけることはできなかっただろう。

12

十二月二十五日は金曜日だった。ポールはサン＝ジョゼフに三日間滞在できそうだった。プリュダンスは前の週の土曜日に旅行に出かけたが、彼は行き先を知らなかった。きっと両親がバカンスを過ごすブルターニュの家に行ったのだろう。そもそも彼の記憶では、そこはもうバカンス限定の家ではなくなっていて、父親が数年前に引退してからはそちらに移り住んでいた。

生活空間を横切ったとき――いまや日曜午後の会話の場として、その名にふさわしいものになってきていた――、彼は飾り棚の上に派手な色刷りのチラシが置いてあるのに気がついた。そのルイ十六世時代の飾り棚はプリュダンスが購入したもので、買ったとき彼女が文字どおり有頂天になっていたのをポールは覚えていた。プリュダンスはそれを「ただ同然」の値段で手に入れた。彼女は時と場合によっては有頂天になることもできる女だった。チラシは十二月二十一日にグレッツ＝アルマンヴィリエ（パリの東三十キロの町）で開催されるユール祭[*1]の儀式への案内だった。チラシの写真では白い長衣をまとい、頭を花輪で飾った若い娘たちが、ラファエル前派を思わせる風情で日当たりのいい草原で跳びまわっていた。まるで一九七〇年代のソフトポルノを思わせるような写真だ。いったいどうしたことか。プリュダンスは何に首を突っ込んでいるのか。

ただし写真の下を見ると、意味不明の略号が並んでいて、催しが真面目なものであることを保証しているようだった。手短な説明文が付されていて、知識の足りない信徒のためらしかったが、それによればユール祭は伝統的に希望や、失われた過去の復活に結びつけられてきた。いうなればポールとプリュダンスの関係にぴったりの企画だった。いずれにせよ、それほどハードなセクトではなく、エッセンシャルオイルの香りが漂うような女性向けセクトらしい。ポールはほっとしてチラシを飾り棚に置き、列車に乗るために家を出た。

前の晩よく眠れなかったので、一等車の座席に腰を下ろすとすぐ眠りに落ちた――ヘッドレストがあるのは助かった。そして車内にはほぼ誰もいなかった。彼は青々とした平原の真ん中に立っていた――草は鑿《のみ》で彫られたようで、陽光に照らされて緑がまぶしく輝き、空の完璧なまでの青さをわずかな白雲が引き立てていた。重苦しさのない、飾りものじみた雲で、これまで雲として存在してきたあいだに一度も雨をはらんだことがなさそうだった。バイエルンの南部、オーストリア国境近くにいると直感でわかっていた――地平線をさえぎる山並みはアルプスらしかった。彼はいかにも賢者という印象の十人ほどの年老いた男たちに囲まれていた。みな事務員のようなありきたりな背広姿だったが、会社勤務などうわべだけで、本物の秘儀伝授者たちだということがすぐにわかった。ある一点で全員の意見が一致していた。すなわち、ポール・レゾンは飛翔のときを迎えていて、準備はもう整っている。そこで彼は、南方の地平線にそびえる山脈を見やりながら坂道を駆け下りていった。駆け出して数秒か数十秒か、いずれにせよ一分もたたないうちに突然、あらかじめ思い描いていたわけでもなく、本当のところ予想もしていなかったのだが、体がふわりと、地上二十メートルほどのところまで浮かび上がった。バランスを取ろうと両手をばたつかせるうち、体が静止した。事務員の格好をした、実際には彼の師匠であり、飛行術の伝授者である者たちは下のほうに集まって、初飛行について論評していた。あらゆる点で彼らのお眼鏡にかなう出来だった。安心したポールは、最初の移動を試みた——腕かきをして方向を変えるだけで、まさに水泳と同じように、とはいえ当然ずっと抵抗なく進んでいけた。数分間練習すると、ジャンプしたり、恐る恐る宙返りしたりもできるようになった。それから少し高度を上げて、百メートルほどの高さまでやすやすと達した。しなやかに腕かきをしながら、ポールは山脈のほうへ向かっていった。これほど幸せだったことはかつてなかった。

目が覚めたとき、列車はシャロン＝シュル＝ソーヌ駅を通過中だった。時速は三二一キロ。携帯電話が弱々しくも執拗《しつよう》に唸っていた。十九件の録音メッセージが入っていたが、聞こうとしても電波が届いていなかった。「ほかのお客様のご迷惑とならないよう」通話はデッキでお願いしますと掲示されていた。しかしデッキに出ても電波は来ていなかった。同じように人けのない客車を二車《しゃ》輛《りょう》分進んで、ビュッフェ〈イヌイ〉*1に出た。乗車券はあったが、割引券までは持っていなかった。ビュッフェ従業員の名前はジョルダンで、ポール・コンスタンの特製バーガー、キノアとスペルト

＊1　（111頁）ネオ・ペイガニズム（復興異教主義）の一派「ウィッカ」の年八回の祝祭の一つ。
＊1　「驚くべき」「前代未聞」の意味。二〇一七年、TGVのブランド再生策として命名された。

コムギのサラダ、コート＝デュ＝ローヌ・トラディションの17・5clの瓶をサーブしてくれた。万一に備えてAEDまであったが、やはり電波は届いていない。列車はあと二十三分でTGVマコン＝ロシェ駅に到着の予定だった。

彼にはこんな世界に対して責任があっただろうか？　ある程度は、あった。何しろ国家中枢に属しているのだ。だが彼はこんな世界が好きではなかった。そしてブリュノもまた、この特製バーガーや、移動のあいだ鳥の歌を聞きながら頸部マッサージのサービスを受けられる「エスパース・ゼン」（リラクゼーションスペース）や、「安全上の理由により」荷物に付けられるおかしなラベル等々になじめないだろう。いかにも遊び心があるように見せかけながら、その実、ほとんどファシスト的な規範性を押しつけてくる傾向が広がっていて、少しずつ日常生活の隅々までを毒していた。しかしブリュノには、世の中の進展に対してポール以上に責任があった。人間は「自分たちが作る歴史のことを知らない」というレーモン・アロン（フランスの哲学者。一九〇五－八三）の言葉は、中身のない気のきいた言葉にすぎないとかねてからポールは思っていた。そんなことしか言えないのならアロンは黙っているべきだった。そこにははるかに陰鬱な何かがあった。政治家たちの意図と、彼らの施策でもたらされた現実のあいだのねじれは明白になる一方で、不健全な、不吉なものさえ感じられた。いずれにせよ、そんな土台の上で社会が機能していくことは不可能だろうと彼は思うのだった。

マコンに到着する直前に霧が晴れ、輝かしい太陽が、すでに冬化粧した草原と森とブドウ畑を照らし出した。列車から降りるとすぐ、セシルの姿が目に入った。数メートル先から駆け寄り、ポールの胸に飛び込んできた。彼女は涙を流していた。人生には泣く理由が山ほどある。セシルは一分近くそのままでいてからようやく言った。「パパが目を覚ました！　今朝、昏睡状態から覚めたの……！」そしてまた泣き崩れた。

第2部

1

エルヴェが車のかたわらでタバコを吸いながら待っていた。ポールと長々と握手を交わし、会えて嬉しそうな様子だった。自分を愛してくれる人間もいるのか、とポールは驚いた。いや、正確には、立派だと思ってくれると言うべきだ、誇張はやめよう。エルヴェはセシルを愛していた。そして運命によって与えられた義理の兄を大切にし、実際ある意味では愛するために、できるだけ努力していた。そしてそれに成功したんだ、とポールは思った。エルヴェはポールのうちに立派な、愛すべきでさえあるような長所を見出した。それは客観的にはまったく根拠がない、とポールはなおも考えた。単に見る側が生み出したもの、つまりエルヴェの善意の産物でしかない。その善意ゆえに、エルヴェは周囲に多くの立派な人物を見出し、たいがいの人間を「実直な人」と見なしていた。

このあいだ会ったときに比べて、エルヴェは老けていた。腹が出て、髪が薄くなっている。典型的な歳の取り方だ。しかし失業がこたえているようには見えない、とポールは愚かにも考えた。いったい彼はエルヴェがどんな様子だと予想していたのか？　角《つの》を生やしているとでも？　とにかくエルヴェは、求職活動がうまくいかないことを気に病んで苦悩の夜を過ごしているような印象は与えなかった。失業は彼にとって、よくある自然な状態で、何世代も前からの運命のように受け入れられていた。骨折って勉強したおかげで、しばらくのあいだは逃げられたが、結局は運命の手に捕らえられてしまったのだ。

しかし、何と言っても、彼は結婚していた。「行きましょうか、マムール？（わたしの愛する人（モナムール）の短縮形）」セシルは前方右のドアを開けながら言った。マムール……？　愛する者の目には、相手の外見さえ変わらないままであり、愛する者の目は通常の知覚の条件を超越できるというのは、本当なのか？　愛する女の瞳に男が残した最初の面影は、その後の変化を経ても、男の顔の上に永遠に保たれるというのは本当なのか？

車が高速道路Ａ６号線を走り出したとき、ポールは二十年ほど前にエルヴェの宣誓式に行ったことを思い出した。十五人ほどの公証人志願者は、黒い半ズボン《キュロット》に白靴下、一種のフロックコートに二角帽という、十八世紀以来の奇妙な衣装を着用に及んでいた。場所は由緒あるパリ裁判所《パレ・ド・ジュスティス》で、舞台としては申し分なかった。裁判官は、「厳正かつ誠実に」職務を立派に果たすこと云々《うんぬん》といった文句を唱えた。名前を呼ばれた義弟が「誓います」とおごそかに返事したのは、なかなか感動的な光景だった。それからエルヴェは自分専用の公印を手渡された。その印を用いて彼は文書が真正であることを証明できるのだ。労働者の息子としては、実際、誇らしく感じて当然だった。

とはいえ、エルヴェは職を見つけなければならないだろう、とポールは思った。遅かれ早かれ、エルヴェかセシルのどちらかは職を見つけなければならないだろう。おそらく、彼は金遣《かねづか》いが荒かったことなどなかったはずだ——彼の乗っているダチア・ダスター（低価格SUV）は良好な状態ではあったが、しかしダチア・ダスターにすぎなかった。冬の太陽が次第に強く差し込んできて、車内は光に満たされた。ゆるやかなカーブののち、車はかすかな下り坂を延々と下っていった。ポールは光の井戸のなかを下りていくような気持ちがした。彼はマドレーヌと並んで後部座席に坐っていた。彼らは最初に頬と頬を二度ずつくっつけあった。両者にとってお決まりの動作で、難なくこなすことができた。それから、十キロほど進むあいだ――サン＝サンフォリアン＝ダンセルにさしかかるまで――、何を話題にしたらいいだろうと悩んだが、やがて、自分は黙っていたほうがいい、マドレーヌにとっては沈黙のほうが好ましいし、いま彼女はとても幸せで、何を言ったところでその十全な喜びを減じることにしかならないだろうという結論に達した。そのとき彼には、父とマドレーヌの関係がどんなものだったか、動物的なまでに穏やかなマドレーヌがそばにいることが、父にとっていかなるものだったかが、より深く、一瞬だけ、わかった気がした。同時に、自分にはいぜんとして、父のことを過去形でしか考えられないとも思った。

　セシルはポールのそんな暗い考えを直ちに読み取ったかのように話し始めた。どんなに強烈な一日だったか。アラスから出てきて、リヨン行きの列車に乗るためにパリを通過中――正確には地下鉄のジャック＝ボンセルジャン駅で病院からの電話を受け取った。父が昏睡状態を脱したということ、彼女に聞き取れたのはその一点だけだった。午前中ずっと、病院に連絡を取ろうとしたが、電波の状態が悪く、つながってもたちまち切れてがっかりさせられることの繰り返しで、相手の言葉はろくに聞こえもしなかった。状況をしっかり理解することができたのは、ようやくリヨンに着いてからだった。昏睡状態から抜け出すというのは予想もつかない、唐突な出来事で、その結果はさまざまな形を取りうる。病人がそのまま死ぬことだってあれば、完全に生き返り、以前の能力をすっかり取り戻して、翌日すぐ退院できることもある。ポールの父のようにその中間の場合、機能を回復したとしてもごく一部である。父は目を開けた。それが昏睡状態を脱したことの主要な基準となる。普通に呼吸することもできるようになった。だが全身は麻痺《まひ》したままで、話すことも、生理的機能をコントロールすることもできない。以前であれば医師たちに「植物状態」と呼ばれた状態だったが、その言葉は患者を「野菜」と呼ぶ慣用的な比喩[*1]ととられかねないし、そんな言い回しで安楽死を前もって正当化することになるのを恐れ、忌避されていた。「無反応覚醒」という表現のほうが好まれていたし、そのほうが正確でもあった。患者は世界を知覚する能力は回復したが、世界と相互に応答しあう能力を失ったままなのだ。

　車はリヨン郊外まで来ていた。渋滞が際限なく続いていた。エルヴェの運転ぶりは落ち着いたもので、この朝、何も彼を苛立たせることはできないように見えた。空にはいまや雲一つなく、霧も晴れていた。

　病院の駐車場で停まると、マドレーヌがポールのほうを向いて言った。「一人で会ったほうがいいと思う」長男というのは、彼女にとっては重要な意味をもち、おろそかにできないのだった。きっと彼女はポールに対していつまでも、臆病さの混じった敬意を払い続けるのだろう。

「セシル、一緒に来てくれ……！」ポールは思わず、せっぱつまった、ほとんど哀願するような口調で妹に頼んだ。そのとき初めて、彼は自分がおびえていることに気がついた。

＊1　フランス語の「野菜」には植物人間のように無反応・愚鈍という軽蔑的な意味がある。

2

父は別の病室に移され、階も変わっていた。それが医療センター受付で面会を申し出たとき、まずポールが知らされたことだった。「当然よ、もう集中治療室にいる必要はないんだから……」とセシルが言った。「今朝、主治医の先生に会ったわ。そのあと用事があるとかで、いまはいないけど、月曜に面談してくれるって。クリスマスから元日まで休まないそうよ。月曜、一緒に来られる?」ちょっとわからないから、またあとで相談しようと彼は答えた。目下の最重要事項というわけではないだろう。いや、きっと来られるのではないかと、すぐに思い直した。今年最後の週は、二十八日月曜日から三十一日木曜日までの四日で終わる。まさしくクリスマス休戦というべき時期だ。ブリュノはきっとオフィスにいるだろう。ポールには、ブリュノが休暇を取ったという記憶がまったくない。しかし、会合はないだろうし、ポールが必要でもないだろう。ブリュノは一人きりで書類を相手にして、それで満足のはずだ。仕事は気晴らしになる、とポールは思った。看護師が先に立って足早に案内し、一分もしないうちに父と対面するかと思うと、心臓が鼓動を速め、恐怖の波が襲ってきた。病室のドアの前まで来たときには思わずよろめきそうになった。

様子は一変していた。枕二つを重ねた上に頭をもたせ、父はほとんどベッドの上に坐っているかのようだった。喉のチューブや、やかましい装置は消えていた。点滴と頭部の電極もなくなっていた。生真面目で、おごそかなほどの顔つきをした父が戻ってきていた。とりわけ、大きく見開かれた目はまっすぐ前を向いたまま動かず、まばたきもしなかった。

「自力で呼吸できるようになったので、もう人工呼吸器はいりません。ご家族にとってはたいてい、人工呼吸器というのがショックなんですよね」看護師がコメントした。ポールは立ち尽くしたまま、父のまなざしから視線をそらせずにいた。

「見えているんですか？」ようやく彼は尋ねた。「見たり、聞いたりできているんでしょうか？」

「ええ、動いたり話したりはできない、完全な麻痺状態ですが、見たり聞いたりする能力は回復しています。そのかわり、知覚したものを解釈できているか、知っていることや思い出に結びつけられるかどうかは、何とも言えません」

「わたしたちのことは、もちろん覚えていますとも！」セシルが横から断言した。

「一般に、植物状態の患者さんは顔より、聞き覚えのある声に反応するんです」看護師はかまわずに続けた。「だから、話しかけてあげてください。どうか遠慮なさらずに」

「こんにちは、パパ」ポールが声をかけた。セシルは慣れた調子で、父の手を撫でさすり始めた。

ポールは少し考えてから質問した。

「父は長いこと、このままなんでしょうか？」

「それは何とも言えないんですよ」看護師は満足げに答えた。この質問をずっと待っていたのである。ふだん家族が真っ先にする質問だが、セシルが今朝からいっこうに触れないので、看護師は当惑していたのだ。「検査はやれるだけやりました。ＣＴスキャン、ＭＲＩ、ＰＥＴ、それにもちろん脳波の検査。これからも検査はしますが、現時点では植物状態の患者さんがその後どうなるか、確定できるような検査は何もないんです。数日で元どおりの意識を取り戻すかもしれないし、一生、このままの可能性もあるんです」

「もちろん意識は戻ります。でも数日はかかるけど……」とセシルが口をはさんだ。信じがたいほど落ち着き払って、超自然的な存在から直接、情報を得ているかのような口ぶりだった。どうやら妹の神秘主義は、新たな次元に達しているようだとポールは思った。看護師を横目でうかがってみると、気を悪くした様子さえなく、ただあっけに取られているようだった。

　いずれにせよ、父はそうしたいっさいの心配事を超越していた。空中の一点を見つめるまなざし、見てはいるが何の表情もない両眼には、とてつもなく困惑させるものがあった。まるで父は情動の迷宮から切り離されて、純粋知覚状態に入り込んだかのようだった。だがおそらくそうではない。たとえ感情を表すことはできなくても、感情を抱く能力はそっくり保たれているに違いないとポールは思った。しかし、苦悩にせよ喜びにせよ、それが身振りや唸り、微笑みや嘆き声をとおして示されることのない状態というのは、想像するだに奇妙だった。看護師は熱心で、知っているかぎりの医学的情報を伝えたがっている様子だった。何度か、念のため正確なことは主治医に訊いてみたほうがいい、と言いながらも、完璧に症状を把握しているような口ぶりだった。お父さんの精神的機能は正常に働いていますよ、ええ、間違いありませんと彼女はポールに言った。脳波の検査では、夢を見ない睡眠や深い瞑想状態で典型的にあらわれるデルタ波が記録されたが、浅い眠りを示すシータ波や、さらにはアルファ波も二度ほど記録された。これはとても希望がもてることだった。健康な人より目まぐるしく、昼夜のリズムもないとはいえ、とにかく覚醒と睡眠を繰り返していた。夢を見ているのかどうかはわからないという。

　まさにそのとき、父が目を閉じた。「ほら……」看護師は、ポールの父が期待どおりに患者役を演じたかのように、満足そうに言った。「眠ったんですよ。これから数分か、長くて一時間寝ているはずです。きっとみなさんがいらっしゃって、久しぶりに会えたので、疲れたんでしょう」

「じゃあ、父には我々のことがわかったんでしょうか？」

「そうに決まってるじゃない。さっきもそう言ったでしょう！」セシルがもどかしげに言った。

「とにかく、今晩はこのまま休ませてあげよう。それにわたしも帰って料理のしたくをしなければならないし」

「もう？」

「今日はクリスマスイヴよ。忘れちゃったの？」

3

そう、彼はその日がクリスマスイヴであることを完全に忘れていた。看護師が用いた専門用語の数々や、父のまなざし——彼はすぐさま、幽霊のまなざしとはこういうものかと感じた。生と死のいずれにも属しているような、人類から非常に遠くもあり近くもあるようなまなざし。そして父の精神状態について実際のところまったく何も知ることができないということ。そうしたすべてがポールを、一種の全面的な混乱状態に陥れ、超常現象に関するテレビシリーズから抜け出てきたような気分を味わわせていた。ヴィリエ＝モルゴンに着いたとき、あたりはもうとっぷりと暮れていた。車はイルミネーションで飾られた町をあとにして、フュ＝ダヴナス峠に向かい、県道18号線に入った。

エルヴェは母屋の正面に車をとめた。星空の下、母屋は彼の記憶のなかにあるよりもいっそうどっしりとして、おごそかに見えた。

「兄さんに言うのを忘れてた……」セシルがダチアから降りながら言った。「もし来週までいられるならの話だけど。オーレリアンが来るよ、大みそかにやってくるはず」

「奥さんも一緒に？」

「ええ、インディーも一緒。あと、息子さんも一緒にね」彼女はためらいがちに言った。どうしても慣れることができないらしかった。

「もちろん、オーレリアンには、昔使っていた部屋に入ってもらう。だから兄さんが使うのはお客様用の、青い部屋――わたしは緑の部屋にいるの。でも、小さい家のほうがいいならそうするけど」

「ああ、そっちのほうがいいな」

「そうじゃないかと思ってた。じつはもう準備しておいた。暖房も入れてある」

妹がそう思っていたとは不思議なことだった。ポール自身、考えていなかったからだ。この数年、何度か父の元を訪れていた。しかしそのたびに来客用の部屋で寝るほうを選び、子供時代と青春時代を過ごした部屋には足を踏み入れたことがなかった。もう二十五年間、その部屋を見たことがなかった。それがこんなふうに、若かりしころに戻りたいと願うのは、たぶんよくないしるしだった。人生に失敗したと悟り始めた者たちによくあることなのだろう。

「すぐ部屋に行く？」セシルが尋ねた。「わたしは食事の支度をして、それからみんなでミサに行ってくる。戻ってから食事よ。兄さんは、たっぷり二時間は休んでいられるわ」

「いや、母屋にいることにしよう」

実際のところ、彼には一杯やる必要があった。いや、何杯でもいい。バーの場所は変わっていなかった。グレンモーレンジ、タリスカー、ラガヴーリンがあった。つまり酒の質も落ちていない。

三杯目のタリスカーを干したポールは、この分だと深夜のミサにほろ酔い気分で出かけることになりそうだと思った。それも悪くはなかった。セシルは一時間前からキッチンを動かず、さまざまな種類のいい匂いが客間に漂い始めていた。ポールはロリエとエシャロットの匂いを嗅《か》ぎわけた。たぶん、暖炉の火をおこしたほうがいいのだろう。クリスマスイヴにはぴったりのアイデアだと思えた。暖炉のそばに薪《まき》と木の枝が置いてあった。ポールが暖炉を前に考え込み、前はどうやって火をおこしていたか思い出そうとしていると、エルヴェが客間に入ってきた。ちょうどよかった。エルヴェはグレンモーレンジを受け取ると、ポールの期待どおり暖炉に取り組んでたちまち手腕を発揮し、数分後には高々と勢いよく炎が上がっていた。

「火をおこしたんだ。いいじゃない」セシルがやってきて言った。「そろそろ行かないと」

「もう？」

「うん。始まる時間を間違えてた。今年は三十分早まって、十時開始なの」

コートを着ながら、いまごろプリュダンスはいったいどこにいるのだろうという疑問がポールの頭をよぎった。ユール祭の儀式はもう終わっただろうか？　セシルは夫婦仲についてポールに何も尋ねなかったし、エルヴェも同様だった。その問題について語り合った相手はたぶんブリュノだけだった。一般に、うまく行っている夫婦はうまく行っていない夫婦の境遇について詮索《せんさく》するのを好まない。夫婦の不和が伝染性であるかのように、一種の恐怖を覚えるらしい。今日、あらゆる夫婦はほぼ必然的に離婚訴訟中なのかと、衝撃を受けるようだ。本能的、動物的にあとずさるのは、別れと孤独死という万人共通の運命を払いのけようとする胸打つ態度だが、それは自分たちの無能力に打ちひしがれてのことでもある。癌《がん》を経験したことのない人たちが、癌患者と話すのが苦手で、うまく調子を合わせられないようなものだ。

父は村の人々の暮らしにすっかり溶け込んでいた。教会に入るとすぐ、ポールにはそれがわかった。自分たちを取り囲む人々のとまどったような、しかし思いやりのある様子を感じ取れた。少なくとも二十人ほどの信者たちが彼らに向かって、そっと目くばせをしてきた。そのときポールは突然、父の住居がＤＧＳＩによって「匿名」化されているのを思い出した。そうした保護策は引退後も維持され、実際上、父が死ぬまで継続されることになっていた。ポールはバカロレア試験の数か月前に父からそう聞かされた。息子の進路について話し合ったその唯一の機会に、父は息子にも同じ道を歩んでほしいというむなしい願いを抱いて、そう説明したのだった。ミサを司《つかさど》るため、ヴィリエ＝モルゴンの教会には司祭がすでに登壇していた。その様子を見ながら、ＤＧＳＩの保護策が、何だかバカげたもののように——ついそんな形容を思い浮かべたのを悔やんだが、仕方がない——思えた。どちらにしても父の存在は村人たちに知られているし、父が「情報機関」で働いていたこともみな承知のはずだ。それは村人たちにとって暮らしに小説的な味わいを与えてくれる事柄だった。それ以上のことは知らないはずだが、とはいえポール自身、それ以上のことなど何も知らないままだった。ともかく、近隣の調査をすれば父の居場所は特定できるはずだった。同時に、くだんの保護策はそれほどバカげたものではなかったのかもしれない。近隣の調査には金がかかり、現地に情報部員を送り込まなければならない。凡庸なハッカーを雇って、フランス電力や地方税の領収書といったガードの低いファイルに侵入するよりも高くつくことは間違いない。

村の子供たちが一生懸命こしらえたクレーシュ（クリスマスに飾るキリスト誕生の馬小屋の模型）は、見事な出来ばえだった。ミサ自体、ポールに判断できるかぎりでは素晴らしいものだった。救い主がこの世に生まれたという基本のところは彼も知っていた。そしてタリスカーの効き目のおかげで、ときおり、特に聖歌合唱の際など、救い主の誕生はたしかに福音だとさえ思えた。父がクリスマス当日に昏睡状態から覚めたという事実を、セシルが重要視しているのはわかっていた。彼としてはつい皮肉りたくもなる。だが、心の底では少しも皮肉りたくなどなかった。プリュダンスが参加しているユール祭にはそれ以上の意味があるのだろうか？　そんなことはないだろう。古代宗教じみた、汎神論的ないしは多神教的な何かだろうか。ポールには両者の区別がつかなかったが、いずれにせよどこか嫌悪感を誘う、スピノザ流の代物だろう。一なる神という観念だけですでに、自分の体験と折り合いをつけるのが難しかった。それが複数の神となると、冗談と思えるし、自然を神格化するなど、まったく吐き気を催すことだった。マドレーヌはどうかと言えば、彼女は完全にセシル側だった。伴侶を、そして以前の暮らしを取り戻したい。彼女にはそれ以上の望みはなかった。セシルの神は強力なものらしく、すでに一つ結果をもたらしてくれたのだから、マドレーヌはためらいなくセシルの神の側につき、熱心に聖体を拝領していた。

　ポール自身は聖体拝領をしないでおいた。それは立派なミサの絶頂《オルガスチック》の瞬間を形作るものなのだろう。ただしポールが彼らの宗教を幾分なりと理解したかぎりにおいて、そしてまた彼がオルガスムについて思い出せるかぎりにおいての話だが。聖体拝領を辞退するのはセシルの信仰に対する敬意からだった。少なくとも彼はそう自分に言い聞かせようとした。

　やがて、慣用句によるなら「ミサは唱えられた」（ミサの最後に司祭の言う文句）――各自は家に帰り、それぞれ分相応に家族でお祝いを楽しむのだ。

　教会を出るとき、ポールには父が以前は（「いまでも」と考えるべきところ、どうしても「以前は」という表現を思い浮かべてしまう。彼には希望を抱く才能がどうにも欠けていた）、いまでもどれほど村で人望があるのか、さらによく実感できた。ミサに参列したほぼすべての信者たちが近づいてきて、主としてマドレーヌ、そしてセシルにも言葉をかけた。セシルもよく知られているようだった。セシルは彼よりもずっと頻繁に父のもとに来ていたのだろう。父が脳卒中で倒れ、昏睡状態に陥ったことを誰もが知っていた。セシルはこの日の朝に父が目覚めたことを知らせた。そのよき知らせのおかげで、彼らの多くにとってクリスマスイヴがいっそう素晴らしいものになるのだろうと、ポールはすぐに感じ取った。そして、人が死ぬのはけっして楽しいものじゃないからな、と愚かしくも考えた。病院に父を見舞って以来取りつかれている鈍麻状態から、いまだ脱出できずにいた。

　エルヴェは車に乗り込みながら「この辺の人たちは親切だ……」とだけ言った。

「そうよね、いい土地柄だわ」セシルは考え込む様子で言った。「北部のわたしたちのところだって、基本はみんな親切なんだけど、でも暮らしがあんまり貧しいから、ぴりぴりした雰囲気にもなるのよ」

　食事中、会話はどうしたって政治方面に向かうこととなった。ポールはあきらめとともにそれを待ち受け、その話題を避けようともしなかった。政治が、そして家族というものが存在して以来――つまりははるか昔から、家族が集まった食事の席で政治の話は避けてとおれないものと決まっていた。ただし彼自身は子供時代、そんな機会にはさほど恵まれなかった。父がＤＧＳＩに勤務しているせいか、家では政治をめぐる議論が骨抜きにされ、父は政権への絶対的忠誠を強《し》いられているかのようだった。しかし実際にはそんなことはなく、選挙のとき父は「普通の市民とまったく同じように」投票してかまわないんだ、とむっとした口調で言うことがあった。父がジスカール・デスタンやミッテラン、そしてシラクに対して歯に衣着せぬ批評を浴びせることがあったのも覚えている――そこには、三十年以上にわたる政界の動きがあった。振り返ってみると、父の批評は何とも手厳しいもので、それらの政治家たちに投票できたとは思えないほどだった。父はいったい誰に投票していたのか？　これもまた父に関して謎であり続ける事柄の一つだった。

　セシルとその夫は当然、そろってマリーヌ[*1]に票を投じている。それもかなり前から、マリーヌが父親に代わって党首の座について以来だった。セシルはポールが職務柄、現大統領に投票しているのだろうと思っていた――その想像は当たっていた。ポールは選挙のたびごとに大統領の与党、あるいは大統領自身に投票していた。彼にはそれがいわゆる「唯一のまっとうな選択」だと思えた。それゆえ、セシルはポールの気分を損なうまいと、政治の議論に深入りしないようにした。おそらくエルヴェにもそう言い含めてあったのだろう――エルヴェが若いころ、ブロック・イダンティテール[*2]のような、国民連合よりもさらに過激な党派に加わっていたことをポールは知っていた。実際のところ、ポールには彼らをとがめだてする気持ちは少しもなかった――もしアラスに住んでいた

＊1　極右政党「国民戦線」創立者ジャン＝マリ・ルペンの娘マリーヌ・ルペン。同党党首として二〇一二年、一七年、二二年の大統領選に出馬。

＊2　二〇〇〇年代初頭に結成されたフランスの極右団体。欧州・白人アイデンティティを称揚し排外主義を標榜。

ら、自分もきっとマリーヌに投票しただろう。パリ以外に彼が本当に知っているのは、豊かな地域であるボージョレだけだった。おそらくブドウ栽培業者は、多少の穀物生産者とともに、フランスの農家のうち恒常的に破産の危機に瀕することなく、利益さえ上げることができている唯一の存在だった。ソーヌ川流域に密集する精密機器メーカーや自動車産業の下請企業は、ドイツとの競争に勝っていた――ブリュノが経済相に就任してからは、なおさらだった。ブリュノは公共事業の割当にせよ、関税の導入にせよ、都合のいい場合や、都合のいい製品に関しては、ＥＵ内での自由競争の規制を平気でないがしろにした。その点でも、他のあらゆる点に関しても、彼は最初からまったくの現実主義者としてふるまった。一方、根回しをして、折に触れヨーロッパとの絆を強調し、運命の命ずるところ、誰であれドイツの女性首相の頬に唇を押し当てる役割は、大統領に任せておくのだった。ともかく、フランスとドイツの関係は性的なものだった。それは奇妙なほど性的な関係であり、しかもずいぶん昔からそうなのだった。

　セシルが準備したのは、オマール海老のメダイヨン、イノシシ肉の蒸し煮、そしてりんごのタルトだった。どれもおいしい。彼女は本当に信じられないくらい料理の才能があった。特にタルトは絶品だ――さくさくして、しかも柔らかなタルト生地の口当たりのよさときたらどうだろう。溶かしバターとりんごの味わいの巧みな配合にしても、こんな技をどこで覚えたのか？　彼女が今後、別の仕事に身を削らなければならなくなりそうなのはつらいことだった。せっかくの能力が生かせないのは、あらゆる――文化的、経済的、個人的な――面から言って悲劇だった。エルヴェもポールと同じ見立てらしく、りんごのタルトを一口食べるとすぐ、ふさいだ様子で頭を振り始めた――明らかに、彼がまずその被害をこうむるのだ。それでも、ご機嫌なマドレーヌに勧められて、エルヴェもグラン・マルニエを注いでもらった　――セシルはいったいどこにいったのか？　りんごのタルトを出してから姿を消していた。グラン・マルニエは飛びぬけた銘酒なのに、あまりに知られていない。とはいえポールはこの選択に驚いていた。彼の記憶ではエルヴェはもっと癖の強い酒を好み、アルマニャックやカルヴァドス、その他の強烈であやしげな地酒を愛飲していたはずだ。年とともに少し女性化しているのだろう。ポールにはむしろよい傾向だと思えた。

　セシルは少しして戻ってきた。彼女はリボンをかけた小さな包みを、おずおずと微笑みながら彼の前に置き、こう言った。「クリスマスプレゼントよ……」

　クリスマスプレゼント、そうだった。クリスマスにはお互いにプレゼントを贈りあうものだ。どうして忘れていたのだろう？　彼はまったくもって、家族関係にかけて無能、人間関係全般において無能だった――かといって、動物とうまくつきあえるわけでもなかった。リボンをほどくと、とてもきれいな金属製のケース、渋い銀色に輝くケースがあらわれ、そのなかにはモンブランの万年筆が収まっていた。マイスターシュテュック149。たしかレッドゴールドと呼ばれる、特別な材質を用いた装飾が施されているようだった。

「申し訳ないね……。こんな立派なものをもらっちゃって」

「マドレーヌと二人でお金を出しあって買ったの。マドレーヌにもお礼を言ってあげてね」

　彼は不思議な感動に浸されながら二人の頬にキスをした。立派な、理解に苦しむほどのプレゼントだった。

「思い出したの」セシルが言った。「昔、ノートに文章を書き写してたよね。作家の文章とか、気に入った文章を。それをときどき読んで聞かせてくれたわ」

彼もすぐに思い出した。実際、そんなことをしていたのだった。十三歳のときに始めて、高校卒業の年まで続けていた。字体にも凝《こ》って、何時間もかけ、下書き用の紙に何度か試し書きをしてからノートに写した。どんなノートだったかもありありと目に浮かぶようだった。アラビアのモザイク模様をあしらった硬い紙の表紙がついていた。あのノートはいったいどこへ行ったのか？　当時使っていた部屋にまだあるのかもしれない。だが、どんな文章を書き写していたのかは少しも思い出せない。不意に、何かがよみがえってきた。文章というよりもむしろ詩の一節のようなものが、記憶の底から脈略もなく浮かび上がってきた。

かの立派な王国の
あれほど気高い王太子に
いまは何が残されているのか
オルレアン、ボージャンシー、
ノートル＝ダム・ド・クレリー、
ヴァンドーム、
ヴァンドーム

そしてすぐ、デヴィッド・クロスビーがこれを歌詞にした曲のことを思い出した——歌というよりも、彼がキャリアの終わりによく作った、メロディらしいメロディも、ときには歌詞もない、複声の不思議なハーモニーだった[*1]。

一同は食事が終わるとまもなく解散した。ポールはブリュノに電話し忘れたことに気がついた。明日かけるとしよう。ブリュノがクリスマスに何をしているのか、ポールは知らなかった。きっと何もしていないのだろう。クリスマスなどうんざりに違いない。それともひょっとすると、さすがに何か特別なことをしているのだろうか。子供たちに会うとか、妻との和解をもう一度だけ試みるとか。電話は二十六日まで待ったほうがよさそうだ。いずれにせよブリュノには、今週いっぱいサン＝ジョゼフに滞在したいと言うつもりだった。

酔い心地に浸りながら、ポールは無意識のうちに、ガラス張りの渡り廊下を抜け、かつての自室へ向かった。部屋に入るとまず目に入ったのはキアヌ・リーヴスのポスターだった。それは『マトリックス・レボリューションズ』（二〇〇三年）の一場面で、主人公ネオは血に染まった布を顔に巻き、目の見えない状態で世界の終わりのような風景のなかをさまよっていた。ネオが格闘技のアクションをかっこよく決める、大量に出回っていたポスターではなくてこちらを選んだのは、おそらく暗示的なことだった。ポールは一人用ベッドに倒れ込んだ。とんでもなく狭苦しいこのベッドで、彼は女の子たち、というかそのうちの二人と寝たことがあった。

『マトリックス』（一九九九年）が封切られたのはポールの十八回目の誕生日の数日前だった。彼はすぐ夢中になった。二年後にはセシルも同じように『ロード・オブ・ザ・リング』第一作（二〇〇一年）に夢

＊1　アメリカのシンガー・ソングライター、デヴィッド・クロスビーのソロアルバム『イフ・アイ・クッド・オンリー・リメンバー・マイ・ネーム』（一九七一年）所収の「オルレアン」。なおクロスビーは二〇二三年に没するまで音楽活動を続けた。

中になった。『マトリックス』三部作のうち、ビジュアル面での革新をもたらしたという点では第一作こそが真に興味深く、あとは焼き直しであるというのが大方の意見だった。ポールは賛成ではなく、それはシナリオの構成に十分注意を払っていないがゆえの意見だと考えていた。『マトリックス』でも『ロード・オブ・ザ・リング』でも、三部作の大半は第二作でつまらなくなったのち、第三作でドラマチックに盛り返すものである。『ロード・オブ・ザ・リング』の場合、第三作が頂点でさえある。『マトリックス・レボリューションズ』の場合は、トリニティーとネオの恋物語は最初のうち、「オタク」映画としてはやや場違いに思えるが、ついには真に感動的なものとなる。それは大部分、俳優たちの力によるものだった。少なくとも当時彼はそう思ったのだが、それからおよそ二十五年を経た十二月二十五日の朝にもやはりそう思えた。霜の降りた草原に朝日がほぼ昇り切っていた。彼は母屋に行ってコーヒーを淹れた。頭が少しばかりぼうっとしていたものの、頭痛がするわけではまったくなかった。前日飲んだアルコールの量からすると驚くべきことだった。セシルは午後すぐに父を見舞いに行くつもりで、この日の予定はそれだけだった。コーヒーを一口飲み、また『マトリックス』のことを思い出しているうちに、彼はあまりにも明白な事実に気づいてその場に立ちすくみ、息もできなくなった。プリュダンスは、トリニティ役の女優キャリー＝アン・モスと瓜二《うりふた》つではないか。そこで自室に駆け戻り、映画の写真を集めたファイルをすぐに見つけ出した。それは疑いようもなく明らかなことだった。どうしていままで、結びつけてみなかったのか？　彼は呆然となった。自分がそんな人間だったとは思ってもみなかった。自分はどちらかといえば冷静で理性的な人間だと思っていたのだ。室内は次第に陽光で満たされていき、若いころを過ごしたその部屋にあるものがいまやすっかり見分けられた。たとえばニルヴァーナの巨大なポスターだが、これは『マトリックス』より昔、おそらく思春期の初めにはまっていたものだろう。『マトリックス』なら、いまでも面白く見ることができるかもしれない。ニルヴァーナのほうは疑わしかった。彼は音楽をほとんど聞かなくなっていた。ときおり、難しい仕事のあとグレゴリオ聖歌を少しばかり、「キリストは従順であられた《クリストゥス・ファクトゥス・エスト》」や「恵み深き贖い主の御母《アルマ・レデンプトリス・マテル》」といった曲を聞くことがあった。カート・コバーンからはかなり遠い。いくつかの点では人は変わり、他の点ではまったく変わらない。それがこのクリスマスの朝、彼に到達できそうなごく貧しい結論だった。しかし、キャリー＝アン・モスはいまでも同じように好きだった。いまのほうがもっと好きかもしれなかった。映画の写真を見ていると、若いころの感動がそっくりよみがえってきた。それがよい知らせかどうかはわからなかった。彼はまたコーヒーを飲みながら、昨日セシルが言っていたノート、好きな文章を書き写したノートを探してみようと思いついた。十五分ほどむなしく探したのち、国立行政学院の入学試験を受けようと決意してからまもなく、そのノートを捨ててしまったのを思い出した。ある夜、何か思い詰めてのことだった。経緯はよく思い出せなかったが、ノートを捨てたサン＝ギヨーム通りのゴミ箱が目に浮かんできた。残念なことだ、と彼は思った。ノートがあれば自分自身についてもっと知ることができたかもしれない。人生の予兆、運命の警告のようなものを文章の選択から読み解けたかもしれないのに。思い出すことのできた唯一の詩からして、あまり見通しの明るい内容とは言えなかった。なにしろ、一人の不幸な王についての詩、イギリスに敗れ、辱められ、王国のほぼすべてを失った王についての詩なのだ。そしてまたネオのたどる運命もまた、さほどうらやむべきものではなかった。[*1]

太陽はもうすっかり昇っていた。今日もまた、陽光の降り注ぐよく晴れた冬の一日になりそうだった。部屋の品々を見るうち、徐々に過去の記憶が押し寄せてきて、彼はいささか気分が悪くなり、外に出た。家は朝日に輝き、金色の石灰岩の壁は冬の太陽に照らし出されていたが、けっこう寒かった。すぐ自分の部屋に戻る気にはなれず、セシルの部屋に足を向けた。そのほうがまだ気持ちが滅入《めい》らないのではないか。彼女は怒ったりしないだろうとわかっていた。セシルには隠し事などめったにない。そんな性分ではなかった。

ニルヴァーナではなくレディオヘッドだった。そして『マトリックス』ではなく『ロード・オブ・ザ・リング』だった。兄妹の年の差は二歳でしかなかったものの、それだけで違いには説明がついた。当時、物事はまだ比較的速く進展していたが、六〇年代はもちろん、七〇年代に比べてもはるかに遅く、西洋の滅亡の前ぶれとなる減速と停滞が進行していた。ポールはもうニルヴァーナなど聴かないが、セシルはいまでもたまにレディオヘッドの昔の曲を聴くのかもしれない。不意にセシルと出会ったころの二十歳のエルヴェのことが思い出された。彼もまた『ロード・オブ・ザ・リング』のファンで、「絶対的なファン」と言ってもいいくらいだった。いくつかの場面、特に最後の対決の直前、「黒門《モランノン》」がひらく場面などはせりふをすっかり暗記していた。エルヴェが彼ら兄妹の前に立って、アラソルンの息子アラゴルンの演説をやってみせている姿が記憶によみがえってきた。まず、ともに旅立った仲間であるガンダルフ、レゴラス、ギムリを引き連れたアラゴルンが、力強い声で最後の、高邁《こうまい》な、騎士にふさわしい願いを叫ぶ。

影《モルドール》の国の冥主《めいしゅ》よ、まかり出ろ、

汝《なんじ》に裁きが下されようぞ

そこで門がひらかれ、闇の軍勢が平原に押し寄せてくる——数の上では圧倒的に勝る巨大な勢力を前にして、ゴンドール軍は恐怖に襲われる。アラゴルンと仲間たちは一瞬後退するが、アラゴルンは味方の軍勢に向けて訴えかける。そのアラゴルンの激励の場面こそ、この映画の最も感動的な瞬間の一つだった。

ゴンドールとローハンの息子たち、わが兄弟たちよ、
汝らの目に窺える恐怖が、わが胸をもしめつけようとする。
おそらくはいつか、人々は勇気を失い、
友を見捨て、あらゆる忠義の絆を破ることだろう。
だがその日はまだ来ていない。

このせりふをエルヴェは英語で言った。実際、ヴィゴ・モーテンセンの抑揚を再現するにはそれ以外のやり方はなかった。たしかに、ヴィゴ・モーテンセンの抑揚、無謀な戦いとはいえ避けられないという想い、捨て身の執念、勇気を再現するにはこのやり方しかなかった。ヘバット・イッ

＊1　（139頁）アメリカのロックバンド、ニルヴァーナのリーダーだったコバーンは二十七歳で事故死（自殺とみられる）。

ト・イズ・ナット・ディス・デイ！〉

自分に直接関わるものですらないこのエピソードを、どうしてこれほどはっきりと覚えているのだろう？　あの瞬間、妹がエルヴェに恋をしつつあると悟ったからだ。彼自身はそれまで一度も恋をしたことがなかった。半ダースほどの女の子と寝たことはあったが、相手を好ましくは思ってもそれ以上の気持ちにはなれなかった。だがそのとき、彼は妹がエルヴェに向けるまなざしに、自分には未知の、力強い何かが表れているのをありありと見たのだ。

狼たちの時代、盾が打ち破られる時代が訪れるだろう
人間たちの時代が滅び去ったそのときには、
だがまだその日ではない――〈バット・イット・イズ・ナット・ディス・デイ！〉
我々は戦おう。
諸君にとってこの地上で尊いあらゆるものにかけて。

ここでまたエルヴェは英語でせりふを言った。フランス語訳も悪くはなかったが、〈バイ・オール・ザット・ユー・ホールド・ディア・オン・ディス・グッド・アース〉という英語の原文にはやはり別の価値があった。それから最後の一句、戦いへの呼びかけが来た。

立ち向かえ、西方の男たちよ！

エルヴェはおそらく当時、ブロック・イダンティテールに所属していたに違いなく、モルドールの軍勢はそのままイスラームに相当すると受け取ったのだろう。「国土回復運動《レコンキスタ》」はヨーロッパではまだ始まっていないが、映画にはなっている。彼はそんなふうに思ったに違いない。法を踏みはずした活動や、暴力的活動に関わっていたのだろうか？　そうは思えなかったが、定かではなかった。セシルなら知っているはずだが、聞きにくかった。いずれにせよ、公証人となるための勉強をするうちに気持ちが落ち着いたのだろう。とはいえ、完全にというわけではなく、エルヴェのうちには奇妙なほど服従を拒む何か、すっかり飼い慣らされることのない、定義しがたい何かが残っていた。父はいつでもエルヴェをひいきにし、「婿《むこ》に失望させられたことはない」様子だった。結婚式は盛大にとりおこなわれ、ボージョレ地方の山並みを四輪馬車が何台も走るといった演出がなされたが、エルヴェの収入とはまったく釣り合わないものだった。セシルは昔から父のお気に入りだった。それが真相で、最初から父はセシルが可愛くてたまらなかったのである。結局のところポールとしても文句はなかった。なぜならセシルは実際気に入られて当然であり、人間として上等だったからだ[*1]。

　事態は急激に逆転し、父はいまや子供、さらには赤ん坊同然になっていた。だがセシルはそんな状況に立ち向かおうとしている。いまや壮年となった彼女は、やすやすと押し流されたりはしないだろうとポールは確信していた。父は、糞尿にまみれたまま親切な看護師か看護助手が来ておむつを取り替えてくれるのを何時間も待つ老女のような状態にはけっして陥らないだろう。もしセシルとマドレーヌがいなかったなら、父の境遇はどうなっていたか、どうなり得たかと考えると、ポールは少し胸苦しさを覚えた。そこでブドウ畑をひと回りしてくることにした。一年のこの時期、ブドウの木はそれほど見て楽しいものではない。ねじまがった黒っぽい、どちらかといえば醜い代物である。それが冬のあいだじゅう生気を保とうと頑張っているのだが、こんな見栄えのしないものからのちにワインが生み出されるとは、まったく想像もできない。世界は何とも奇妙に作られている、とポールはブドウの木のあいだをめぐりながら思った。もしセシルが考えているように神が本当に存在するなら、もっと自分の見解を教えてくれてもよさそうなものだが。神はメッセージを伝えるのが下手で、こんな素人臭さはプロの世界だったら許されなかっただろう。

＊1 （143頁）〔原注〕こうした問題を考えるようになると（遅かれ早かれ、そんなときが必ず来る）、人が必ずや自分を道徳的世界の中心に置き、良くも悪くもなく、道徳的に中立の立場にあるものとみなすことを考慮に入れる必要がある（つまり本音の部分、意識の奥底においてはという意味である。表向きは自分は「どちらかといえばいいやつ」だと称しても、心の底ではそう信じているわけではなく、自分を道徳的世界の中心に位置づけるひそかな尺度を保ち続けている）。こうして、人間観察に尺度のずれが生じるので、たいていの場合、解釈のし直しが必要となるのだ。

4

クリスマスのこの日、病院は人であふれていた。驚くにはあたらない。大方の見舞客にとっては病人を思いやる年に一度の機会であり、それもせいぜい翌日まで、たいていはこの日の夜までしか続かないのだ。看護師は昨日と同じ女性（年末年始のこの時期、ずっと当直なのか？）で、疲れた様子ではあったが、あいかわらず親切で有能だった。病室のドアは閉まっていた。「いま、洗面と着替えのお世話をしています。十五分もあれば終わりますから」と言われた。

マドレーヌは〈メダイユ・ドール№1〉の葉巻一箱をプレゼントとして持ってきていた。ポールはそのハバナ産の細巻き葉巻を父が苦労して探していたことを覚えていた。製造元は〈ラ・グロリア・クバーナ〉、一般には知られていない小ブランドだが、父は〈コイーバ〉や〈パルタガス〉にはるかに勝る世界最高峰の葉巻と見なしていた。「もちろん、これを見せて、香りをかがせてあげたいだけよ」マドレーヌが説明した。「病院に残していくつもりはないわ」彼女が病院スタッフにさほど信頼を置いていないのは明らかだった。

突飛なプレゼントでも、それなりのわけがあった。嗅覚《きゅうかく》を含む父の感覚機能は完全に回復しているはずだった。とにかく目は見えているし、見えているものを識別もできていると、看護師は明言していた。人の言葉も理解できていると、少なくともセシルは確信しており、クリスマスイヴの様子を父に語って聞かせ始めた。村中の人たちが容体を尋ねてくれたことや、ディナーの料理の数々、ポールに贈ったプレゼントのことまで話した。エルヴェについても話題にしたが、失業については触れなかった。ポールは次第にその声が耳に入らなくなった。ふと決心し、セシルに尋ねた。「二人きりにさせてもらえる？　ほんの一瞬でいいから」

　セシルはもちろんと答え、すぐマドレーヌと病室から出ていった。ポールは深呼吸し、じっと父の目を見つめてから話しかけた。特に何も考えていなかったのだが、父の目を見つめるうち、自分が坂を駆け下りていくような気がした。まずブリュノについて話した。彼にとっては大事な話題だった。次回の大統領選のことも含めて延々と話し、いま全世界のインターネットを騒がしている奇妙なメッセージについても触れた。元ＤＧＳＩ職員として、父には関心があるはずだ。それからプリュダンスについても話したが、これがいちばん難しいことだった。以前から父はプリュダンスがあまり好きではなかった。口に出して言うことは控えていたものの、ポールにはわかっていた。たった一度だけ、夜遅く（夜の三時になってもまだ寝ずに、いったい二人は何をしていたのか？　思い出せなかった）、父はこう洩らした。「あの女性がおまえにふさわしいのかどうか、わたしにはわからん」ただし父はすぐに付け加えた。「国立行政学院がおまえにふさわしい学校なのかどうかもわからん。おまえが自分の人生をどうするつもりなのか、わたしには最近、よくわからなくなっている。だがもちろん、おまえの人生だからな」

それからポールは父に、子供をもたなかったのが悔やまれると言った。我ながら、ショッキングな言葉だった。そんなふうに考えたこともなかったのに、ポロリと口から出てしまった。これまではその反対だとばかり思っていたのである。父が健康体だったころ、これほど親密に話したことは一度もなかった。そうできたならと思ったことは、いままでの人生で何度もあった。試みはしたが、どうしても切り出せなかった。硬直した厳めしい顔で虚空の一点を見つめる父は、もはや人間の範《はん》疇《ちゅう》に完全には属していないように見えた。幽霊じみた何かをたしかに漂わせ、神託を告げそうな雰囲気でもあった。

　ポールはさらに長々と話してから、すっかり気持ちを動転させて病室を出た。廊下にセシルとマドレーヌの姿はなく、そこにいたのは看護師だった。彼女はポールに心配そうな目を向けた。

「大丈夫ですか……」彼女が言った。「きっと……大変だったんでしょう？」むろん看護師は、昏睡状態の親兄弟や子供を見舞った家族が、打ちしおれて帰っていくのを見慣れているのだろう。そうしたたぐいの事柄が彼女の日常なのだ。「空いている部屋でしばらく休んでいきますか？」

　いえ、少しすれば落ち着きますから、と彼は言った。実際のところその自信はまったくなかった。

「パパはここからもうすぐ出られますよ……」看護師はこれまでになく親身な調子で言った。「月曜日に、担当の先生と会うんでしたよね？」ポールはうなずいた。

「いまの昏睡度は2、もうほとんど1です。これから、ＥＶＣ‐ＥＰＲ病棟に移る手筈《てはず》が取られると思います」

「ＥＶＣ‐ＥＰＲというのは何ですか」

「ＥＶＣは慢性的植物状態のことです。反応がなくて、外界と関係がもてない、いまのパパの状態です。ＥＰＲは、ほんの少し反応したり、自分で動いたり、普通は目が最初に動くんですけど、外界と関係する機能がわずかにある状態です。ＥＶＣ－ＥＰＲ病棟で何年も勤務してましたが、けっこうよかったですよ。運営スタッフがいい人たちで、時間をかけて患者さん一人ひとりをみてました。ここじゃ、そうは行きません。救急・救命が専門で、患者さんは長くいませんから、どんな人か知ることもできません。パパはきっと素敵な方なんでしょうけど」

　看護師が父のことを、「素敵な方だったんでしょう」と言わず「素敵な方なんでしょう」と言ったのは見逃せない点だった。とはいえ、そもそも彼女に何がわかるというのか？

「いいお顔、立派な顔をしている。息子さんもよく似てますね」

　いったい何が言いたいのだろう。自分を口説こうとでもしているのか？　若い美人で、年は二十五から三十のあいだ、赤みがかった金髪の縮れ毛は無造作で、しかもいい体をしているのが、上っ張り越しでもはっきりと見て取れた。とはいえ調子が悪そうで、神経質な身振りはいかにもニコチン切れという様子だった。何か心配事を抱えているに違いない。そんなときはタバコを我慢できなくなるものだ。ポール自身、父が脳卒中を起こして以来、特に病院に見舞いに来なければならないときなど、タバコの量がずっと増えていた。不実な男のことで悩んででもいるのだろうか。生活の安定した頼もしい四十男を求めているのか。ちょっと自分みたいな？　バカなことを考えていないで、セシルのところに戻ろう。

「妹さんはカフェテリアにいると思いますよ、パパのお連れ合いも……」看護師はまさしく彼の考えを読み取ったかのように言った。ポールは彼女と別れて、父はマドレーヌより二十歳か二十五歳は年上だ、父ならばきっとこの女性の誘いをためらいなく受け入れただろうと考えた。カフェテリアへの階段を下りながら、自分は愚か者だという思いがつのった。

マドレーヌとセシルはりんごのクラフティとソーダを前に坐っていた。エルヴェも戻っていて、ホットドッグを食べ、ビールを飲んでいた。セシルはポールを待っていたらしく、ポールが入ってきたのに気づくと、テーブルに来るまで見つめていた。

「パパに言いたいことがたくさんあったんだね……」彼が坐るとセシルが言った。

「そうだっけ？」

「だって、二時間もパパと一緒にいたじゃない……」とがめているわけではなく、単に興味を引かれているのだった。「でも、そうやって話せたのは本当によかったよ。兄さんにもそうする必要があったんだろうし、パパにとってはいっそうそうでしょう。それじゃ、パパにさよならを言ってから帰ろう。月曜の朝九時に、主治医の先生と面談よ」

5

土曜日の午前中、天気が崩れた。だがポールは、霧に覆われたこの土地の景色も好きで、丘やブドウ畑をたっぷりと散歩した。戻ってからブリュノに電話し、状況を説明した。予想どおり、ポールがまる一週間休んでも何の問題もなかった。さしあたり重要事項は何もなかった。ただし、年明けには事態が動き出す。さすがにこれ以上は引き延ばせない。大統領はおそらく年頭の挨拶で後継者に言及するだろう。ありえない話ではなかった。他方、ブリュノの断頭動画は完全に消え失せ、インターネット上のどこにも見当たらなくなっていた。マルタン゠ルノーは約束を守ったのだ。

ポールは温室で電話していた。小さな八角形の温室内には、ゴムノキやベゴニア、ハイビスカス、その他彼には名前もわからないがおそらく熱帯のものと思われる植物が繁茂していた。寄木細工の小さなテーブルがあって、そこで一服できるようになっていた。全面ガラス張りで、周囲の田園風景の眺めは素晴らしいものだった。ブリュノはクリスマスのあいだ、「別にたいしたことは」しなかったという。つまりポールの思い違いだった。ブリュノは子供たちに会いもせず、妻との関係を修復しようともしなかった。そういうことをするつもりはもうないのかもしれない。話題にものぼらないだろう。離婚を公表するのはまれである。ブリュノは大統領選挙のキャンペーンが本格的に始まる前にさっさと離婚したほうがよかったのかもしれない。しかしその問題と取り組むのは、いまとなっては遅すぎるかもしれない。ポールはその話に触れるのを控えた。電話を切ると、にわかに孤独感を覚えた。プリュダンスに電話しようかとさえ思った。週末の休みから戻っているだろう。安息日の休暇——そういう言い方でよかっただろうか——から、もう戻っているはずだ。だが、ぎりぎりのところで何かが彼を押し留めた。

　マドレーヌとセシルは昼ごろに帰ってきた。昼食後、陽が射《さ》して、徐々に霧が晴れた。マドレーヌはサイクリングしてきますと言った。夏も冬も、しょっちゅう自転車に乗っているのだという。あたりには小さな峠がいくつもあった。きつい峠でなくとも、峠ではあった。「パパもよくつきあってくれたのよ」彼女はポールに言った。「あの年齢の人としては、パパはしっかり歩いてた」ポールは腑《ふ》に落ちない顔で彼女を見た。そしてサイクリング愛好家たちのあいだでは「乗る」のかわりに「歩く」と言うのだったと思い出した。共通の価値観と、確固とした習慣で結ばれた小集団なのだ。父にそんな趣味があったとは知らなかった。そして父が社会に溶け込んでいたことにいよいよ強い感嘆の念を抱いた。人生の終わりは、場合によってはまったく不幸というわけではないのかもしれない、と彼は思った。それは驚きだった。マドレーヌはポールを相手にしてもさほど気圧《けお》されずに話をするようになっていた。彼女が体にフィットしたサイクリングスーツ姿で出てきたのを見て、ポールは突然、父といまだに性的関係があったに違いないという確信を得た。少なくとも脳卒中で倒れる前までは、ということだが。

彼自身はこの十年間、なぜプリュダンス以外の女とセックスをしなかったのか？　堅い職種だからだ、とまず思った。少しして、それは口実にすぎないと悟った。同僚のなかには、少数派とはいえ、いまだに活発なセックスライフを送っている者もいる。彼も行為自体を思い出すことはある。忘れるものではない。自転車の乗り方みたいに、と彼はマドレーヌが出ていくのを見送りながら、いささか不適切な考えを抱いた。だがそこに至るまでの手順が、彼にはとんでもなく遠く離れた、夢かまぼろしのように思える。神話の物語か、前の世に属するもののように思えるのだった。

夕方近くになって、彼はエルヴェと出くわした。エルヴェは夕食前に一杯やらないかと提案した。彼はすぐに賛成した。一杯やるのはいつでも歓迎。その傾向が強まりすぎて、いささか度を越しつつある。タバコとアルコールのせいで、おそらくは早々と死に、老後などはなから問題にならなくなるだろう。エルヴェも午前中、散歩して、彼に気づいた何人もの人たちと言葉を交わしてきたところだった。とにかく彼はこの地方を心から愛し、セシルと一緒に腰を落ち着けようかと考え始めていた。彼はドゥナン生まれで、両親もドゥナン生まれ、これまでノール＝パ＝ド＝カレを離れたことはなかったが、現実を認めないわけにはいかない。ノール＝パ＝ド＝カレはもうおしまいだった。ノール＝パ＝ド＝カレで何か仕事を見つけられる可能性などいっさいない。でもここでならば、ひょっとすると見つかるかもしれない。それに娘たちも大きくなって、それぞれの人生を歩んでいるし、とエルヴェは寂しげに言った。ポールは、姪たちはどうしているか、最後に会って六、七年になるが、まだこういう言い方をするなら「彼氏」はいるのだろうか、と思った。だが父親には何もわからないだろう。セシルにはともかく、仕事への足掛かりがある、とエルヴェは続けた。個人宅に出張して料理する仕事で、インターネットで調べるとリヨンにはけっこう求人がある。セシルなら採用されるだろう。昔から、料理の才能があった。その点は間違いない。ポールはそんな仕事が存在すること自体、知らなかった。エルヴェにしてもこのたび初めて知ったのだった。自宅に友人たちを招きたいと思っていても料理ができないブルジョワ連中、要するに金持ちたちは、パーティーのために料理人を雇うことができるのだ。そしてリヨンには金持ちが大勢いる――ヴァランシエンヌやドゥナンとは違うのである。

こうしたいっさいは、いささか暗い気持ちにさせる話だった。ポールは夕食後、すぐベッドに入った。彼は巨大な老朽化した建物の一階にいた。横には丸顔でごつい体つきをした、庶民階級の中年女がいた。彼もまた夢のなかでは、プロレタリアの最貧層に属しており、建物の上階に行けないことについて女と話し合っていた。上階に行けるのは社会のより上層の人間に限られていた。すると若くて威勢のいい黒髪の男があらわれた。海賊か何かだろうか、あるいは前の世にそうだったのかもしれない。実際のところ上階の警備はそれほど厳しいわけではないと男が説明した。たとえ警備員と出くわしても特に危険はない。彼は毎日上階を訪れてでもいるかのように、いかにも自信ありげにそう語った。そこで三人は階段を上り始めたが、踊り場ごとにスーツケースが乱雑に積み上げられていて、それを飛び越えなければならなかった。スーツケースの山のあいだには深い穴が口をひらき、危険きわまりないのに、若い男はいつの間にか姿を消して、ポールがガイド役を演じるはめになった。

ようやくたどりついた最後の踊り場は最も危険で、大きな溝を飛び越えなければならなかった。ポールはうまく飛び越えてから振り返り、同行者を助けようとした。すると相手はもう庶民階級の女ではなくなっていた。きびきびとした現代的な若い女、肌の手入れの行き届いた、営業部で働く女に変わっていた。幼い子供が二人、一緒にいた。ポールはわが身の危険もかえりみずに手を伸ばしたが、女が入れ替わっているのを見て、だまされたような気分になった。彼女はうまく溝を飛び越え、次は二人の子供のうち年長のほうの番だった。しかしそこで空隙が狭まり、危険も小さくなった。続いて年少の子供の番になったが、ポールは溝が完全になくなり、かわりに少しだけ傾いた寄木張りの床になっているのを見て拍子抜《ひょうしぬ》けした。子供は四つん這いになってやすやすと渡ってくることができた。しかしポールは母親に促されて、子供をほめそやさなければならなかった。この瞬間、子供は白くてこぎれいな、かわいい仔犬に見えた。

　最後の踊り場は、じつはバカンス村の入口で、見渡すかぎり浜が広がっていたが、あいにく騒がしくて俗っぽい運動好きのバカンス客に占領されていた。彼らはたえず動物のような叫び声を上げていたが、大きな黒雲が空を陰らせ、海は荒れていて、空気も肌寒かった。何キロも歩いて、ようやくバカンス客の群れから逃れることができた。涸れかけた小川が海に注ぐ谷間の縁までやってきた。大きな堤防はざらついたコンクリートで、かなり急な傾斜になっていた。虚空に身を躍らせると、体は地面から数メートルのところで停止し、それから時計の針の反対回りに回転しながら、堤防のやや上方を漂っていった。その運動は彼に深い安らぎをもたらした。涸れた小川にかかった橋の上では、若い男が緊張した面持ちで、啓示が下されるのを待っている様子だったが、ポールを見て尊敬と感嘆の表情を浮かべた。そこでポールはさらに上昇しながら、無重力状態での回転のメカニズムについて、若い男にできるかぎりわかりやすく説明しようとした。しかしすぐに彼と別れて、バカンス的軽薄さの真髄を凝縮したガラスの家に行かなければならなかった。家は手入れの行き届いたフランス式庭園の真ん中にあり、不思議な特性を備えていた。家のなかには騒々しく俗っぽい運動好きのバカンス客しかいない。ところが彼らは家の外に出るとたちまち、陽気な白い小型犬に変身するのだ。変身の様子を見ながら、ポールはガラスの家が、先ほど逃げ出してきた巨大な老朽建築の別の形にほかならないことを理解した。またしても拍子抜けだったが、今度はたちまち大きな山小屋のなかにいて、オーストリア人の女教師と一緒だった。数時間後、いずれにせよ夜になる前には、女が自分の愛人になるとわかっていた。二人は別荘に不法侵入して、元気をつけるため、ものを食べていた。天気はあいかわらずで、空には雲が垂れ込め、さらに暗くなりそうだった。雪もよいで、湿っぽかった。二人にとっては面白くない話で、もともと南国へ旅立つ予定だったのだ。ポールの父もいたが、二人とは違ってずっと前からそこにいて、あきらめの境地に達し、居心地よくさえ感じていることが伝わってきた。だだっ広い家、暗色の木製家具、陰気な山々、すぐに日が暮れる凍てつく寒さ。ポールの父は一生そこにいるつもりで、ほかのところで暮らすつもりはもうないらしかった。ポールたちが不法侵入しているのはたいした問題ではなかった。なぜなら家主たちは旅立って、二度と戻ってこないからだ。オーストリア人の女教師はいなくなり、ポールには、彼女が愛人になることなどなく、自分も父とともに、人生の最後までこの家に留まるのだとわかった。

朝は、とても厚い霧が田園一帯を覆っていた。ポールが朝食の準備のできたキッチンに入っていくと、一緒にミサに行くかとセシルに訊かれた。いや、やめておこう、一週間で二回のミサは信仰をもたない人間、というか不可知論者にとっては多すぎるからと彼は説明した。それでも、クリスマスのミサは「とても気に入った」と付け加えたが、たいして意味がないのは自分でも意識していた。かわりに、散歩に出ることにした。外に出るとすぐ、乳白色の、さわれそうなほど濃い霧のなかを進むことになった。ほんの数メートル先、せいぜい二、三メートル先までしか見えない。非現実的な、とはいえ愉快な気分を味わいながら、十五分ほど歩き続けた。やがて、これ以上行ったら本当に迷子になってしまうとわかった。そこで家に引き返した。たまたま家に戻れたという気がした。棚の鍵を取り、父の書斎に向かった。もう二十年かそれ以上入ったことがなかった。実際、入ったことがあるのは一度だけで、そのとき父は自分の仕事について説明してくれたのだった。思えばそれはちょうど三十年前、ほぼいまごろの時期だった――父はその話をするのに一月一日を選んだのだ。そのときのことをポールはありありと思い出した。そして部屋の調度が変わっていないことを見て取った――パソコンとプリンターが加わっているだけだった。本棚には参考資料が何冊か並んでいた――年鑑、鉱山資源や水路に関する世界地図など。上の段には書類のファイルが別に並べてあった――きっとマルタン＝ルノーが言っていたものだろう。厚手の表紙のついた、ごく平凡なファイルだった。なるほど、父を悩ませ続けた謎はここに隠されていたのか。ファイルを開けてみようとは思わなかった。自分には理解できないだろうとわかっていた。ともかく書斎の扉を注意深く閉めると、母屋に引き返し、書斎の鍵を棚に戻して別の鍵を取った。

かつて母がアトリエとして使っていた納屋は、また別だった。母を食事に呼ぶために何度か、渋々、入ったことがあった――母は死ぬ前、まったく家事をしなくなり、セシルが一手に担っていた。フランスの多くの教会、修道院付属聖堂、教会堂《バシリカ》や、大聖堂のガーゴイルなど怪物像の修復に従事したあげく、四十五歳にして創作の道を歩む決心をし、家庭をかえりみなくなったのである。納屋に入って左手の壁には、母の知り合いのアーティストによって彫刻が施されていた。ポールはそのアーティストの滞在を覚えていた。背の高い、痩せた、とても醜くてほとんど口をきかない女だったが、この地方の石材、ボージョレ特有の金色をおびた石灰岩に惚れ込んでいた。アーティストは納屋の壁に使われていた石――一辺が二十センチほどある大きな切り石――に彫刻を施し、それぞれに別々の顔を彫った――恐怖におびえていたり、憎しみに満ちていたり、いまにも死にそうだったりと表情はさまざまで、なかにはせせら笑うような、皮肉たっぷりの表情もあった。印象的な作品で、表現力に満ち、壁全体が発散する苦悩に息が苦しくなるほどだった。一方、母の彫刻は多くがまだ納屋にしまわれていた。ポールはそれらが好きではなく、いいと思ったことがなかった。ゴシック様式の彫刻ばかり修復してきた影響か、ほとんどが半人半獣の空想上の怪物で、巨大な女陰や陰茎など、猥褻《わいせつ》さにあふれていた。なるほどそれらは、ある種のガーゴイルにも見られる要素ではある。しかし表現は何か恣意《しい》的で、作為が目立ち、中世の彫刻というよりもマンガを連想させた。結局、彼には芸術がまったくわかっていないということなのか。ポールは日本のマンガに興味をもったことなど一度もなかったが、日本のマンガを高く評価する向きがあるのも確かだった。ともかく、ものすごい高値はつかなくとも、多少の成功を収め、ＦＲＡＣ（現代アート地方基金）や地方議会に買い上げられたし、ロータリーに飾られたり、専門誌で取り上げられたりもした。そんな記事の一つのせいで――結局、母の彫刻が非難されるべき最大の点はそこにあった――弟のオーレリアンは将来の妻となる女と出会ったのだった。インディーは当時、まだどちらかといえば若い女性記者――若い女性記者などというものがいるとしてだが――だった。彼女の記事は母に好意的な、べたぼめと言っていいほどの内容で、新たなフェミニズム彫刻の代表例と持ち上げていた――ただしそれは性差を際立たせる、荒々しくセクシュアルなフェミニズムで、「魔女」運動と関連づけるべきものだという。そんな芸術運動は実はどこにも存在せず、記事のためにインディーがでっちあげたものだったが、記事自体は面白く読める内容で、このとんでもない女が、いわゆる軽やかな筆遣いを備えた記者であるのは確かだった。彼女はその二流アート雑誌を早々にやめて、中道左派の重要なニュースマガジンの社会部記者になった。ただし、母に対する称賛は本物で、おそらく彼女の行動でそこだけが本心からの部分だったのだろう。あの女のオーレリアンに対する愛情など、ポールは、一瞬たりと信じたことはなかった。断じてオーレリアンを愛せるような女ではない。あの女は弱虫を嫌悪していたが、オーレリアンはいまも昔もずっと弱虫だった。母に対する尊敬の念に浸りきり、何に関しても自分の存在を主張できないばかりか、存在すらできなかった。インディーはあっさり彼を丸め込んだのだろうが、それだけで結婚するものでもない。おそらく、彼女はオーレリアンの母親の作品の相場が高騰し、成層圏にまで達するレベルになると信じていたのではないか。そして将来、莫大な遺産を相続できると考えたのではないか。そうだ、そうに違いない、あのバカ女ならきっとそんな可能性を思い描いただろう。だがそれは実現せず、母の作品の相場は常識的なレベルに留まった。悪くはないが、大騒ぎするほどではなかった。そこでインディーも失望めいたものを見せ始め、それは徐々に夫をないがしろにする態度となって表れた。

　ポールはオーレリアンを愛したことがなく、嫌ったこともない。要するに弟をよく知らず、どうやら漠とした軽蔑以外、特に何も感じたことがなかった。オーレリアンは彼とセシルよりずっとあとになって生まれ、インターネットやソーシャルメディアとともに育った、別の世代の人間だった。正確にはいつ生まれたのだったか？　ポールは自分が弟の誕生日を忘れていることに気づいて当惑した。いずれにせよ、彼らのあいだには大きな隔たりがあった。セシルはときおりその隔たりを埋めようとしたが、ポールは違った。彼が家を出たとき、オーレリアンはまだ子供で、彼にとってはペットと大差のない何者かだった。実際のところ、自分に弟がいるという気持ちになったことはなかった。

オーレリアンとインディーは三十一日の午後、困りものの息子ともどもやってくるだろう。気づまりなひとときになるはずだった。しかもそのひとときがけっこう長い。なにしろ大みそかだから、零時前に寝ることは考えられない。とはいえ何とかなるだろう、夕方になる前に早々と酔っぱらってしまえばいい。アルコールがあればたいていのことに耐えられる。そもそも、それがアルコールの大きな問題の一つだった。

少ししてから納屋を出た。南京錠《なんきんじょう》をかけながら、自分が結局、母の作品に目もくれなかったことに気がついた。時刻は午後三時、まだ昼食を取っていなかった。居間に入っていくとセシルがそれを指摘した。たしかに忘れていた。セシルが、ピクルスを添えたパテのパイ皮包みを二切れと、サン＝タムールのハーフボトルを出してくれた。セシルとエルヴェはミシェル・ドリュケールの日曜の番組を見ていた。夫婦の儀式、フランス中の何百万もの同年代、あるいはもっと高齢の夫婦がおこなう儀式を、ポールは目の当たりにしていた。この日の午後は明らかに、ミシェル・ドリュケールか、さもなければ無なのだった。ポールにとってはどちらでも同じことだった。彼は手に手を取った夫婦を人気司会者の前に残して部屋を出た。

6

「いいニュースがありますよ」と主治医が言った。それから、続きを忘れてしまったかのように黙り込んだ。主治医自身、具合がよくないようだった。率直に言って調子がひどく悪いようだった。最悪なクリスマスイヴを過ごしたのか、クリスマスイヴに家族の深い葛藤《かっとう》が露呈したのか、それに続く休日のあいだに葛藤がさらに悪化したのか。とはいえ、ブルジョワ的な尊大さは健在で、また勢いを取り戻すことだろう。少なくともポールはそう予期していた。この十二月二十八日、サン＝リュック医療センターはとても静かで、病人たちでさえ、死につつある者たちはやはりいるにせよ、それをスローモーションでやっているらしかった。

「お父さんには、もうこの病棟にいてもらう理由がないんです」彼女は専門分野の話に神経を集中するうちに元気を回復してきた。「それが最初のいいニュースです。救命措置は必要ありません。命の危険はなくなりましたから」

「パパ」ではなく「お父さん」になった、とポールは気づいた。本当にクリスマスのあいだ、家庭の問題があったのかもしれない。そう思うとこのバカなブルジョワ女にほとんど親しみを覚えた。

「お父さんには専門の施設に移っていただきます」

「ええ、ＥＶＣ－ＥＰＲですね……」ポールはつい調子を合わせた。主治医は表情を曇《くも》らせた。

「何か知っていらっしゃるの？」彼女は冷ややかな調子で言った。「ＥＶＣとＥＰＲについて、何をご存じなんです？」

「いや、インターネットで読んだことがある気がして……」彼はあわてて、無知無能を装って答えた。主治医の表情は曇ったまま徐々に和らぎ、なかなか魅力的だった。「ああ、インターネットね。ドクティッシモ（医療情報サイト）とかでしょう、知ってます。あれは困ったものです……」ポールは反省と熱意の混じった表情でうなずいた。ドクティッシモや陰謀論やその他のフェイクニュースに浸りきっているいまどきのバカの役を演じられるのが嬉しかった。この瞬間、主治医をなだめるためならいくらでも頑張れる気がした。しかし主治医は、話の接ぎ穂を失ってしばらく言い淀んだ。

「重大ニュースというのは」彼女はようやく言った。「ＥＶＣ－ＥＰＲに空きができて、パパに入っていただけるんです」また「パパ」に戻った、これはいいしるしかもしれない、ともかく何かのしるしだとポールは思った。「ベルヴィル＝アン＝ボージョレの医療センターで空きが出ました」彼女は続けた。「ベルヴィル＝アン＝ボージョレならば都合がいいでしょう、お宅からそれほど遠くないのでは？」明らかに、患者の書類を見直す時間がなかったのだろう。ベルヴィルはサン＝ジョゼフから十キロだった。望外の近さに、マドレーヌが長い叫び声を発し、会話は中断した。喜びの叫びだと察して、主治医も口をつぐみ、静まるのをじっと待った。この日マドレーヌを連れてくることにはためらいがあったが、セシルがきっぱりと言ったのだ。「でも第一に関わりがあるのはあの人でしょう」まさにそのとおりだった。とはいえ、主治医とマドレーヌのあいだにはギャップ、があり、文化的な隔たりがあった。ポールは、セシルが全員の気持ちを代弁してこう言ってくれたことに感謝した。「本当に嬉しいんです。これ以上ありがたいお話はありませんから。いつ移れますか？」

主治医は満足げにうなずいたが、説明には続きがあり、最後まで話したがっていた。「四十床ほどの小さな施設です。二〇〇二年五月三日のクシュネル通達を受けて作られたんですが……」と穏やかな調子で説明し始めた。彼女以外の誰もあずかり知らぬことだったが、その通達は、ベルナール・クシュネル[*1]が大統領選の結果を受けて保健大臣を辞任する直前にサインした最後の通達だった。大統領選の第二回投票があったのがその翌々日の五月五日で、彼女にとってクシュネルの退任は衝撃的な事件だった。なぜなら思春期のあいだずっと、真剣にクシュネルに恋していたからで、医学の道に進もうと決意したのにもそれが大いに関係していた。医学部に登録した晩、自室の壁に張った、ベルナール・クシュネルが政治集会に参加した折のポスターを見ながらマスターベーションをした恥ずかしい思い出も、うっすらと記憶に残っていた。ただし、それは単に社会党の政治集会にすぎず、クシュネルは米袋を抱えてすらいなかった。[*2]「ＥＶＣ－ＥＰＲはたいていそうですが、ここもやはりＥＨＰＡＤ（要介護高齢者施設）に付属しているんです」何やら湿りけが股間に広がるのを感じつ

＊1　フランスの医師・政治家・外交官（一九三九－）。ＮＧＯ「国境なき医師団」「世界の医療団」を設立し、国際的人道活動を展開したのち政界でも活躍。リオネル・ジョスパン首相のもと左翼連合政権で保健大臣を務めたが、二〇〇二年、大統領選の第一回投票で破れたジョスパンが政界引退を表明したのにともない辞任した。

つ、彼女はどうにか先を続けた。ベルナール・クシュネルのことを想像するのは本気で避けたほうがよかった。主治医は三十秒ほど呼吸を整えてから、「ええ、EHPADの評判が悪いのはわかってます」とセシルのほうを向いて言った。「無理もありません。たいがいのEHPADは、たしかにひどい死に場所で、わたしが言うのもなんですが、フランスの医療システム最大の恥でしょう。でもEVC-EPRは、少なくとも治療に関しては独自に運営されてます。医長のドクター・ルルーのことは知っていますが、本当にいい人です。パパはしっかりお世話してもらえますよ。気管切開せずに呼吸できるだけで、すごいことです。ただ難を言えば、目が全然動かない。目が動けばコミュニケーションが図れるんですけど。普通は最初に回復するものなんです」

彼女は、最初というのが多くの場合、最後でもあるとは付け加えずにおいた。ベルヴィル＝アン＝ボージョレの医療センターを訪ねたときの記憶は、彼女にとってむしろ不安を誘うものだった。共用スペースに入って行くと、車椅子に乗ったままじっと動かない二十人ほどの人々が、身じろぎもしないまま彼女をひたと見つめ、こちらが動くのに従い目だけを動かした。「毎週、運動療法や言語障害治療の時間が設けられています」彼女は思い出を振り払って先を続けた。「ドクター・ルルーは優秀な療法士と長く一緒に働いています。施設に行って感心しました。患者さんは定期的に入浴させてもらって、しょっちゅう車椅子で外出してます。公園、というか敷地内に庭もありますが、もっと遠くのソーヌ川の土手までよく行ってるみたいです。移動の日程についてですが」彼女は説明を続けた。いまや、この家族との話しあいは思いどおりに進み、自分が会話を完全に仕切っていた。「今日は月曜でしょ、今朝ドクター・ルルーから空きが出たと連絡があって、あとは掃除をするだけだから、水曜にはパパに入ってもらえます。水曜にスタッフと会うご都合はつきますか？」マドレーヌとセシルは熱心にうなずいた。話はまとまり、これにて面談は終了だった。ポールは別れ際、主治医に礼儀正しく微笑みかけたが、不快な思いが胸をよぎるのを抑えられなかった。かくして本年十二月三十日水曜日、エドゥアール・レゾンは人生の新たな局面を迎えるだろう――それが最終局面であることに疑いの余地はなかった。ベルヴィル＝アン＝ボージョレの施設に一室空きが出てこれから掃除するということは、当然、入居者が一人去った――はっきり言えば、死んだことを意味していた。

　サン＝ジョゼフに戻る車のなか、エルヴェの隣に坐ったとき、その点には触れずにおいた――エルヴェは面談の内容と、喜ばしい方向で話がまとまったということを聞かされた。そしていつものように落ち着いて運転していた。セシルとマドレーヌは後ろの座席で、ほとんど恍惚《こうこつ》とした様子で安心感に浸りきっていた――セシルは何かの曲をハミングさえしていた。たぶんレディオヘッドだろうか、ポールはそのメロディに聞き覚えがあるような気がした。

＊2　（163頁）一九九二年、保健・人道活動大臣だったクシュネルはソマリアの食糧援助に赴き、自ら米袋を抱えた姿が大きく報道された。

7

ポールが最後にベルヴィル＝アン＝ボージョレに行ったのは、ほぼ三十年前のことだった。当時の地名はベルヴィル＝シュル＝ソーヌ——父から教わったところでは、自治体が県議会に働きかけて、ベルヴィル＝アン＝ボージョレに改名したのだった。そのほうがインドや中国からの観光客を引きつけられそうだったからである。いずれにせよ、青春時代、人生のさまざまな可能性、とりわけセックスの可能性を求めて出歩いていたころでさえ、ポールがベルヴィル＝シュル＝ソーヌに興味をもったことは一度もなかった。〈キューバ・ナイト〉というバーがあったのをぼんやりと覚えている。たしかそんな名前だったが、しかし〈キューバ・ナイト〉という名のバーはどこにだってありそうだ。アディスアベバにだってあるだろう。とにかく、そこで意義のある、つまり性的な出会いを経験した記憶がいっさいないことは確かだった。性的な出会いについては、どんなにつかの間のものであれすべて覚えていた。ナイトクラブのトイレでのフェラチオだって覚えていた。人生で一度だけ〈マクンバ〉で経験したことで、女の子はサンドリーヌという名前だった——彼女の顔、ロ、ひざまずいた様子、すべてがまざまざとよみがえってきた。目を閉じれば彼女の舌の動きまで思い出せた。反対に、若いころの知りあいで友だちと呼べるような人間は誰も思い出せなかったし、教師のことなど誰一人記憶に残っていなかった。かすかな面影さえなく、無だった。とはいえ彼の人生で、性的活動はたいした役割を演じてこなかった。無意識のレベルで演じていたのかもしれないが、とにかく、さほどセックスをしていたわけではない。いわゆる好色家ではけっしてなかった。一方、哲学・政治への関心はたしかにあったはずだが、活動家になったことは一度もない。国立行政学院で学んだのだから、社会一般について仲間と議論したこともあったはずだが、記憶にない。知的な面でも、彼の人生は全体として、あまり活発ではなかったようだ。そうだとすると、本当はもっぱらセックスに興味があるのに、それをより体裁のいい事柄の陰に隠した偽善者にほかならないと結論づけられるだろうか？　ポールはそうは思わなかった。真相はむしろ、カサノヴァやドン・ジュアン（端的に言えば好色家）であれば、性的活動は日常生活の一部になっていて、いわば呼吸するようなものであるのに対し、彼の場合、あらゆる性的な瞬間は突飛な出来事、物事の通常の秩序に生じた断絶であり、だから記憶に残ったのだ。〈マクンバ〉のトイレでのフェラチオもその一例で、モンペリエの店だったが、モンペリエに何の用があったのか、まったく覚えていない。サンドリーヌとしばらくおしゃべりするうち、トイレに連れていかれた。なぜ彼女はあんなことをしたのだろう。読んだ小説にそんな場面が出てきて、自分でもやってみようと思ったのか。そもそも、酔っていたに違いない。あるいは一種、サルトル的な考えがひらめいて、それを男根にぶつけてきたのだろうか。「あらゆる男根からできており、みんなと同じ価値があり、どんな男根にも同じ価値があるのだ」[*1]つまり、あの恩恵に浴すには、男ならば誰でもよかったのだ。

ただし、「あらゆる男たちからできており、みんなと同じ価値がある」男ならば誰でもそうだったように、あの晩フェラチオを拒もうとはまったく思わなかったとはいえ、ポールがセックスよりも愛を求めていたのは、おそらく確かなことだった。母親がけっして愛情深くなかったのは間違いなく、彼は愛情への渇きを覚えていたはずだった。とにかく、その渇きをベルヴィル＝シュル＝ソーヌで癒やすことはできなかった。しかも、ろくにこの町を覚えていないのに、様変わりしたような印象を受けたのには驚いた。しばらくしてそう感じた理由がわかった。アラブ人たちだった。アラブ人が通りにたくさんいたが、それはボージョレ全体、さらにはフランス全土にとって、たしかに雰囲気を一変させる要素だった。医療センターの住所はポーラン＝ビュシエール通りとなっていたが、実際の入口はマルチニエール通りにあった。入口を見つけるまでけっこう手間取り、そのあいだにアンヌール・モスクの場所を示す案内板を何度も目にした。つまりベルヴィル＝アン＝ボージョレにはモスクがある。それは驚きだった。サラフィー主義のモスクというわけではないのだろう。少なくともメディアにその情報は流れていなかった。もしそうならきっと報道されていたはずだ。近年の戦いは失敗続きだったとはいえ、サラフィー主義はいぜん売れるネタなのだから。ともかく、それはモスクだった。ベルヴィルの医療センターは――ポールが主治医の説明をちゃんと理解したのだとすれば、主体はＥＨＰＡＤということだったが――、どのみち閉ざされた空間で、町の中心にあるその明るい色の現代的な建物群は、町のほかの部分からは明らかに切り離され、つな

＊1　サルトルの自伝『言葉』（一九六四年）の結語「ひとりの人間は、あらゆる人間からできており、みんなと同じ価値があり、どんな人間にも同じ価値があるのだ」（澤田直訳、人文書院）のもじり。

がりをもたないように見えた。約三百人がそこで人生の終わりを待っていた。大半はいわゆる生まれながらのフランス人で、マグレブ系の人たちがいたとしても、ごく少数に違いない。マグレブ系住民のあいだでは世代間の絆がいぜんとしてとても強く、老人は一般的に自宅で死ぬものであり、親を施設に預けるのは彼らの多くにとって不名誉とされている。少なくとも各種総合誌の記事を読んだかぎり、彼はそんな考えを抱いていた。十二時十五分に到着すると、ルルー医師がオフィスで待っていた。カフェオレとサラミ・サンドイッチを食べながら「朝、食べる時間がなくて、朝昼兼用で……コーヒーはいかがです？」と言った。五十がらみの男で、驚くほど豊かな毛髪がカールし、表情には子供っぽい、どこか腕白そうなところがあったが、子供のころは思慮深いタイプで、どちらかといえば寂しく孤独だったに違いないとも感じさせた。ロイヤルブルーのジャージの上に白衣をひっかけ、テニスシューズを履いていた。「時間どおりに来てくださいましたが、お父さんの到着はかなり遅れていまして」医師が続けた。「というのは、リヨンの救急車が遅れているんです。いつもそうなんですよ、なぜかは知りませんが」それから彼は口をつぐみ、四人をしげしげと、一分ばかり黙って眺めた。「つまり、みなさんはお子さんですよね。ご家族の方……。で、あなたは……」彼は不意にマドレーヌのほうを向いた。「奥さん、ですね？」彼が「パートナー」ではなく「奥さん」と言ったことにポールは気づいた。マドレーヌは黙ってうなずいた。いまや状況が変化して、ルルー医師にとって自分は無視できる存在になり、セシルもまたいくぶん脇に置かれ、医師は今後もっぱらマドレーヌを相手にすることになるだろうとポールは理解した。そもそも医師にはなぜわかったのか、マドレーヌが伴侶で、ほかは子供たちだとなぜ理解できたのか。書類を見る時間はなかったのだし、見たところで書類にはそんなことまで書かれていないのに。とにかく医師は理解し、病室に案内するときにもまずマドレーヌに呼びかけた。個室の準備はできています、今朝からもう入れるようになっていたんですと言って、医師はマドレーヌの肩に手を添え、廊下に出た。ポール、セシル、エルヴェは二歩下がってついていった。廊下は明るく清潔だったが、人影がないわけではなかった。むしろ、年齢も階層もさまざまな人々が行き来していた。患者の家族だろうとポールは思った。父はこの建物のなかで最後の日々を送ることになるのだ。これが父の前にひらけている最後の視界、最後の光景なのだ。

　部屋はけっこう広く、縦六メートル、横四メートルほどで、壁はヒヨコ色、ないしは明るく暖かみのある色に塗られていた。ポールは本物のヒヨコを最後に見たのはいつだったか思い出せなかった。ひょっとすると一度も見たことがないのかもしれない。実際の人生でその種のものを見る機会はほとんどないものだ。いずれにせよ、それは好ましい色合いだった。部屋自体も感じがよく、壁づけの棚は物が置かれるのを待っていた。「なんでも持ち込んで、写真や絵を張って好きなように整えてください。ここは病院じゃなくて、生活の場。障害者、重い障害のある人が暮らすところですから、ご家族の場所でもあるし、居心地よく過ごしてほしいんです」医師は心からそう思っているのだと、ポールはすぐに確信した。主治医の言ったとおり、じつにいい人だ。「この部屋でわたしが寝てもいいんでしょうか？」突然マドレーヌが尋ねた。いいですよ、と医師は言った。あまり例のないことだが、原則として異論はない。簡易ベッドも出せる。ただ、部屋には洗面台もトイレもない。ここの患者の状態では、あっても仕方がないので。ただし廊下のつきあたりにある職員用設備を使用できる。食事は自分で用意してもらわなければならない。ここのスタッフには、ＥＨＰＡＤと共通の職員食堂があるが、マドレーヌはそこでは食べられない。医師の説明にマドレーヌは力強くうなずいた。「本当にそのほうがいいの、マドレーヌ？」セシルが尋ねた。「あんまり快適とは言えないと思うよ。よければ毎朝、連れてきてあげるけど。本当にすぐ近くだから」マドレーヌの意志は固く、決心は揺るがなかった。週に一度サン＝ジョゼフの家に洗濯物を持ち帰ってシャワーを浴びる。それでまったく問題ないというのだった。

「ではあとは、主役の登場を待つばかりですね……」ルルーがしめくくった。「少し失礼していいですか？　午後、約束があるものですから。どちらにしても到着したら、呼び出してくれるはずですので」そのとき、セシルの携帯が鳴り、彼女は通話をするため廊下に出た。話は一、二分続き、戻ってきた彼女は浮かぬ顔をしていた。「オーレリアンだった」と彼女が言った。「予定より早く、今日来るんだって。二時間後にはマコン＝ロシェ駅に着くそうよ。困ったな、迎えに行かなければならないけど、迎えに行ってるあいだにパパが到着しちゃうかも……」一瞬の沈黙のあと、エルヴェが「僕が行ってもいいよ」とけなげに申し出た。セシルは夫に訝《いぶか》しげな目を向けた。これまで彼女はインディーと、何とか、まずまずの関係を保ってきたが、それももう昔のことで、最後に会ったのは五年前だった。同じようにエルヴェにそつなくふるまえるとは思えなかった。

「僕が行く」ポールが口をはさんだ。「車を貸してくれるなら」

「ええ、そうして。そのほうがいい」セシルがほっとした口調で言った。

ポールが駐車場を出て十分もたたないうちに、そしてエルヴェがタバコを一本吸い終わろうとしていたとき、救急車が到着した。ルルー医師はすぐ迎えに出た。明らかに、自分で患者を迎えることにこだわっているのだった。搬送係二人が救急車の後部に板を取りつけ、キャスターつきの担架を駐車場におろした。エドゥアールは起きていて、目を大きくひらいていた――あいかわらず瞳は動かない。医師が彼に近づいた。「レゾンさん、こんにちは」彼は相手の目を見つめながら優しい声で言った。「わたしはルルー医師、これから暮らしていただく施設の医長です。ようこそいらっしゃいました」

父を部屋に落ち着かせたのち、二時間にわたり、毎週彼が受けることになる療法についての説明があった――たとえ定かではなくても、ルルーは患者が話をすべて理解しているという前提に立って、それぞれの療法の目的を説明した。まず運動療法――週に二回――、これは筋肉の収縮や、手の指や足の指の引きつりを防ぐためにおこなわれる。週二回の言語障害療法もとても重要で、舌と唇を動かすための訓練である。

「その訓練で、また話せるようになるんですか？」セシルが尋ねた。

「ええ……、まあ、うまく行けばということです。話すのは複雑な機能で、従来思われてきたのとは違って、脳のさまざまな部位が使われています。ただし、ブローカ野は唯一じゃないが重要な部位で、お父さんのＭＲＩを見ると損傷している。だから正直、あまり期待はしていません。でも言語障害療法は、話す以外に嚥下《えんげ》のリハビリになるので、胃瘻《いろう》をやめて、普通の食事ができるようになるかもしれません」

「普通というと？」セシルはびっくりした様子だった。

「完全に普通の食事です。どんな食品でも大丈夫になります。ただし、すりつぶしてピュレ状にしなきゃなりませんが、もとどおり、食事を味わえます」

セシルがとても嬉しそうで、将来の展望がひらけたというような表情になったのを見て、医師は少し現実に引き戻したほうがいいと判断した。「とはいえ、簡単なことじゃありませんよ。そうなるかどうかはわからない。試してみる、ということです。それから、感覚にいろいろ刺激も与えてみます。希望者には毎週、音楽療法があります。あと最近、始まったんですが、外部の団体が、ペットとふれあう会をやってくれます。二週に一度、猫や小型犬を連れてきて、患者の膝にのせるんです。もちろん、撫でたりしません。ここで指を動かせる患者さんは一人だけだし。でも、動物の毛並みに手を置くだけで、信じられないほどの効果があります。

それからもちろん、患者さんを一日中寝かせておくようなことはしません。わたしが思うに、これがいちばん大事な点です。まず、床ずれを防げます。うちの施設ではこの五年間、床ずれは一件もありません。毎朝、ベッドから出して車椅子に乗せて――車椅子はとても大事ですよ、父上のサイズに合ったものを急いで作らなきゃいけない――、夕方まで車椅子で動けるんです。もちろん、スタッフの手が空いていれば、ですが。ここには公園がありますからね。まあ公園というのは大げさかな、でも木が何本か生えていて、いまは無理だけど夏には大半の患者さんがそこで過ごすんですよ、室内よりも屋外でね。それから、もっと長い散歩にも出かけてもらいます。毎日外に出て、街なかやソーヌ川まで行くんです。ものを見たり、音を聞いたり、匂いを嗅いだりするのは大事なことです。でももちろん、人手がかかります。車椅子一台ごとに、それを押す看護師が一人必要ですから。交代でやってもらって、どの患者さんも少なくとも週に一回は散歩に出られるようにしています」

「おや、眠ってますね……」医師が気づいて話をやめた。たしかに父は目を閉じ、呼吸はゆっくりと規則的になっていた。「問題ありません、移動のあとはよくあることです。環境の変化が、患者さんたちにとっては疲れるものなんです。あと一、二時間もすれば目を覚ますでしょう。ではこの辺で失礼しますが、みなさんは目を覚ますまで待っていてかまいません。いくらでも、いたいだけいてください。本当に、ここはみなさんの家なんですから」そう念を押すと、医師は彼らを残して立ち去った。

8

その間、ポールは人けのないＴＧＶマコン＝ロシェ駅の菓子の自動販売機を相手に、栄光なき戦いを繰り広げていた。数分後、言うことを聞かない自動販売機に二ユーロを奪われたまま引き下がった。パリからの列車の到着が告げられたところだった。ホームに近づくうち、不意に疑念に襲われた。弟と義妹の顔がわからなかったら、どうしよう。もう何年も会っていないし、その記憶は物理的にはおぼろで、感情的には不快なだけのものだった。しかし弟の顔がわからなかったらさすがに気まずいだろう。前夜、彼は不安を誘うような夢を見ていた。ブールジュ駅でロシア人の愛人と待ち合わせをしていた。ロシア人の愛人などいたことはないが、夢ではいたのだ。そもそもブールジュに行ったこともなかった。二人は駅のどこかで会おうと携帯で連絡を取り合い、入口ホールの〈ルレー〉（鉄道駅売店）前で会うことにした。同時に到着し、それを携帯で確認しあったが、お互いの姿が見えない。そこで別の地点、三番ホームのＧ区域で会うことにしたが、そこでも会えない。場所に間違いはなく、携帯の電波状態も完璧で、二人ともそこにいることを何度も確かめあうものの、会えない。三番ホームが無人なだけにいっそうおかしなことで、二人は電話で驚きあった。そこまで来て、ポールはこの夢の作者に対しひどく腹を立てた。パラレルな現実世界があるという設定は理論的には興味深いだろうが、現実には、つまり夢の現実においては、ロシア人の愛人を失ったことに痛恨の念をかきたてられた。夢の作者にとっても遺憾《いかん》だったらしいが、実際に詫びの言葉が述べられたわけではなかった。

ＴＧＶのマコン＝ロシェ駅では、そんなことは何も起こらなかった。パリ発の列車からホームに降り立ったのは弟、義妹、彼らの息子だけだった。そうでなくとも、ポールにはオーレリアンをたやすく認めることができただろう。弟は少しも変わっていなかった。ほっそりとして、どちらかといえば整った顔立ちには、おずおずとした優柔不断なところがあって、脆弱さの印象を与えた。髭を生やすことで男らしさを増そうとしていたが、成功とは言いがたく、髭はまばらなままだった。インディーは彼の十歳年上で、それが見た目にも深刻に表れ始めており、ポールは意識せずにはいられなかった――老け込んだもんだ。これじゃ、なおさら感じが悪くなっていても仕方がない。息子は年齢の割にとても背が高かった――いま九歳だったろうか？　これまた正確には思い出せない。息子は最悪だった。ポールにはけっしてなじむことができなかったし、セシルも同様だった。それは人種差別の問題ではなかった。彼は黒人に対して嫌悪も、特別な魅力もいっさい感じたことはなかった。しかしこの場合はどうしようもない何かがあった。夫が無精子症のため、インディーが生殖医療に頼るのは、もちろんよしとして、代理母出産まで選ぶのはいかがなものか、と少なくともポールには思えた。しかしきっと彼は、時代遅れの道徳観念にとらわれているのであり、妊娠の商品化は正当なことなのだろう。本音ではそう思えないものの、この件についてはあまり考えないようにしていた。彼女がカリフォルニアまで行っていっさいを処理してきたことに文句はない。技術的に最高の選択だし、金もあったとみえる。どうやって金を捻出したのか。「社会問題ジャーナリスト」の給料でそんな酔狂なまねができたはずはなく、たとえ「健筆」を揮《ふる》っているにしても、到底手が届くまい。たぶん両親に出してもらったのだ。本人はむしろケチで、ベルギーかウクライナに行くようなタイプだった。そういうのはすべて結構だとしよう。だが、カリフォルニアに赴いて提示された、膨大な数の精子ドナーのカタログから、いったい何を考えて黒人種のドナーを選んだのか？　たぶん、ついでに自分の精神の独立性、反順応主義、反人種差別を主張したかったのだろう。彼女は自分の子供を看板のようなもの、人から見られたい自己イメージ――温かく、オープンな世界市民――を誇示する手段として利用したのだ。ところがポールの知る彼女は、むしろエゴイストで貪欲、とりわけ極端な順応主義者だった。

　あるいはまた――さらにひどい仮定をするなら――こんな選択により誰の目にも一瞬で、オーレリアンが父親ではありえないことを知らしめ、彼を侮辱したかったのではないか。それが狙いだったとしたら、彼女はものの見事に成功していた。生物学上の血縁など少しも重要ではない、重要なのは愛だ。少なくとも一般にはそう言われている。だが愛があればの話で、ポールはオーレリアンと息子のあいだにどんな形であれ、愛が存在するという印象を抱いたことはなかったし、甘やかすようなしぐさや、単に保護者としてのしぐささえ目にしたことがない。はっきり言えば、オーレリアンとゴドフロワが言葉を交わすところを見た記憶がない――おまけに、インディーが無理やりつけたこんなバカげた中世風の名前は、外見とまったく合っていなかった。ポールはその名前がユーモアのつもりであり、「真に受けないで」というしるしにほかならないのをおぞましく感じていた。

とはいえ、彼は夫婦と型どおり頬を寄せ合い、息子の頬に軽く唇を触れさせさえした。息子はとても背が伸びて逞しくなっていた。外見的には彼のパパとは正反対の、がっしりした肉付きのいい青年に育つだろう。しかも肌の色は以前よりもさらに濃くなっているようだった。

オーレリアンはほっとしてため息をつきながら、車の前の席、ポールの隣に腰を下ろした。駅の駐車場から出るとすぐに、ゴドフロワはiPhoneを取り出してゲームをやり始めた様子である。「何のゲームをやってるの？」ポールは、おそらく週末中、この子にかまうことはもうないだろうと感じながら尋ねた。

「ラグナロクオンライン」

「北欧のゲーム？」

「違う、韓国」

「どういうゲーム？」

「よくあるやつ。モンスターを殺して経験値を稼ぐんだ。そうするとレベルがアップして階級を移ることができる。いいゲームだよ、うまくできてて、すいすい進む」

「いま、どんな階級なの？」

「遍歴の騎士《バラダン》階級」少年は慎ましく答えた。「でももうすぐルーンナイトに移れる。うまくいけば」

なるほど、韓国人のゲームクリエーターがこのジャンルを一変させたとは言いがたいようだった。会話はそこで終わったが、ポールには今回は甥としっかり語りあったという実感が残った。高速道路に乗るとすぐ、オーレリアンは父親の容体を知りたがった。ポールはできるかぎりの説明をし、回復の可能性が乏しいことも隠さなかった。

「じゃあずっと野菜のままってことね……」後部座席のインディーがさもうんざりという口調で言った。「野菜」の一語に息子がわけもなく笑った。ポールはバックミラー越しに怒りの視線を投げかけたが、やり返すのは我慢した。できるだけ平静を保ち、事態を悪化させないこと、ゆっくりと規則正しく呼吸すること、と自分に言い聞かせたが、思わずアクセルを踏み込み、前のトラックに追突しそうになって急ブレーキをかけた。この性悪女に向かって、あんたはベルシー公園に行ったとき、パリ市設営の菜園にけっこう感心していたじゃないか、と言ってやりたかった。それは彼女がポールのアパルトマンに初めて来たときのことだった――もう二度と来ないでほしいと、ポールはこれまで以上に強く願った。プリュダンスはいまどこにいるのだろう。ポールの連想はそちらに向かった。いま、プリュダンスはいったいどこにいるのか？　次はぜひ、プリュダンスと一緒に来ることにしよう。

　医療センターに到着したときも、ポールはかなりいらついていて、エルヴェの車をポーラン＝ビュシエール通り沿いの駐車場にとめると、過呼吸を起こしかけた。それでも先頭に立って通路を進んだ。部屋の前まで来ると、もう話す気になれず、数歩下がってオーレリアンとインディーを先に部屋に入らせた。エドゥアールは起きたばかりで、目を大きく開けていた。マドレーヌとセシルが枕元で、室内をどんなふうに飾ろうかと熱心に話しあうかたわら、エルヴェはうつらうつらしていた。ゴドフロワはゲームをやめたがらず、車に残っていた。祖父のことなどもちろん、どうだっていいのだ。ある意味、それはもっともなことで、祖父の側もこの孫のことをたいして気にかけていなかった。エドゥアールも人種差別主義者ではなかった――それどころかポールは、父がアンティル諸島出身の同僚と特に親しく、一度家に夕食に招いたことがあったのを覚えている。だがその父も、インディーが思いつくのは「厄介事や面倒」しかもたらさない、バカげたことばかりだと思っているのを、少しも隠そうとしなかった。それは父のお気に入りの表現で、彼が監視し、場合によっては解体することにキャリアの大半を費やした極左セクトに対してしょっちゅう使っていた。「厄介事や面倒を引き起こす連中」。ゴドフロワが一緒に行かないと言ったときに、ポールは思った。あの子は厄介な家族問題があるのを察して、自分は関わりたくないと考えたのだろう。先はブロンクスのラッパーかという外見にしては、全然バカじゃない。はっきりとそう感じられた。この知性が母親譲りのはずはない——ポールはインディーが精子ドナーのカタログをめくっている姿を想像した。黒人を選んだとはいっても、間違いなく、ハーヴァードかマサチューセッツ工科《MIT》大学出の黒人だったはずだ。ポールには彼女の思惑《おもわく》が手に取るようにわかった。

　セシルがおずおずと立ち上がって、彼らに近づき、なんとか家族らしく頬を寄せあったものの、話題が何もなかった。二分もたって口にしたのは、「着いたのね」のたった一言。エルヴェもマドレーヌも、椅子におとなしく腰かけたままで、セシルに力を貸すつもりはまったくないようだった。

　最初に父親に近づいたのはオーレリアンで、一点を見つめ続ける父の目を覗《のぞ》き込んだ。父の手を取り、力を込めて握った——頬にキスしたかったが、勇気が出ない。そこまででやめにして、父の目を凝視しながらあとずさった。唇をかすかにふるわせていたが、言葉は発しなかった。続いてインディーも、仕方なさそうに医療用ベッドに近寄った。彼女の姿が視野に入ったとき、エドゥアールはゆっくりと、しかし見紛《みまが》いようもなく、視線を左側に——隣に坐る、マドレーヌのほうに——移動させた。セシルは「ああ！」というような叫びに近い声を上げた。マドレーヌは黙ったままだったが、驚きのあまり呆然となっていた。
「ほら、見た？」ポールは壁から身を起こし、インディーに向かって言った。「来てくれてよかったよ。もう奇跡を起こしてくれたな……。目をそらしただろ、あんたを避けて。昏睡から覚めて以来、目を動かすのはこれが初めてだ」なぜこんな軽率で意地の悪いことを言ったのか、自分でもわからなかった。いつもの彼らしくないことだった。だがインディーの顔は真っ赤になった。彼女はこぶしを握り締め、ポールはてっきり顔を張られるのではないか、右のストレートパンチをくらわされるのではないかと思った。衝撃を受け止めようと足を踏ん張り、右のてのひらを耳元にかざしてパンチに備えた。彼女はほぼ一分間、怒りにふるえながら彼の前に突っ立っていたが、きびすを返し、ドアをバタンと閉めて立ち去った。その一幕をオーレリアンは仰天して眺めていたが、何も行動は起こさなかった。

　室内を支配する沈黙を破ったのはセシルだった。「あんなこと、言わなくてもよかったのに、ポール……」彼女は悲しげに言った。彼は何も答えずにおいたが、胸のうちでは同意していなかった。ありのままの事実を言ったというだけでなく、攻撃性の度合いを上げることで気分がよくなり、呼吸が楽になった。インディーが憤然とした様子でこぶしを握り締めながらにらみつけたとき、すぐに思いついたなら「野菜だって抵抗するんだぞ」といった皮肉さえ浴びせたいところだった。そのときオーレリアンが、喉の奥で息を押し殺したような音を発したが、そこにはセシルの非難と似た意味が込められていた。ポールは後悔の思いに襲われた。インディーはまったく好きになれないが、オーレリアンは気の毒だった。とばっちりを受けるのはオーレリアンだった。さっそく今夜、部屋で夫婦だけになったらさんざんな目にあうだろう。結局のところたしかに、ポールは口をつぐんでいるべきだった。

このとき、エドゥアールがまた目を閉じた。「疲れたんだわ」セシルがすぐにそう解釈した。「すっかり疲れさせてしまったね。一人にしてあげたほうがいい」みんなは同意の文句を口のなかでつぶやいた。実際、家族再会は今日のところはもう十分だった。マドレーヌを残して、他の者たちは部屋を出た。マドレーヌはエドゥアールの手を取って呼吸を見守っていたが、息遣いは徐々にゆっくりとなり、落ち着いていった。

「帰りは二回に分けないと」パーキングに着くとエルヴェが言った。実際、全員が一度には車に乗れないので、二度に分ける必要があった。

9

ムーラン通りに開いているカフェがあったので、オーレリアンの一家はそこで待つことができた。ポールが彼らの送迎役になるかもしれなかったが、別にかまわなかった。インディーには毅然とした態度で臨むのがいいとわかっていたし、うまくやれる気がしていた。とりわけ大臣執務室付となってからは、こちらに少し怖れを抱いていることもわかっていた。それは何と言っても権力の場であり、彼女は権力に弱い女、金と同じくらい権力に弱い女なのだった。

二十分後、彼はベルヴィル＝アン＝ボージョレに引き返した。戻ってくるのは実際、あっという間だったし、思ったとおりインディーはにこやかで、いざこざのことなど忘れてしまったか、少なくとも巧みにそう見せかけていた。彼女はポールの隣の助手席に坐り、大統領選の話題を切り出した。なるほど、そういうことかとポールはおかしくなった。もっと早く気づくべきだった。だからこそ、オーレリアンと一緒に父の見舞いに来たのだろう。ポールからブリュノの意思について情報を引き出そうというわけだ。実際、マスコミには何の情報も流れていなかったし、この一、二か月、ブリュノはインタビューをすべて断ってさえいた。このバカ女が属している業界には、じりじりし始めているやつらが大勢いるに違いない。そのときポールは、彼女が数か月で二度も会社を変わったことをふと思い出した。しかも気になる移籍で、「ロプス」（中道左派系週刊誌）から「フィガロ」（保守系大手日刊紙）そして「フィガロ」から「マリアンヌ」（左派系週刊誌）へ移ったのだ。誰から聞いた話だったか？　彼らの親戚関係を知るブリュノの広報担当官だろう。どのみち、似たりよったりの報道機関に区別をつけたがる広報担当官の見方だった。

「『フィガロ』に移ったって聞いてびっくりしたよ。しかもそれからすぐ『マリアンヌ』に移ったというじゃないか……」うろ覚えの話ではあるが、ともかくそう言ってみた。

「あ、そう？　なんで？」彼女は間髪を容れずに反応したが、動揺が感じ取れた。自分を正当化しようとするだろう。彼としては何も言わずに待っていればいい。

「わたし、ゼムール[*1]の論説が耐えがたくなって」彼女は、市民として称賛に値する勇気ある行動を成しとげたのだと言わんばかりの調子で言った。「ゼムールって、イカサマなんだよ」ゴドフロワは手短に述べたのち、ふたたび「ラグナロクオンライン」に没入した。これまたかなり凡庸な意見だったとはいえ、その一言で母親は落ち着きを取り戻し、今度は明らかにもっと自信たっぷりに、感動した口調で付け加えた。「でも、ゼムールだって自分の意見を述べて、自説を弁護できるということが大事だと思う。表現の自由は何と言っても、最も重要なものだから」

「それにあいつ、根っからのイカサマなんだよ」ゴドフロワが自説をさらに補って説明した。ポールは重々しくうなずいてやりとりに興味を抱いていることを示した。車はヴィリエ＝モルゴンを過ぎたところで、あと二分で到着するだろう。話題をそらす試みは見事に成功した。ゼムールはたしかにいつだってうまくいく。その名前さえ口にすれば会話が弾み、うまい具合に思ったとおりの方向に進んでいく。かつてのジョルジュ・マルシェ（一九七二年から二十年以上にわたり共産党書記長を務めた）のようなもので、名前を聞くと誰もが自分の社会的特徴、元来の立場を取り戻し、満ち足りた穏やかな気持ちになるのだ。ポールにとって我ながら驚きだったのは、インディーがジャーナリスト業に信念をもっているとか、信念が頭をよぎることがあるなどと、一瞬でも仮定できたことだった。彼女について知るかぎり、そんな仮定を裏づけるものは何もなかった。彼女は「ロプス」の記事で、特にトランスジェンダーや、ZAD運動家（開発計画に反対し用地を占拠する活動家）、さらにはトランスジェンダーのZAD運動家を取り上げた。社会問題ジャーナリストとしての役割からだったが、実際のところ彼女は、ネオ・カトリック系イダンティテール活動家や、ペタン（ナチス傀儡政権の首班）擁護派ヴィーガンについての記事だっていくらでも書けただろう。彼女の目には何の違いもないはずだった。とにかく、彼女はいまや黙り込んでいる。それだけでも何よりだ。彼は霧のかかった道から視線を移し、バックミラー越しにオーレリアンの顔を見た。オーレリアンは冬枯れたブドウの木々の景色をじっと眺めている様子だったが、ふとポールのほうを向き、しばらくのあいだ両者の視線は交わった。一見、オーレリアンの表情は謎めいていたが、ポールはにわかに理解した――弟はひたすらうんざりしていた。妻に、息子に、うんざりしていた。しかもきっともう何年にもわたって、自分の家族なるものに、絶え間なくうんざりし続けてきたのだ。彼の場合、子供時代からしてすでに、とポールは思った、まったく侘《わび》しいものだっ

＊1　エリック・ゼムール（一九五八年－）。極右の論客、「フィガロ」に執筆。二〇二二年大統領選挙に出馬したが第一回投票で敗退。

たろう。父はけっして愛情深くもなければ、触れあいを大事にするタイプでもなかった。家庭を大切には思っていたが、父にとって仕事と国家への奉仕が何よりも優先するのは、最初からわかりきったことで、交渉の余地はなかった。母のほうは、彫刻家という天職を見出すとすぐに、子供のことをあっさりと忘れ去った。たぶんセシルは多少、弟の世話を焼いただろうが、エルヴェと一緒になるため彼女が北部地方に去ったとき、オーレリアンはまだ小さく、十歳にもなっていなかった。そう、ずいぶん孤独だったに違いない。そしていまもなお孤独だった。夫を愛していない妻と、父親を大目に見てはいるが少し軽蔑してもいるだろう、いずれにせよ彼の子供ではない息子とのあいだで。ポールは気まずさを覚えて、バックミラー越しに彼を見つめ続けているオーレリアンのまなざしから目をそらした。まもなく彼らは家に着いた。

　暖炉があかあかと燃えて暖かいダイニングルームに入ったとたん、ポールには一目でわかった。マドレーヌ、セシル、エルヴェは仲むつまじく、三人で一緒に過ごすのにすっかりなじんでいた。自分とオーレリアンは闖入者《ちんにゅうしゃ》のような気がした。現に、自分たちはあさってパリの日常に戻るのであり、ここに残って医療スタッフとやりとりして事にあたるのは彼らだった。ただしいまのところ万事快調で、ルルー医師にはみなが好感をもったし、セシルはうきうきと、ひっきりなしにキッチンとダイニングルームを行き来し、インディーの来訪にも上機嫌は損なわれていなかった。ポールは、セシルにはインディーの姿が目に入らないのだろうかと思ったくらいだった。ゴドフロワはiPhoneを手にしたまま、コカ・コーラ二缶と冷蔵庫にあった残り物のピザをかっさらって、自室に直行した。セシルは、「ピザ、温める？」と声をかけたから、彼らが到着したことはわかっているわけだ。しかし返事はなかった。あの子のしつけにはかなり改善の余地があった。

食事のあいだ、インディーは大統領選の件を蒸し返そうとした。ポールにとっては何でもなかった。彼は沈黙を守ることに慣れていた。この仕事に入ってもう数年はたっている。インディーはいらついて言った。「まあいいわ、どっちにしろ、何を言う権利もないんでしょう……」そのとおり、それはこの日の夕方以来、彼女が口にした最初の正しい事柄だった。たとえ何か知っていたとしても、彼には黙っている義務があっただろう。だがブリュノの意図について、彼は何も知らなかったし、ブリュノ自身、まだ自分でもはっきりしていないのではないかと彼は思っていた。彼はブリュノが大統領選のキャンペーンの真っ最中、インディーのような種類のジャーナリストたちの質問に答えているところを想像してみた。たしかになまやさしいことではない。なかなか決心はつかないだろう。

当然の流れとして、インディーは続いて、国民連合の脅威がまたも差し迫ったものになっていることを話題にした。エルヴェは仔羊腿肉《ももにく》のローストを穏やかに咀嚼しながら慎重に沈黙を守っていたが、心持ち頻繁にグラスにワインを注ぎ足していて、そこにだけかすかな苛立ちが露見しているようだった。きっとセシルに釘を刺されているのだろう。オーレリアンには、こうした話題に関して言うべきことは何もなかった。もうすぐ再会できるはずの中世のタペストリーのこと、主君が十字軍から戻るのを待つうるわしの奥方たちのことでも考えているのか、あるいは子供っぽいたわいもないことを思いめぐらせているのか。結局、しゃべっているのはインディーだけだったが、そんなことにはいっこうにおかまいなしで、気づいてすらいないようだった。とにかく一同は、食事が終わるとほっとして席を立った。

10

　ポールは世界的に有名なスターである。どういう分野でのスターなのかは自分でもわからない。妻、そしてマネージャーと一緒にパリ五区の泥だらけの道を歩いている。妻はプリュダンスではなく、アディスアベバの二人のエチオピア人女性に似た黒人の若い女だった。しかし二人とは違って、妻ということになっているその女には何の恥じらいもなく、それどころかことあるごとに自分の性器をさらけ出そうとし、そうすることに異様な誇らしさを覚えているらしい。雨がこやみなく降り続け、信号機がすべて黄色に点滅している。地表を覆うぬるぬるとした泥が、歩道では特に分厚く、歩きにくいばかりか危険でさえある。

　マネージャーが角を右に曲がって家に向かわないのでポールは驚く。彼は近所の〈カフェ・パリジャン〉で一杯やりたがっている。そこでポールには、自分たちがいまモンジュ通りにさしかかっているとわかるが、別にどうだっていい。彼らはカフェに入る。ポールの妻らしき女はいなくなっている。しばらく待ってもいっこうに注文を取りに来ないので、マネージャーが奥のカウンターに行く。そのとき、ポールのテーブルににせの給仕が坐る。にせの給仕は無礼なほどなれなれしい態度である。その男が脚をぶらぶらさせるので、ポールは自分の脚を脇に寄せなければならない。

　ポールのマネージャーは戻ってこない。いつになっても何も注文できないままだ。何とも驚いたことに、にせの給仕はポールに自分を抱きしめてほしいと頼み、口先だけでなく実際に体をすり寄せてきて、もっと親密な接触を期待する様子である。ポールは断ったが、にせの給仕の両腕には粘着力が備わっているらしく、ポールはそれに絡めとられてなかなか脱することができない。横を向いたポールは、ＴＦ１の撮影クルーが来ていることに突然気づく。カメラマンが二人、音声技師が一人、ディレクターが一人——ディレクターだとわかったのは、彼が手にタイプ打ち原稿を丸めて握っているからで、このシークエンスの台本に違いなく、「愛情」というタイトルが見て取れる。

　マネージャーがポールに目配せする。ようやく注文が通ったらしい。同時にポールは、「攻撃」と題された別の台本もあるのに気づく。幸いマネージャーがグラス二杯を持ってテーブルに戻ってくる。「フランソワ＝マリー……」ポールは不安げに言う（マネージャーの名である）。「フランソワ＝マリー、これは本当に何とかしなければまずいぞ」

　ポールのマネージャーは一目で状況を見抜き、両腕を広げて高く突き上げた。撮影はすぐさま中断された。それからマネージャーはカフェの奥に向かい、撮影クルー全員がそのあとに従う——みなしゅんとなって従順な様子で、状況が一変したことを理解している。

　カウンターは消えている。ポールのマネージャーはカウンターのあった場所を占めている安楽椅子、というか長椅子に坐る——観葉植物も出現しており、照明も変化し、熱帯リゾートのプールを思わせる感じになっている。ポールのマネージャーは落ち着き払って、肖像権の歴史的変遷を長々と、事細かに話す。撮影クルーのあいだからは悲嘆の叫びが上がり始める。「とんでもないことになった……。知らなかった！　もうおしまいだ……」、誰もが口々にそう叫んでいる。ポールのマネージャーは、まさにそのとおりと追い打ちをかけ、実際、きみたちは厄介な状況に陥っていると説き聞かせる。マネージャーは、過ちを犯したテレビ局側に莫大な賠償金を要求するつもりだ——そして判例がつねに示すとおり、それを勝ち取るだろう——と言う。告発されたスタッフのキャリアがいかに致命的な打撃を受けることになるかも、マネージャーははっきりと告げる。

　ポールがはっと目を覚ますと朝四時で、室内は満月の光で満たされ、真昼のように明るかった。よろめきながら窓辺まで行き、鎧戸《よろいど》を閉めてからまた横になって、ほとんど即座に眠りに落ちた。朝七時少し前、今度はもっと穏やかに目覚めた。また別の夢を見ていた。その記憶は半ば薄れていたが、プリュダンス、そしてグレッツ＝アルマンヴィリエでの祝祭に関係する夢だった。夢の終わりに、祝祭を主催する宗教団体の名前が伝えられていた。何やら「ユッカ」というような名前だった。彼はノートパソコンをひらき、検索してみた。違っていた。ユッカは観葉植物の名前だった。さらに二度ほど当たりをつけてみてから正解がわかった。ウィッカ、男性名詞よりは女性名詞として用いられる単語で、目下、特にアングロサクソン系の国々で急速に広まっている新宗教をさす名前だった。そのほかはたいして興味のない、そして明快でもない説明が続いていた。どうやらウィッカの信者たちは男神と女神、というよりも男性原理と女性原理を信仰しており、それを世界のバランスにとって必要なものと見なしていた。とんでもなく斬新な考え方というわけではない。プリュダンスはひょっとして、狂乱の儀式に参加しているのだろうか。さすがに、それはないだろう。少ししてポールは眠った。ときにはエロチックな夢も見たいものだ。すけすけの衣装をまとった若い女神たちが陽の当たる草地の上を転がって、男神を讃えているなどというのもよいではないか。しかし彼には自分の夢見をコントロールすることなどいっさいできないので、そんな具合にはならなかった。

ふたたび、十一時ごろに目を覚ました。晴れ渡った青空のもと、太陽が森や平原やブドウ畑を燦々《さんさん》と照らしていた。十二月三十一日もまた快晴の一日となるに違いなかった。朝、寝過ごしたのはむしろいいことだった。ほかの者たちとあまり顔を合わせたくなかった。それでも彼は、オーレリアンと話をしようと決心していた。話し合う必要があると思えたのだが、何を話すべきかも、自分が本当に話をしたいのかどうかもわからなかったので、母屋の前まで来たときにオーレリアンではなくマドレーヌがいて、むしろほっとした。マドレーヌはエルヴェの車のトランクに荷物を積み込んでいた。「部屋のインテリアを整えに、病院に行ってくるわ」と彼女が言った。鉢植えの植物や雑多な写真類のなかに、父の書斎に並べてあった五冊の書類ファイルが目に入った。最後まで父がとっておいた資料である。「仕事の資料も一緒に持っていくの？」彼は驚いて尋ねた。マドレーヌが「わたしの思いつきなの。だって、あの人には仕事が人生のすべてだったから」と言った。

それは謙遜《けんそん》がすぎる、とポールは思った。マドレーヌだって父の人生の一部だし、母が占めていたよりずっと重要な位置を占めているとも言えるのだ。この瞬間、ポールは、昨年のポルトガル旅行が二人の最後の旅行になるかもしれないと思った。今年はスコットランドに行くことになっていた。それは父がもう一度訪ねてみたいと願う、父の好きな国の一つだった。旅は実現しないだろう。マドレーヌがトランクに荷物を積み込むのを眺め、打ち砕かれてしまった彼女の人生のことを考えると、憐憫《れんびん》の情に襲われて泣きそうになり、思わず目をそむけた。幸い、そこにセシルがやってきた。彼女もまたはつらつとして上機嫌で、女たちはなんてけなげなんだ、と彼は思った。信じがたいほど元気に満ちている。あとから病院に行くよ、とポールは二人に告げた、僕はラーダ・ニーヴァに乗って行く。

父がどういうつもりでこのロシア製の安物4WD、七〇年代末には逆にファッショナブルともてはやされた車を買ったのか、ポールにはわからなかった。これだけでもダンディー趣味なのに、さらに限定シリーズ「サン・トロペ」を選ぶなんて、父らしくなかった。ふだん、父は目立つのを嫌い、いつでも一番ありふれた車種を選んでいた。

彼はコーヒーをおかわりしてから、もとは廏舎《きゅうしゃ》だった車庫に向かった。エンジンはあっけなくかかった。そのとき彼は、父がこの車を一九七七年、自分が生まれた年に購入したのだったと思い出した。これまでもたびたびそのことを思い起こしては、そこに暗黙の並行関係を見出していたのだが、この車がこれほど長持ちしているのは、いまや少し不気味でさえあった。結局、父にはダンディー趣味などまったくなく、ラーダ・ニーヴァを選んだのは単に、それが父にとって、頑丈で長持ちするいい車と思えたからにすぎなかったのだろう。

眺めてみたい風景がいくつかあった。シルーブルからフルーリを経て、デュルビーズ峠とフュ＝ダヴナ峠を越え、ボージューのほうへ下りていった。その途中に見晴らしのいい場所があるのを覚えていたので、そこで車をとめた。ヴィリエ＝モルゴンから数キロしか離れていなかったが、ブドウ畑は見えなかった。人影のまったくない森と平原の景色は、おごそかな沈黙に浸されているように思えた。もし神が創造物のうちに存在するなら、そして人間たちに伝えるべきメッセージを持っているなら、神はそのメッセージを発する場所として、ベルシー公園の菜園などではなく、まさにここを選ぶだろう。ポールは車から降りた。「メッセージは何だ？」彼は心のうちで問い、その質問を大声で叫びそうになったが、ぐっとこらえた。いずれにせよ神は沈黙したままだろう。それがいつもながらの神のコミュニケーションの様態だった。とはいえ、完全な沈黙に捧げられたこの人けのない壮麗な風景だけでも、すでにたいしたものだった。数日後に戻るパリでの暮らしや政治ゲームとは、まるで別世界だった。メッセージはある意味で明白とも言えたが、イエス・キリストの地上での存在とそのメッセージを結びつけるのは難しかった。イエスの存在はさまざまな人間関係やドラマ、盲人たちの目が見えるようになったり、体が麻痺していた者たちが歩けるようになったりといった挿話に彩られている。ときには貧民に関心を寄せたりもしたわけだが、そこにはほとんど政治的と言うべき要素があった。オー゠ボージョレのこの静かな景色は、プリュダンスが讃えているらしい男性神、女性神を思い出させるものでもなかった。そこには男性、女性の区別ではなく、より一般的で宇宙的な何かが感じられた。喧嘩《けんか》好きで執念深い、選ばれた民といつも仲たがいしている旧約聖書の神とは、なおのこと似ていなかった。それはむしろ独自の植物的な神、動物たちが地上にあらわれて駆けまわる前の、真の大地神だった。よく晴れた冬の日、神は休息しており、風はそよとも吹いていなかった。しかし何週間かのちには草や葉がよみがえって、水と陽光を糧とし、微風に揺すぶられるだろう。それでも、おぼろな記憶では、植物にも生殖のようなものがあって、雄花と雌花とか、風や虫の関与があった。あるいは単に、株分けや挿し木などでも殖えるのではなかったか。じつのところ彼の植物学的知識ははるか昔のものだったが、何にせよ、そこには牡鹿のバトルや濡れTシャツコンテストと比べて、緊迫のドラマがなかった。

　彼は知的には何一つ判断のつかない状態で、またハンドルを握り、あいかわらず誰ともすれ違わないままボージューへの道を下っていた。「ボージョレ地方の古都」であるボージューは、十五歳の夏、彼が人生で最初に女の子にキスをしたところでもあった。それはあまりに遠い、絶望的なまでに遠い日の思い出で、熱く濡れたキスの感触は、いまではほとんど非現実的に思えた。女の子の名前はマガリ、そう、マガリだった。彼はすぐに勃起し、体をぴったり密着させていたからマガリも気づいたはずだが、彼女のほうからそれ以上の行為に及ぼうとはしなかったし、ポールにもどうしたらいいかわからなかった。当時、ネットでポルノは見られなかった。彼が初めてセックスしたのはやっと二年後で、場所はパリ、相手の名前はシリエル。少なくとも都市部では、すでに奇妙なファーストネームが流行《はや》り出していたころだった。しかしインターネットはいぜんとして存在せず、人間関係はもっと単純だった。〈恋はそんなにも気軽なゲームだった《ラブ・ワズ・サッチ・アン・イージー・ゲーム・トゥ・プレイ》〉ともう一人のポールが歌っていたとおりだ。そして突然彼は、プリュダンスと同じように自分のファーストネームもまた、ビートルズに由来するのではないかと思いあたった。とはいえ、あまりありそうなこととは思えなかった。父にはビートルズの音楽を特に愛好する気配はまったくなかったし、そもそも他のいかなる音楽に対してもそうだった。だが、父が本心を明かさない人だったのも事実で、職業上の守秘義務が生活全般に及んでいたかのようだった。ポールは前回この家に来たとき、父の枕頭の作家の一人がジョゼフ・ド・メーストル[*1]だと知って驚いたものだった——父は王党派的な信念など見せたこと

＊1　フランスのカトリック作家・著述家（一七五三－一八二一）。反啓蒙、反革命の思想で知られる。

はなく、それどころか共和国にどれほど悪しき側面があっても、共和国の忠実なしもべとしてふるまっていたのである。

ポールはどこまで行っても人影のない県道をのろのろと走り、何度か、つかの間、車をとめさえした。心のうちで逡巡《しゅんじゅん》する気持ちが、ひそかに進行する病気のように広がり出すのを感じて、ベルヴィル＝アン＝ボージョレに到着するまでに三十分近くかかった。

周辺の田園地帯同様、小さな町には人影がなかった。町は二〇二七年に飛び込んでいこうと、力をためているかのようで、マレシャル・フォッシュ通りの入口には新年を祝う奇妙な横断幕が掲げられていた。「ベルヴィル＝アン＝ボージョレは二〇二七年の到来を歓迎します」

医療センター前に駐車したとき、あたりはほぼ夜の闇に包まれていた。まず入った廊下は薄暗く、天井灯が壊れているらしかった。最初の角を右に曲がると、歩行器を押しながらやってくる老女に出くわした。八十は超えているだろう、長い灰色のざんばら髪が肩にかかっている。すっぱだかで、身につけているのは汚れたオムツだけ。大便が右足に垂れていた。彼が立ち止まって、どう対応したものか迷っていると、薬を載せたワゴンを押しながら女性看護師が足早に追い抜いていった。彼には合図を送る暇もなかった。看護師は老女の姿を目にしたはずだが、スピードを落とさずに老女とすれ違った。老女はじりじりと彼のほうに近寄り続け、彼は老女のしなびた胸から目を離せずにいた。相手が三メートルのところまで近づいたとき、彼はようやく体を動かし、ほとんど駆け出すようにして、もと来た道を引き返した。医療センターのエントランスは担架でふさがれていた。そこでやっとわかった。ＥＶＣ－ＥＰＲ病棟に行くには最初の角を左に曲がるべきだったのに、右に曲がったのでEHPADに入り込んだのだ。彼は担架のほうに近づいた。担架の上では、非常に高齢のげっそりとやつれた男性が、両手を胸の上で組み、弱々しく呼吸していた。ほとんど死人のように見えたが、ポールにはかすかなあえぎを洩らしているように思えた。中央入口の近くでは、看護師か担架運搬係か、彼には区別がつかない人物が、肘掛《ひじか》け椅子に深く腰かけて、携帯電話の画面を凝視していた。「あの、あそこに誰かいますよ……」ポールは自分でもまったくバカな言い草だと思いながら言った。相手は返事をせず、指を走らせている携帯から、ときどき「プロン」と軽い音がした。きっとゲームでもしているのだろう。「何かしなくていいんですか？」ポールはさらに尋ねた。「同僚を待ってるんです」相手はうるさそうに答え、それで会話は終わりとなった。

　ガラス張りの通路の先まで行くと、EVC-EPR病棟の共用スペースに出た。いまでは場所の様子がわかり、父の部屋に難なくたどり着いた。セシルとマドレーヌが丹精こめて室内を整え、窓辺や背の低い本棚の上には鉢植えの植物が飾られていた。父は昔から植物が好きだった。ペットを飼ったことはないのに、不思議と植物は愛《め》でていた。自分でも世話をして、水をやったり、陽光が適切に当たるよう、ちょくちょく移動させたりしていた。本棚には見覚えのある書類ファイルに加えて、ポールの記憶にはない本が並べてあった。現代の推理小説と古典的作品、とりわけバルザックだった。寝室にあった本に違いない。父が読書するのはもっぱら就寝前だった。ポールは両親の寝室に入ったことは一度もなかった。ベッド正面の壁には、写真がまさしくモザイク状に張ってあった。まず目を引いたのはビアリッツあたりだろうか、海に面したテラスで抱き合った両親の写真だった。いままで見たこともない、うら若い父母の姿で、二十歳をさほど超えていないだろう。そのころポールはまだ、両親の計画のうちにすら宿っていなかった。それから、セシルを撮った写真がたくさんあり、生後せいぜい六か月くらいか、赤ん坊のセシルを腕に抱いた父のいかにも誇らしげな表情は、セシルが父のお気に入りであり愛《いと》し子であることをはっきりと物語っていた。とはいえポールの写真もあった。父のかたわらにポールが写ったその一枚は、サン＝ジョゼフの家の前のテラスで撮られたもので、二人とも自転車に乗って片脚を地面につき、カメラのほうを見て微笑んでいる。ポールは十三歳くらいだろうか。彼はその自転車を覚えていた。「セミ＝ロード」モデルでドロップハンドルだったが、泥よけと荷台もついていた。この種の中間タイプは廃れたらしく、もう販売されていなかった。他の写真では、父は家を建てる作業に取り組んで、半分ほどできた石壁のかたわらに立ったり、大工道具を手にしたり、屋根組みに取り組んだりしていた。幸せそうな様子からは、この家が父にとって大切だったことがよく伝わってきた。だが大半は仕事中の写真で、同僚と一緒に、オフィスのような場所や特定しにくい場所、特に移動中、空港や駅で撮られていた。驚くべき一枚は、ふくらんだ黒いつなぎを着た男たちに囲まれた写真で、一同は休めの姿勢で戦闘用の銃の銃口を地面に向け、カメラに向かって微笑んでいたが、父だけは真剣な面持ちだった。ポールの頭には、かねてからの疑問が浮かんできた。父は戦場での作戦行動を率いていたのか、あるいはひょっとするとその命令を出す立場だったのか？　父は物理的排除を主導することがあったのか？

「気に入った？」セシルにそっと尋ねられ、彼は徐々に現実に立ち戻り、ずいぶん長いあいだ、三十分かひょっとしたら一時間も、壁の写真の前に立っていたことに気がついた。父に目を向けると、何を考えているのかわからない顔で、起こしたベッドに半ば坐った姿勢になっていた。「うん」彼は答えた。「これは喜んでくれると思う。きっと何日見ていても飽きないよ」そのとき気がついたのだが、マドレーヌの姿は壁の写真には見当たらなかった。彼女は自分をまったく度外視して飾りつけをしたのだ。当然かもしれない、と彼は思った。父は写真を撮りたいという気持ちがあまりなくなる年齢になっていた。自分の写真を撮り、時の経過の証拠をとらえたいとはもう思わないのだろう。でも、まだ生きたい、といっそう強く思うはずの年齢ではある。とにかくマドレーヌはそばにいる。いつでも、最後の瞬間までそばにいてくれるのだから、父にはマドレーヌの写真など必要ではないのだった。

　誰かがドアをノックし、セシルがどうぞと返事をした。若い黒人の女が部屋に入ってきた。看護師か、看護助手だろうか、ポールには両者が同じ制服を着ているように思えた。リヨンの病院では違っていたが、ここでは見分けがつかない。二十五歳くらいだろうか。うっとりするほど美しかった。縮れ毛を完全にストレートにして、そのつややかに輝くロングヘアが整った顔立ちを引き立たせていた。どうやったらこうも見事に仕上げられるのか、ポールには見当もつかなかったが、仕上がりは驚くべきものだった。「マリーズといいます」彼女が言った。「パパのお世話をさせてもらいます。おもにわたしが担当ですが、同僚のアグラエと交代で勤務します。それからもちろん、マドレーヌにも協力してもらいます。ここに残ってくださるんですから。パパにはいまから車椅子に坐ってもらって、共用スペースにお連れします。居住者とスタッフが一緒になって、大みそかのパーティーが催されますから。よければみなさんも、どうぞいらしてください。それから、希望者はクラシックのコンサートを聞くことができます」
　そのときになって、ポールは部屋の片隅に車椅子が置いてあることに初めて気がついた。とはいえずいぶん大きな車椅子で、クッション材がふんだんに使われていた。明らかにオーダーメードで、ビジネスクラスの飛行機のシートを思わせた。「椅子はリクライニングできるようになっています」マリーズが説明した。「坐った姿勢から、ほぼ寝そべった姿勢までポジションを変えられるんです。強力なモーターがついていて、充電は四時間もちますから、けっこう遠出ができますよ」彼女は車椅子をベッドの横まで押してきて、ボタンを押してベッドを二十センチほど高くした。「膝の下のところを持ってください」彼女はマドレーヌに指示し、自分は両腕をまわして病人の肩を支えた。二人の様子を見ていると、それがいとも簡単に思えるほどで、三十秒もかからずに車椅子に移し終えた。サイズは巨大でも、操作は簡単なようで、廊下の角を楽々と曲がっていった。共用スペースにはすでに二十人ほどの患者が集まっていて、車椅子が輪を描いていた。ポールの父も輪に加わった。両隣の患者がまだ若いのに気づいてポールは驚いた。右側の男はせいぜい三十歳、左側はほんのティーンエイジャーだった。ルルー医師が車椅子から車椅子へとまわって声をかけていた。まるで本当に信じているみたいだ、とポールは思った。たとえ病人が返事のできる状態ではなくても、自分の言葉がそっくり理解されるものと思っているみたいだ。そして結局は彼が正しいに違いない。彼は医師なのだ。それにしても、けっして返事が返ってこないのに話し続けるのは楽なことではないはずだ。ポールは部屋の奥に置かれたテーブルのほうに向かった。スパークリングワインのボトルや菓子、スナック類が並べられ、主として女性看護師たちが集まっていたが、一般人も何人かいる。たぶん自分たちと同様、患者の家族だろう。だがどうやって話しかけたらいいかわからず、何とか話題を見つけたいと願いながら、スパークリングワインを立て続けに三杯飲み干した。幸い、セシルと、続いてエルヴェもやってきた。セシルが何とかしてくれるだろう、人間関係は彼女のお得意なのだから。

患者一人一人に声をかけたのち、ルルーは今度は看護師たちと話をしていた。それから患者の家族のほうを向き、すぐ隣にいたセシルにまず話しかけた。「みなさんがここの最新メンバーです」彼が言った。「この場所を気に入ってもらえて、期待どおりだったなら嬉しいのですが」

「ありがとうございます、先生。何もかもよくしてくださって、本当にありがとうございます」

「大変なのはわたしよりも、ご家族のほうです。わたしはこれが仕事ですから、最善を尽くすだけです」

実際、愛することとは仕事とは言えないだろう、とポールは思った。しかし仕事もまた必要だ。大みそかの晩に、考えがいささかとりとめなく一般論に広がり出すのは、きっと自然なことなのだろうとポールは思った。そのとき、奥の扉から演奏家たちが入ってきて、部屋の奥に張り出した演壇の上に、中型グランドピアノが置かれていることに気がついた。すぐ横にはチェロが一台、スタンドに立ててある。まもなくバイオリニストが二人、楽器を持って入ってきた。続いて五人目の女性演奏家、楽器はバイオリンに似ているが、もっと大きい。ビオラというやつだろうか。これは弦楽四重奏？　彼は弦楽四重奏について、農場の動物についてと同じく無知であり、知っているのはせいぜい、西洋音楽の歴史において弦楽四重奏には膨大なレパートリーがあるということくらいだった。二メートルほど離れたところで、エルヴェが今夜のコンサートのプログラムらしきプリントをじっくり読んでいるのに気づき、そばに行って一緒にそれを眺めた。演奏家たちはかなり時間をかけて調弦していたが、誰も時間を気にする様子はなく、ルルーは患者の家族たちをまわって言葉を交わしていた。「さて！」とうとう彼は、室内のざわめきに負けない大声を出して言った。「わたしはこれで失礼します、家族が待っているものですから。今夜当直してくれるスタッフのみんな、どうかがんばって。そしてみなさん、よい新年をお迎えください」

「いま何時？　わかる？」セシルがエルヴェのほうを向いて尋ねた。

「九時十五分」

「エルヴェ、忘れてた！　家に残してきた人たちのこと、完全に忘れてた！　それに食べ物を何も買ってない。とにかくすぐ帰らなくちゃ」

「バルトークってのは、けっこういいって聞いたことがある……」エルヴェはプログラムを裏返しながら未練がましく言った。

「だめよ、ほんとに帰らなくちゃ。今日は大みそかなんだから」セシルのあわてふためいた様子を見て、エルヴェはそれ以上抵抗せずに従ったが、それでも口のなかでぶつぶつ不平をつぶやいていた。「みんな一緒に来ればよかったのに……」

　出口でルルー医師に追いつき、一緒に建物から出た。外気の冷たさに思わず立ちすくんだ。よく晴れた夜、満天の星が抽象的な美しさを湛えていた。

「お聞きしたかったんですが、ずいぶん若い患者さんがたくさんいますね」とポールはルルーに言った。

「ええ、たしかに、お父さんが最年長かもしれません。ＥＶＣ－ＥＰＲは頭蓋《ずがい》の損傷で引き起こされることが多く、バイクやスクーターの事故が原因という場合がけっこうあるんです。ということは……。どうすべきだと思いますか？」そこで彼は右手で複雑な動きを描いてみせた。飛び出したり、あとずさったりするその動きは、注意の必要性、ヘルメット着用の大切さ、交通事故防止対策の妥当性、そして曲がりくねった道をヘルメットもかぶらずにバイクで猛スピードで下っていく陶酔感などを、同時に表しているらしかった。「わたしがここに来たのは人を裁くためではなくて、治すためですから」ルルーはそんなことを口にするタイプではなかったが、ポールには彼の喉まで出かかったそんな言葉が、はっきりと聞こえるような気がした。よい新年をとあらためて挨拶を交わし、ルルーは駐車場へと去っていった。

　マドレーヌは病院で一晩過ごすことにしていた。簡易ベッドはまだ届いていなかったが、枕と毛布で何とかするつもりだった。彼女はすでに彼らから距離を取り、新しい暮らしに身を落ち着けていた。弦楽の音が遠くからかすかに聞こえてきた。激しいアレグロ楽章の真っただ中らしかった。星明かりのもと、しばし病院の中庭に佇《たたず》んでから、セシルがエルヴェの肩に手を置いた。彼は黙ってうなずき、ポケットから車の鍵を取り出した。

11

オーレリアンと話してみるべきだった、そうしようと思っていたのに、とポールはサン＝ジョゼフの家に着いたとき思った。オーレリアンの名前を呼んだが、家には誰もいなかった。タクシーに乗ってどこかに食事に出かけたのだろう。このあたりではタクシーは呼べばすぐに来る。ポールにとっては驚きだった。ボージョレは活気ある田舎という例外的な状況を示していた。個人商店や医師、タクシー、訪問看護師がまだ健在なのだ。かつての世界とは、おそらくこのような場所だったのだろう。数十年前から、フランスは都市圏と過疎化した地方への二分化という危険な状態に移行していた。それは世界中いたるところでほぼ同じだろう。貧困国では都市圏がメガロポリスとなり、郊外がスラムになっている点が違うだけだった。いずれにせよ、オーレリアンと妻は外出していた。ポールはセシルと気まずい視線を交わした。彼女は仕方ないと肩をすくめて食事の準備に取りかかった。彼女は予備の缶詰を見つけ、冷蔵庫にはサラダの材料となる野菜もあった。

ワインに関しては豪華な蓄えがあった。キッチンの脇の階段を数段下りていくと、地下はワイン貯蔵庫になっていた。ポールは一度も下りたことがない。ワインのことはいつでも父親が担当していた。棚を照らす灯りをつけてみて、彼は目を丸くした。斜めに傾けられた何百本ものワインが並んでいた。貯蔵庫内はひんやりと乾燥していて、理想的な保存環境になっていることに疑いの余地はなかった。様子を探るうち、彼はすぐに、ボトルが地域別に配置されていることに気がついた。ブルゴーニュがあったが、かなりの年代物らしく、ボルドーもおそらくそれに負けないものだった。これもまた彼のまったく知らなかった父のホビー——情熱と言っても大げさではない——だった。ピュリニー＝モンラッシェとシャトー・スミス・オー＝ラフィットのあいだをさまよううち、彼は意気阻《そ》喪《そう》し、エルヴェの助けを借りることにした。家の主人役を演じるのはもうたくさんだった。ここに着いたときから、いまやセシルのほうが年上で、自分が弟という奇妙な印象を抱いていた。彼女はしっかりと人生を歩み、子供たちを育てた。つまり人生において意味のあることを成しとげたのだ。彼のほうは財政法案を修正するためのうさん臭い報告書を書くだけの人生だった。明らかに、ワインはエルヴェに選んでもらうべきだ。エルヴェもまた、貯蔵庫に入るなり呆然として言った。「こりゃ本格的だ……。だけど、僕も詳しくないよ。どうやって選べばいい？」

ポールは肩をすくめた。「さあ……。まあ、何本か持っていくか」貯蔵庫は父の人となりにさらなる謎を付け加えてくれた、と階段を上がりながら思った。元ＤＧＳＩの年俸は刑事の年俸とだいたい同じようなものではないかと想像されるが、それに釣り合うものとは到底思えなかった。あるいはそうではなく、ひょっとすると父は国家機密を握っているのかもしれず、そのせいで特別な手当てがついているのかもしれない。「特別資金」と呼ばれる金があって、国家中枢におけるその金の動きは謎につつまれており、ブリュノですら把握するのをあきらめていた。そんなことのために内務省や国防省の同僚と険悪な仲になる必要はない、とブリュノは考えていた。そんなのは「タバコ銭」でしかない。一般に、ブリュノにとっては、十億ユーロより下の金額はタバコ銭にすぎなかった。

食事の最中、ポールは頭痛に襲われ、何かむかつくようないやな味が口のなかに広がるのを感じた。この大みそかの一日が早く終わってくれないかと願ったが、まだチーズが残っていた。パルメザンチーズを噛《か》もうとしたとき、左側の奥歯のあたりに鋭い痛みを覚えた。顎《あご》をそっと触ってみたが、痛みは続いていた。また内歯《ないし》瘻《ろう》だろうか。かつて、十年間ほど内歯瘻に悩まされたことがあった。そのころ通っていたラ・モンターニュ＝サント＝ジュヌヴィエーヴ通りの年輩の歯科医は、もう引退したか、それとも死んでしまっただろうか。また別の歯科医を見つけなくてはならない。若い医者だとしきりにインプラントを勧めてくるだろう。何しろ歯科医たちはインプラントに取りつかれている。もちろんそれで稼いでいるのだろうが、何かと言えばインプラントというのは困った話だ。インプラントを入れる気は毛頭なかった。それよりも、歯なんか全部ないほうがましだ。歯というやつはいつだって悩みの種であるように思えた。いわんやインプラントなど御免こうむる。しかし提案されることは間違いなく、断らなければならないと思うだけで、もうげんなりしてしまうのだった。

三人がデザートを食べ終えるところで、エルヴェはベネディクティン（食後酒用リキュール）の瓶を持ち出してきた。そのとき、玄関の扉がきしみ、階段を上る足音が聞こえた。セシルはとたんに身を硬くし、顔を真っ赤にした。エルヴェは彼女の肩に手を置いてそっとさすったが、安心させるには至らなかった。

　それはやはり彼らだった。ゴドフロワは鱒《ます》のようにすばやく身をひるがえして自室へ消えた。家族の諍《いさか》いなど、まっぴらごめんなのだろう。反対にインディーはポールの正面の椅子にどっかと腰を下ろし、老女のように両膝をひらいた。善意が踏みにじられたとでもいった様子——だが目つきは鋭く、知的と言ってもいいほどで、持ち前の有害性をこれから百パーセント発揮してやろうという構えだった。ポールはすぐそのことに気がついた。オーレリアンは彼女の隣、セシルの前に坐って、セシルにちらりと視線を投げかけたが、いまにも泣き出しそうな様子だった。エルヴェは坐ったまま腰を引くと、ベネディクティンを誰に勧めることもなく、おもむろに自分のグラスに注いだ。

「病院で少し遅くなっちゃって……」セシルが困ったような表情で言った。

「そうだと思った。大丈夫、食事は勝手にすませたから」インディーは数秒間、不穏な間をあけたのち、先を続けた。「とにかく、相談しなけりゃならない問題があるわね」彼女はオーレリアンに頭を振って合図をした。車のなかでせりふを練習してきたのだろう、彼はなめらかに切り出した。

「パパは明らかに、もう自分の財産を管理できる状態ではない。被後見人措置をとるべきじゃないだろうか」そこで彼は黙った。

　インディーは目でオーレリアンに先を促したが、彼は黙ったままだった。明らかに、続きを忘れてしまったのだ。文章が三行に及ぶと、彼にはもう暗記する力がなかった。インディーはいまいましげに首を振った。

　ポールはベネディクティンの瓶を摑《つか》んでグラスに注ぎ、目の前でグラスをゆっくりと回した。この雰囲気は悪くなかった。憎悪が増幅していくのが感じられ、しかも歯痛はアルコールのおかげで和らいでいた。だが、困ったことに汗をかき始めていた。気を取り直し、数秒待ってから、言葉をはっきり区切って問いかけた。「被後見人措置が必要だと考えるのは、いったいどうしてなんだ。財産横領の恐れがあるとでも思ってるのか」

インディーはすぐには答えず、オーレリアンを尊大に一瞥《いちべつ》したが、反応はなかった。オーレリアンはせりふを完全に忘れてしまっただけでなく、うわの空で、オメガ点[*1]かヴィシュヌ神の降臨か、定かならぬ一点を見すえていた。

「たとえばマドレーヌがこの状況に乗じて、我々の取り分を奪おうとしているとでも？」

「とんでもない！　別に誰かを非難しようなんて思ってません」インディーは鞭《むち》を入れられたかのように勢い込んで反駁《はんばく》した。前もって仕込んであった一節、並べ立てるつもりだった文章の連なりを繰り出すべきときだ。「たしかに、お父さんにはマドレーヌと共同名義の口座があって、それって、ちょっと珍しいけど」

「それを選択したのはパパだ……」ポールはパパと言いながらほろりとして声がふるえ、息が荒くなった。インディーはたちまち黙り込んだ。彼女はどんどん形勢が悪くなり、ポールにとってはいよいよ面白くなってきたが、同時にその共有口座のことを思うと、口先だけではなく、本気で感動させられた。彼自身はプリュダンスとのあいだでけっしてそんな段階に達してはいなかった。まさしく父は、ポールにとっては未知のままである人間的経験のレベルにたどり着いたのだ。彼は立ち上がって、窓際まで行った。家を取り囲む平原を満月が照らしていたが、月光は本来けっして心を

＊1　フランスの神学者・古生物学者ティヤール・ド・シャルダンが唱えた進化論における叡智の究極点。

穏やかにするものではなく、むしろ神経症や狂気を激化させる傾向をもっている。彼はまた椅子に坐った。この晩、これから待ち受ける展開に、彼としてもやや不安を覚えていた。

「こういう場合に法定後見の審判が下されるのは、とてもよくあることなんだ」オーレリアンがまた口をひらいたので、みんなは驚いた。誰に向かってでもなく、機械的に言葉を発していたが、実際はたまたませりふの続きを思い出しただけで、たちまちまた沈黙に陥った。

「そのとおり、こういう状況では、よく子供の側から被後見人措置が申請される。仕事でしょっちゅう扱ってきた」力強い声ではっきりと語り出したのはエルヴェだった。インディーはびっくりして、この新たな敵のほうを振り向いた。「後見人の選任は居住地を管轄する裁判所の裁判官の責任においておこなわれる――いまの場合、マコンの大審裁判所でおこなわれることになる。後見人の権限はかなり広い。延命措置が必要かどうかも、後見人が決定する。法解釈は一貫しているし、判例についても同様だ。裁判官はつねに、個人的にも地理上でも、最も身近な子供を後見人に選任する」

「そりゃそうでしょう！」インディーが激しい口調で反論した。「わたしたちにはパリで仕事がある、だから……」そこで彼女は言いさした。「失業したまま田舎でぶらぶらしている人とは違うのよ……」と口に出して言ったわけではないが、言ったも同然だった。エルヴェは暗黙のメッセージがゆっくりと明確化するにまかせたのち、優しい口調で話を続けた。「いま言おうとしたのもまさにそのことなんだ。きみたちには地理上も、感情面から言っても、十分な近さを保証できない」そしてまたグラスにベネディクティンを注いだ。

インディーは空気をかきまわすように両腕をかすかに動かして、失地回復を図りながら、オーレリアンに目を向けた――無駄なことだった。彼はあいかわらず身じろぎもせずに虚空を見つめている――それでも彼女は気を取り直して、また攻撃に転じた。あっぱれな闘争心というほかなかった。

「そうは言っても、それですべて片がつくわけじゃないでしょう。たとえばシュザンヌの彫刻だけど、納屋に置きっぱなしでかびが生えているじゃない。一般の人は見ることができないし、本人はそんなこと望んでいなかったでしょう。オーレリアンだけが芸術的プロジェクトを理解して、お母さんとわかりあっていたんだと思う。だから、彼にだって著作者人格権のようなものがあるんじゃない？」

「著作者人格権」と聞いて、エルヴェはにっこりと笑いながら椅子に深く坐り直した。さらに三十秒ほど、公証人としてのプロ意識の高揚を待つかのように間を置いてから、ベネディクティンを片手に流暢《りゅうちょう》に語り出した。「著作者人格権というのは、修正請求権、公表権、同一性保持権、そして氏名表示権からなるものなんだ。修正請求権はそのなかでも特殊で、遺言に特記されていないかぎり著作者の死とともに消滅する。でも、彫刻を展示するかどうかといった事柄はむしろ、公表権に属するものだろう。『遺言書なし《アブ・インテスタト》』の相続の場合、公表権には実際、帰属に関する例外規定が適用され、一般の相続法の適用は除外される。その際、相続人の資格を持つのは第一に子供全員で、その次に、まだ生存している場合は故人の直系尊属がくる。配偶者は三番目にすぎない。残りの二つの権利に関しては、一般の相続法が適用される」

彼はそこで少し間を置いてから先を続けた。「著作物から発生する財産に関わる権利について言えば――きみたちにとっては、それが本当に関心のある事柄らしいけれど――、こちらもまた、一般の相続法に照らして考えるべき問題ということになる」

長い沈黙が続いた。ポールはうつむいた。インディーのほうを見る気にもならなかった。インディーのいるあたりからは、唸るような息遣いが聞こえてきた。今度ばかりは本当に打ちのめされたようだった。ポールは気の毒にさえ思った。彼女は猛禽《もうきん》類であるだけでなく、そのなかでも知恵の劣る種類に属していた。エルヴェほど詳しく知らなくとも、遺産相続が子供たちのあいだでほぼ対等になされることなど、多かれ少なかれ誰もが知っている。この愚かな女はいったい何を期待していたのか？　突然、オーレリアンが機械仕掛けのような動きで立ち上がり、まわれ右して自室へ去った。インディーはそちらを振り向き、夫のまさかの退散に口をぽかんと開けたまま、何も反応できずにいた。セシルは両手のあいだでナプキンをしごいていたが、いまにも泣き崩れそうな様子に見えた。対立にこれほど耐えられないとは、セシルも本当にどうかしているとポールは思った。二人の娘、どちらも年ごろの娘が二人いるんだから、服装だのインターネットだのをめぐって、もめることもあったはずだ。それなのになぜ、いまだにこんなにか弱いのか？

インディーは完全にノックアウトされたようだったが、オーレリアンの退場から一分ほどもして、ようやく気を取り直し、病《や》んだ老水牛のように攻撃を再開した。「それにしてもびっくりした」彼女は論陣を張ろうとした。「お母さんの作品に対して、お父さんがいまだに監督権をもっているのには。だってお父さんはもう明らかに……」そこで彼女は「野菜」の遠回しな表現を探したものの、うまく見つからなかった。結局彼女は、お父さんはいっさい表現能力を失っているし、人としてのコミュニケーションもできなくなっている、もう一人前の人間とは言えないのではないかと主張した。「ただし、法人はもちろん、別だけど」いったい彼女は何を言いたいのか。たぶん、何も意味はなく、専門用語で混乱しているのだ。

ポールは静かに挙手してから、インディーはきっと、エルヴェの説明がよくわかっていないのではないかと指摘した。公表権についてだが、それは配偶者よりも子供たち、そしてもしまだいる場合は直系尊属を優先するものだ。それから、コミュニケーションの概念というのはたいそう相対的なものではないだろうか、と彼は丁寧な口調で念を押した。たとえばきみの息子のゴドフロワだけど、あの子は植物状態というわけではないが、とはいえ、我々は彼とコミュニケーションが取れると言えるんだろうか？

　彼女はぜいぜいと喘《あえ》ぎながら体を折り曲げた。みぞおちにこぶしの一撃を喰らったかのようで、数秒後に体をかがめたまま立ち上がり、ダイニングルームから出ていった。実際に一撃が効いたらしく、歩くのもやっとの様子だった。これにて大みそかの身内の祝宴は終了だった。ポールは腕時計を見やった。二十三時五十五分。いいかげん寝に行かなければ。彼はいよいよ盛大に汗をかき、歯がふたたびうずき出し、目の前がかすんできていた。まだ数分間は何とかなりそうだが。

　セシルが嫌気《いやけ》がさしたようにため息をついた。ポールはすぐそれに応じ、彼女に言葉をさしはさませなかった。「まあちょっと待って。意見はやめてくれよ。エルヴェはよくやった。インディー相手に必要なのは断固とした態度を取ること、それ以外に解決策はない。明日の朝はすっかり愛想よくなってあらわれるよ。どちらにしろ、あの彫刻を売りたいとしても僕らの同意が必要なんだから」彼は「彫刻」の代わりに「ゴミ」と言いそうになったが、何とかこらえた。穏当な言い方をした自分をほめてやった。

　セシルは首を振って、二人をかわるがわる優しく見つめてから、「わかってないのね……」と言った。「あの人の主張はバカげてるし、そう言ってやるのはいいけど、あんなに侮辱することないじゃない」
なるほど、きっと彼女が正しいのかもしれない、とポールは思った。二〇二七年はまだ始まっていない。これから問題が持ち上がり、決定を下さなければならない事態が生じるだろう。最初からインディーを敵にまわすのはあまり賢いやり方ではないかもしれない。彼女は本当に周囲に害を及ぼすだけの余力を残している。とはいえ彼は、インディーの動機は純粋に金銭的なものであり、共通の利害、つまり彫刻の売却を基盤として合意に至る可能性はまだあると確信していた。

「怒ってるのかい、マムール？」エルヴェは彼女の肩に腕をまわして言った。いまやすっかり恥じ入り、しょげ返っていた。

「ううん、怒ってない、本当に耐えがたいもの、あのバカなひとは……」彼女はあきらめたような口調で言った。「それにあなたの公証人の出し物は、なかなか面白かったわよ」エルヴェは答えずにおいた。彼としては公証人の出し物などではなく、法律上の問題点を指摘したつもりだったのである。「ほんと、いつもこうなんだから。オーレリアンにしたら、きっと楽じゃないわ……」

実際、とポールは思った。楽ではないだろうし、この先よくなる見込みもなかった。零時二分、もう新しい年に入っていた。彼はエルヴェを力いっぱい抱擁し、両頬に勢いよく口づけした。彼らはこの数日でかなり近づき、お互いのあいだに同盟のような何かが結ばれていた——そしてはっきり説明はできないものの、ポールは、これから迎える一年には何か危険で不吉なものがあり、連帯が必要になるような気がしていた。すぐあとで寝に行ったが寝つけず、さっきアルコールを摂取した甲斐もなく新たな歯の痛みに襲われた。二〇二七年のことをまた考え始めた。まったくもって、この年が気に食わなかった。この数字の組み合わせには何か不快なものがあった。二〇と二七は明らかに倍数であり、九九の表にも出てくる基本的な積だった。小学生だったころはまだ学校で九九を教えていた。四×五＝二十、三×九＝二十七。ひょっとして二〇二七は素数だろうか？　パソコンを起動させ、すぐ確かめてみた。やはり二〇二七は素数だった。いささか化け物じみた、自然に反する数字ではないかという気がしたが、ある意味、その異常性こそが素数の特徴だった。西洋の歴史をとおして、素数の分布の問題はすでに幾多の人々をとりこにしてきたのである。

第3部

1

翌朝のインディーは愛想がよく、昨夜むきになったことを詫び、エルヴェには、相続権の素晴らしいレクチャーをありがとう、とまで言った。こりゃ、さすがにわざとらしい、とポールは思った。インディーは「いずれにしても、彫刻の売却にはみんな賛成みたいね」と、明るく切り出した。

　セシルがおずおずと「パパがなんと言うかわからないし、マドレーヌだって……」と口をひらいた。

「いや、わかってるじゃないか」と、ポールは静かに応じた。セシルがすぐに、そうね、と認めた。たしかに、わかっていた。エドゥアールは納屋に施錠したあと、彫刻のことはすっかり忘れたようだった。マドレーヌのほうは、たぶん納屋に入ったこともなく、彫刻が保管されていることすら知らないのではないだろうか。エドゥアールが妻の遅咲きな芸術的野心に見せた態度は、終始とらえどころがなかった。嫌な顔もしないが興味も示さず、まったく話題にしたことがなく、どう見ても何か考えていたふしはなかった。思えば父の留保は、美術をはじめとする人間の芸術的営為の広範にわたっていた。ポールは家族での見学旅行、特にヴェズレー教会堂の見学を覚えている。十歳だった。母はかつて仕事に打ち込んだ宗教建築に足を踏み入れるや、熱っぽく饒舌《じょうぜつ》なガイドとなって装飾や彫刻の一つひとつについて解説し、洗礼堂だけで何時間でもいられそうだった。見学のあいだ父は終始、神妙かつ気まずげに押し黙り、まるで、重大だが手がかりを欠く事件に対処しているようだった。西洋キリスト教芸術は尊重すべき大事なもので、子供の教育には打ってつけ、そこに疑いはなくても、やはり父には縁遠いものだった。その代わり、セシルの信仰熱に火がついたのは、あの年ごろの子供には異例の、教会建築見学の影響ではないか、とポールはたびたび自問したものだ。だが、結局そうではあるまい。妹は耽美《たんび》主義者などではなく、教理問答で配られる聖母マリアの俗悪なイラストにも、イタリアルネサンスの傑作の複製画にも、等しく大喜びしていた。そのようなものの影響ではなく、妹は困っている人を放っておけない性分で、人間一般への愛と憐憫に突き動かされているのだった。セシルが、同じように熱心な若い信者たちと「喜びを呼び覚ます者たち」とかいう団体で活動し、週末になると、当時は要介護高齢者施設《EHPAD》と呼ばれていなかった老人ホームにかよっていたのを、ポールは覚えている。それから、ホームレスの足を洗う活動にのりだし、たらいとやかん、消毒薬、新品の靴と靴下をたずさえて、パリの街路を巡回していた。実際、ホームレスの足はたいがい目も当てられない状態だった。そんな活動を、父は当惑ぎみの敬意をもって受けとめていた。遺伝では説明のつかない娘の行動によって、聖女の父にされかねない事態に、本音では心穏やかでなかったはずで、セシルが初めて特定の男、つまりエルヴェにご執心のそぶりを見せたときは、心底ほっとした様子だった。

　二十五年後のいま、彫刻の売却に執心していてもおかしくないのは、やはりセシルだった。セシルが誰よりもその金を必要としていた。本人が気づかなくても、いずれエルヴェが気づくだろう。ポールは、インディーが売却の儲《もう》けを大げさに言っていると思っていたが、それは結局、自分が母の作品になんの価値もおいていないためで、客観的に見れば義妹に理があるかもしれなかった。前回、彫刻が売れたときの評価額はけっこうな数字、一点二、三万ユーロだった記憶がある。相場が変わっていなければ、セシルの取り分は一万ユーロ近くになる。納屋には作品が三、四十点あるからセシル夫婦にとっては大金だ。アラスにある彼らの家の価値をゆうに超え、ひょっとしたら全財産を上まわる。各作品の詳細を記した正確な目録を作り、美術商と交渉しなければならなかった。オーレリアンがその作業を引き受けた。週末をつかってできる、と喜んで買って出た。なにしろ、妻から離れる口実ができて嬉しいのだろう、とポールは思った。

ソーヌ川の谷に濃霧がたちこめ、マコン＝ロシェ駅に遅れそうになった。ポールは、オーレリアンとインディーと同じＴＧＶに乗るのを避けるため、インターネットでチケット変更しようかとも考えたが、結局やめた。弟夫婦も一等車だが別の車両だった。まだ一月一日の金曜日、週末はこれからで、ＴＧＶはがらあきだった。ポールは彼らに慇懃《いんぎん》にうなずいてから自分の席についた。二分後に発車した。まわりの景色が全然見えない見渡すかぎりの濃霧の海を、時速三百キロで走るのは、もはや移動とはいえず、むしろ不動のまま抽象空間を落下して行くような、麻痺するような感覚をおぼえていた。

出発してほぼ一時間、ポールはじっとしたまま旅行かばんも片づけずにいたが、ふと見ると、オーレリアンが菓子袋とコカ・コーラ缶を持って、車両の入口でもたついていた。弟は近づいて来ると「M&M's（アメリカの糖衣チョコレート）欲しい？」と尋ねた。ポールは、まさかという顔で首を横に振った。本当にM&M'sをくれるために、弟はわざわざここまで来たのだろうか？

「坐っていい？」と訊かれた。

「ああ、もちろん」

オーレリアンはしばし間を置いてから口をひらいた。「あの……いつもインディーと同じ意見なわけじゃないんだ」

オーレリアンの話によれば、はじめは母の彫刻の売却に気が進まず、できれば美術館に収蔵したかった。けれど美術館をつくるのは容易ではなく、チケット売り場や警備が必要になる。それに、客はろくに来ないだろう、とポールは思ったが、口に出さなかった。作業のために週末帰省したら、また会えるかもね、とオーレリアンは続けた。「最近、パパとけっこう話すようになってたんだ」と言う。詳しく聞くと、意外にも過去二年間に、オーレリアンはポールより頻繁にサン＝ジョゼフに帰省していた。たいがいは一人で。「昔から、パパとは気楽な仲じゃなかったんだよ……」とも言う。それは穏便な言い方だった。二十五歳になるまで、オーレリアンと父のあいだには暗黙の敵意のほか、ほぼ何もなかった。「それにセシルもいるし。たくさん話した……」そう。もちろんセシルがいる。ポールは兄らしいせりふを期待されていると意識し、おののいた。事実、兄だ。だが何を言えよう？　話せることなど何もない。腹を割って話し、オーレリアンを傷つけない話題など、皆無だった。どう考えても弟は離婚すべきで、離婚しなければどうにもならないが、すぐには無理だ。彫刻の売却金が夫婦の共有財産に加わらないかぎり、義妹は弟の首根っこをがっちり摑んで放さないだろう。金が入ったら解放され、弟はやり直せる。いずれにせよ、まだ若く、見た目だってそう悪くない。文化担当の公務員という恥ずかしくない職もある。あらゆる面で恵まれている。人生を十年ちょっと棒に振ったまでのこと。よく考えれば、弟に語れそうなことはいくらかあったが、いまのところ二人の親密さはそこまでではなく、オーレリアンは、近いうちにまた話せるといいね、と言って戻って行った。ポールは席に身を沈めた。会話のせいでやや緊張し、首が凝っていた。窓の外はあいかわらずの濃霧だった。いま、どこにいるのだろう？　モンバールかサンス、あるいはラロシュ＝ミジェンヌか？　パリ郊外にさしかかれば霧は晴れるかもしれない。

2

はたして霧はコルベイユ＝エッソンヌから部分的に晴れた。だが、横長、縦長の集合住宅と戸建ての支離滅裂な連なりには、どんなにかすかな希望のきざしをも無化するものがあった。パリ中心部に経済・財務省がいつになく堂々と、全体主義的要塞のごとく場違いにそびえていた。あそこにブリュノがいて、いまこのとき、公用アパルトマンとオフィスをつなぐ、がらんとした廊下をうろうろしているのかもしれない。ただし、庁舎には常勤のセキュリティとメンテナンス要員が三十人ほど詰めているはずだった。ポールはイツハク・ラビン庭園に入ると、いくらか気分がよくなった。樹間に霧がまばらにかかって模糊《もこ》とした雰囲気の公園は、閑散として、単独行動の中国人観光客がちらほらいるばかり。近くにあるシネマテークでも探しているのか、大みそかのカウントダウンの熱冷めやらず、軽率にもグループを離れて迷子になったのか。いまに後悔するだろう。パリは社会の監視レベルがゆるく、犯罪率の高い都市なのだ。そんなことは上海を発つ前に、耳にたこができるほど言われたろうに。ポールが植え込みを曲がると、中国人女の二人連れと鉢合わせし、きゃっと言って驚かれた。ポールは片手でなだめるようなしぐさをしてから、歩いてベルシー公園を抜けた。

アパルトマンの生活空間に入った瞬間、雲の切れ目から日が差し、公園に点々とかかる霧が輝いた。そのとたん、室内がいつになく暖かに見えた。プリュダンスは留守だったが、なんとなく、遠くへは出かけておらず、すぐにでも帰って来そうな気がした。ふと見ると、クリスマスツリーがあった。

室内の一隅で高さ五十センチほどの小さなクリスマスツリーが、キラキラした紐《ひも》や銀色の玉で飾られ、赤、青、緑の豆電球を交互に点滅させていた。こんなツリーを買うなんて、いったい妻はどうかしたのだろうか？　妹が訪ねて来たのかもしれない。義妹には幼い娘がいて、だいぶ前に会ったことがある。プリュダンスがつきっきりで赤ん坊をあやし、抱いて室内を歩きまわっていた、あのがむしゃらぶりを、ポールは居心地の悪さとともに思い出した。そこには、女性に発現する欠乏感のような、ポールが億劫《おっくう》がって考えてこなかった生物学上の何かがあるようだった。女性ホルモンにはうとかった。室内楽や農場の動物にも、うとかった。人生には知らないことばかり。そう思うと、にわかに気持ちが萎《な》えて長椅子にへたり込んだ。それからポールは、酒のボトルがしまってあった覚えのある配膳台のほうへ行った。はたして、未開栓のジャックダニエルまで一本あった。大きなグラスになみなみと注いで、あらためて生活空間を眺めた。やはりクリスマスツリーは華やぐ。ジャックダニエルのグラスがあるとなおさらだ。ふと見ると、コーナーの長椅子と並んだローテーブルに「ソルセルリ《魔法》・マガジン」という雑誌が積んである。初めて見る雑誌だった。きっと、プリュダンスが最近はまっているユッカ、いや、ウィッカに関係したものだろう。一番上にあるのは新年号、おそらく最新刊だった。表紙には惹句《じゃっく》が躍っていた――〈変革の年、二〇二七年〉。

雑誌をぱらぱらめくると、任期満了にともなう次期大統領選挙の記事が目に入った。寄稿者いわく、一九六二年以来、つまり大統領を直接選挙で選出するという決定的な制度改革があって以来、二〇一七年は大統領選挙がおこなわれた最初の素数の年だった。既成政党の一掃、政界再編、激変が起こったのは偶然ではない。偶数である二〇二二年をはさんで、次に大統領選挙がおこなわれる二〇二七年は、ふたたび素数の年となる。また同様の激変があると見るべきか？　いずれにせよ、このような一致は、不測の事態がないかぎり二〇八七年まで起こらない。寄稿者はディディエ・ルペシュールという男で、理工科学校卒と自己紹介していた。どんなやつか、だいたい想像はつく。理工科学校出身者でも二流で、国立統計経済研究所のような、たいしたことのない公共機関で現役生活を送り、晩年になって数秘術まがいの空論にうつつを抜かすようなやつだ。学のある人間を、生まれつき理性的な人間と思ったら大間違い。凡人ほどの理性もない。学のある人間とは、まず何より世界の規則性に、したがって変則や異常が起こればそこに惹《ひ》きつけられる人間なのだ。ポール自身、大みそかの晩に似たような算術的夢想にふけったではないか。あとで、この記事を切り抜いてもいいか、プリュダンスに訊いてみよう。ブリュノに見せたら面白がるかもしれない。

新年号のすぐ前はクリスマス直前の発行で、「ソルセルリ・マガジン」誌は月二回発行のようだった。この号は大部分が〈ウィッカ特集〉にさかれており、ポールはいっそうの注意を傾けた。スコット・カニンガムなる人物の言葉をふんだんに引用する巻頭記事によれば、「ウィッカは喜びに満ちた宗教で、その根源にあるのは、自然とわたしたちとの親近性です。ウィッカは女神、そして男神との融合、生きとし生けるものを創り出した普遍的エネルギーを称揚します。つまり、熱烈な生命礼賛なのです」いかにもアメリカ人の言いそうなことだった。それでもポールは読み続けた。無謀にも中国人に仕掛けた勝負の負けが、徐々に明白になっていても、まだアメリカ人から学べることはあるかもしれない。なんのかの言って、アメリカ人は一世紀近く世界を支配していたのだ。何かしら知恵をつけていなければ、救いようがないというものだ。

女神を祀《まつ》る儀式に重きをおく、ウィッカのきわめてフェミニスト的なヴィジョンばかりが注目されているのは遺憾である、と筆者は述べていた。すぐあとで、これも数世紀にわたる家父長的宗教の抑圧に対する、当然の反応であるとしていた。とはいえ、もっぱら女性原理に依拠する宗教は、男性原理のみにもとづく宗教と同じくらいバランスを欠く。二つの原理のバランスが必要なのだ、と結んでいた。こりゃ心強い。しかも根っから政治的に正しいはずのアメリカ人が言うのだから、なおさらだ。男性性の祝福は、ポールにとって思いがけなくも歓迎すべきことだった。

主要記事に入ると難しくなった。ポールには若き軍神アレースの雄々しい勃起に、自分を重ねることは到底できなかった。若いアフロディーテーの豊満な胸とプリュダンスを結びつけるのも難しかった。だが二人の人生には、これに似た何かがあったのだ。ポールはふいに、二人で過ごした初めての夏を思い出した。コルシカ島のあの浜はバスティアの少し南、モリアニだったか？　不覚にも、思い出に涙が込み上げた。あれからプリュダンスは痩せほそり、人生に打ちひしがれたかのようになった。ページをめくると、ウィッカの年間行事をまとめた記事があった。クリスマス前にプリュダンスが参加していたユール祭のあと、二月二日にはインボルク祭、四月三十日にベルテイン祭、それから八月一日にルーナサ祭がある。一年のサイクルを締めくくるのは、十月三十一日のサムハイン祭で、記事によればハロウィンにあたる。フランスの万聖節にもあたる、とポールは独りごちた。彼らの規準は、明らかにアングロサクソン的だった。サムハイン祭は内省の時期、終わったばかりの一年を振り返り、死を見すえることを受け入れるときだった。

スコット・カニンガムは単なる理論家ではなかった。別の記事では、人生のさまざまな難局をのりきるための具体策が紹介されていた。「怖いときは六弦ギターを弾くか、録音されたギター音楽を聴きなさい。そして、自分にはガッツも自信も十分あると暗示をかけるのです。頼もしく攻撃的な、角《つの》のある神を思い浮かべ、加護を祈りなさい」と勧めていた。金銭問題？「緑色の服を着て、心静かに坐り、ゆっくりとしたリズムで太鼓を叩きなさい。豊饒《ほうじょう》をもたらす女神に加護を祈りながら、ポケットにぎっしり金の詰まった自分をイメージするのです」

記事に没頭していて、ドアのひらくのが聞こえなかったが、ふと見ると、プリュダンスが戸口にいた。プリュダンスも驚いて立ちどまり、ためらいがちな笑みを浮かべたまま表情を硬めた。だが、夫が帰宅して嬉しそうだった。ポールもまた嬉しい、と自覚した。「それ、見たの……」と、妻は雑誌を指して言った。「バカにされちゃう……」

「そんなことない……」とポールは優しく言った。たしかに驚いた。なんと言っていいかわからなかった。だが、バカにしようなどとは思いもしなかった。「で、お父さんの容体はどう？」と訊かれた。話題を変えてもらって、ポールはありがたかった。というのも実際、伝えるべきニュース、しかもいいニュースがあったからだ。ポールはバーボンのお代わりを注ぎ、プリュダンスはつきあってトマトジュースを注いだ。それから、ポールは父の昏睡状態からの覚醒、ベルヴィル＝アン＝ボージョレへの移送、ルルー医師のことを長々と語った。その代わり、オーレリアンとインディーのことは黙っていた。妻はうなずきながら耳を傾けた。「ほんとに、あなたのうちは恵まれてる……」と言われてポールは、そういえば妻は両親とどうなっているのだろう、と自問した。もう何年も、妻の口から家族の話を聞いていなかった。ポールは「最近、妹さんに会った？」と訊いた。会ってない、と妻は意外な顔をした。妹はカナダに移住したのに、夫は忘れてしまったのか？　もう五年ほど会っていなかった。

「クリスマスツリーがあったから、ひょっとして……」とポールは説明した。

「ああ、クリスマスツリーね……」と妻はそちらに楽しげな目を向けた。「あなたが帰って来たとき、華やぐんじゃないかと思って……」

ポールは長いこと沈黙した。ことのなりゆきにいささか面食らっていた。プリュダンスはしなやかにソファから腰を上げ、「寝る前に、ちょっと本を読もうかな……」と言った。見まわすともう夜、しかもだいぶ前に日が暮れていたとわかって、ポールは驚いた。何時間も二人で一緒にいたはずで、部屋の明かりは妻がつけたのだろうが、気づいていなかった。ポールも立ち上がり、妻の頬にそっとキスをした。妻はいまいちど微笑んでから部屋を出て行った。ポールはその後しばらく、十分間ほども生活空間の真ん中に佇んでから、ジャックダニエルのボトルをしまい、自室へ続く階段を上がった。

3

ポールは翌朝早く家を出た。ラ・クール・サン＝テミリオンの商店は軒を閉ざし、ニューヨーク風を気取る流行りのカフェすら、のろのろと回転していた。ポールは一年のなかでもこの中断期が好きだった。人々の活動が停止し、のぼりつめた観覧車のように、これから新たなサイクルへ飛び込もうとしている時期。八月十五日（聖母被昇天祭の祝日）がたいがいそうだ。年によっては、クリスマスから元日にかけての時期もそうだった。

今日は一月二日の土曜日、この雰囲気は明日まで続くだろうが、夕方には早くも仕事始めの恐怖に、じわじわと蝕まれてしまうだろう。今朝は申し分なく静かだった。まだ機は熟していない、とポールは感じていた。プリュダンスとの関係を深めるには、もう少し待って、二人のうちに希望の潮が満ちてこなければ――痛めつけられた器官にふたたび血がめぐるように。そうなれば思いやりのようなものが生まれて、夫婦の余生をつつんでくれるかもしれない。また一緒に甘い年月を、ひょっとしたら長い年月を送れるかもしれない。

そんな展望にポールは息がとまりそうになって、おののきながら小径《こみち》のただなかに立ちつくし、紫陽花《あじさい》の茂みのそばで、少しずつ呼吸を落ち着かせた。それから東へ道を曲がって、ノートル＝ダム・ド・ラ・ナティヴィテ・ド・ベルシー教会へ向かった。教会はいつものように、人けがなかった。ポールは献金箱に二ユーロを入れ、ロウソク二本に火をつけてから燭台に立てた。誰のためかも、なんのためかも定かではなかったが、ロウソクは二本必要に思えた。そそくさと十字を切ったが、正式な所作がおぼつかない――まず上から下へだが、次は右か左か？　それから教会の反対側にある聖母像が目に入った。ポールは火をつけたロウソクをそちらの燭台に移し、また同じ所作をしてからベンチに腰を下ろし、目を閉じるとすぐに眠り込んだ。

　アーウィン・カラガンという名の若い男がいた。快活でやる気満々な風情は、一九五〇年代のアメリカ映画によく出てくる保険外交員を連想させた。だがじつは、ポールがテレビの政治討論で観たことのあるフランスのジャーナリストで、ブリュノに何度もインタビューしている、ルイ・ド＝ラグネルかもしれなかった。

　アーウィン・カラガンの名刺をたずさえたこの男は、ニューヨークの貧困家庭を訪れては、彼らが完膚なきまでに破産しており、自分の保険会社がそのおかげで臆面もなく利益を得て、儲かることになると告げた。当然、男は白い目で見られ、うめき声や泣き声を浴びせられた。それでも男はより高次の必要に迫られて、数年おきに同じことをしていた。

　ルイ・ド＝ラグネル別名アーウィン・カラガンは老人となり、スーツに黒い帽子をかぶった灰白色の顔にはこまかな皺が刻まれていた。『ふしぎな流れ星』（エルジェ作BD『タンタンの冒険』シリーズの一作）の老天文学者カリス教授のようでもあり、ウィリアム・バロウズにもどこかしら似ていた。動くのもやっとで、手足は関節炎のためにこわばっていたが、それでも最後にもう一度、アーウィン・カラガンを名のって不幸を告げに行くことにした。

彼は玄関口に来て、この家がこれまでのような貧困家庭でも、ニューヨークの家庭でもなさそうだと察した。出迎えたのは神がかった若い女で、彼女はまず、指紋でも消すように念入りにテーブルを拭いてから、二本のほうきを使って床を掃いた。それから、この家の住人は本物の悪魔だと明かした。だが恐れることはない、というのも神はこちらの味方だから。アーウィン・カラガンがその執拗さゆえに、正当性とか正義のようなものを体現していることが、ここで理解された。

続いて彼は、殺風景なリビングにいて、五十がらみの日焼けし均整のとれた体の男と、なまめかしい体つきの裸に薄いドレスをまとっただけの三十女と一緒にいた。床に寝そべる犬は痩せてほそ長く、グレーハウンドのようだったが、顔にはイタチを思わせる残忍さがあった。男は中身のないことを長々としゃべってから、よくとおる声で女に次々と命令を下した。どの命令も「悪いのだが」で始まるものの、有無を言わせぬものと理解された。命令は支離滅裂に思われたが、女はこれに応じ、そうするあいだ、ドレスがだんだんとずり落ちるにまかせ、しわがれ声の半人語で犬に話しかけていた。目が覚めてきた犬は虫の居どころが悪そうだった。しまいに女は全裸になって長椅子から立ち上がった。犬はすっかり目覚め、すっくと立った。すると女は、犬の喉下にある小さな出っぱりを押し、これによって犬が猛《たけ》り狂うことになると理解された。

カラガンと男女はドアのそばにいた。女はドレスを腕にかけていた。男もまた上半身裸で、アーウィン・カラガン、ことルイ・ド＝ラグネルにこれから降りかかる運命を気の毒がって、わざとらしい声で話していた。カラガンは狂犬にずたずたに噛まれ、むさぼり食われることになっていた。

本人はそんな運命を甘受しているらしく、悲しげにうなずいていた。すると男がドアを開け、女とともに外へ出た。ここで初めて、場面が心地よい海を航行するヨットの船上で展開していたことがわかった。

ポールが教会を出たのは午後二時で、太陽が燦々とベルシー公園に照りつけていた。腹も空かず、あてもなく歩き続け、ラペ河岸に沿って歩いてから、オーステルリッツ橋を植物園方面へ渡った。通りに少し人が出ていた。夕方になって、ブリュノに電話することにした。数回の呼び出し音のあとに出たブリュノから、まっ先に父の容体を訊かれた。ポールは状況をかいつまんで、プリュダンスにしたより手短に説明した。ブリュノのほうは進展があった。電話ではなんだから、と翌日会うことになった。

ポールは経済・財務省に十三時ごろ着き、入口に立つ守衛に身分証を提示した。エレベーターは無人で、廊下もがらんとしていた。庁舎から一歩も外へ出ないで、日曜すらこもっているなんて、やっぱり変だ、とポールは思った。ブリュノはダイニングルームに坐っていた。ポムロール（ボルドー産の赤ワイン）のボトルを開栓しており、フォアグラのせトーストの皿もあって、ふだんの彼の食習慣からすれば、これは祝宴《フィエスタ》といえた。それに、かなり上機嫌だった。ポールが入って行くと「お父さんのことは嬉しいよ。ほんとによかった。フランスもまだ捨てたもんじゃない……」と言われた。こんなに快活なブリュノを見るのは初めてだった。「さて……さっそく本題に入るが」とブリュノは続けた。「明日、エリゼ宮でランチがある。大統領とバンジャマン・サルファティと三人でね。大統領が大みそかの晩、新年祝賀談話のあとで電話をくれたんだ」

「大統領は決めたんですか？」

「うん。どっちか知らんが、とにかく決めたようだ。つつみ隠さず言えば、このどっちつかずには心底うんざりしてきていた」

そこでポールはわかった、というかわかった気がしたのは、ブリュノがつつみ隠さず話していないということだった。大統領はサルファティを後継者候補に選んだ、と少なくともブリュノは電話のやりとりから察し、ほっとしていた。もとよりブリュノには大統領選の選挙戦にのりだす気も、大統領になる気もさらさらなかった。経済相のポストが彼の志にも、心の底からの願望にも合致していた。

「あとで、話を聞かせてください」

「ああ、もちろん。明日の十五時に来てくれないか。そのころには戻っているはずだから。むこう数週間のスケジュールを見直して、態勢を整えなければ。まったく心配ない。こちらの言い分をとおすには、じつに有利な立場にあるからね。二〇二七年の経済成長予測は素晴らしいし、赤字は過去最低、うまくやれば年末に若干の黒字が出るかもしれない」

「何かありました？　クリスマス前も楽観的だったけど、そこまでじゃなかった」

「いや、別に。まあ、あるにはあったが、明るい話題じゃないことは確かだ。またコンテナ船へのテロがあったんだ」

「ニュースになってませんよ」

「ああ。今回、標的になったのは中国の海運会社〈チャイナ・オーシャン・シッピング・カンパニー〉。海運業では世界第三位で、中国当局は完全に箝口令《かんこうれい》を敷いている。マルタン＝ルノーが電話で知らせてくれたんだが、フランスの情報部も関知しておらず、アメリカ国家安全保障局《NSA》に教えてもらったそうだ」

「アメリカに？　それって、ありですか？」

「いや全然。普通は、ありえない。そもそも彼らが中国政府の内部情報システムに侵入できたのが驚きだが、我々の同盟国のようにふるまうのも奇妙だ」

「アメリカは同盟国じゃないんですか？」

「わたしとしては、アメリカと組んでるつもりはない。米中間の商業戦争は熾烈をきわめている。もうかれこれ二十年になるが、いよいよエスカレートするばかりで、大惨事か軍事衝突でもないかぎり、決着する見込みはない。商業的に中国は敵、それは確かだが、かといってアメリカが味方というわけではない。この戦争では、みんながみんなの敵なんだ」

「インターネット上にも、何も出てない？」

「出ていない。そこが、いちばん引っかかる。テロリストはメッセージも動画も投稿していないんだ。これが通常業務になったかのようだ。それに、行きあたりばったりの攻撃じゃない。最初のテロのあと、中国は領内から出航する輸送船すべてを駆逐艦で護衛していた。そんなことをしたら当然、高くつく。それで一か月後に打ち切ることにしたんだ。攻撃されたのは護衛艦なしで出航した最初の輸送船だった。前回と同じ上海＝ロッテルダム線だが、今回はモーリシャス沖で沈没した。前回同様、乗組員は船を脱出できるよう十五分前に予告されている。間接爆破。完璧な照準。まったく巧妙で、それだけに危険な相手だ」

「正体は、まだわからないんですか？」

「まったくわからん。世界の海運業界はピンチ。前代未聞の事態だ。現時点で言えるのはこれだけ。要するに、ほとんど五里霧中ってことだよ」

　二人とも沈黙し、ブリュノはポムロールを自分のグラスに注いだ。つまり、世界の環境設定《コンフィギュレーション》がいままさに変更されつつある、とポールは思った。たいがい世界の環境設定とは安定したもので、物事は順当に運ぶのだが、ときとして何かが起こる。人生の環境設定にも同じことが言える、とポールはより漠然と、敷衍《ふえん》して考えた。人生とは事務的、技術的な困り事の連続で、そこにときおり健康問題が介入する。ある年齢になると健康問題がほかの問題を押しのける。そこで人生は一変し、ハードル走めいたものになる――ますます頻繁、かつ多様な検査によって、臓器の状態が注意深く観察される。結果、異常なしか、少なくとも許容範囲とされるうちに、やがて別の判定が下される。そこで人生はまたも一変し、程度はまちまちでも、長く苦しい死へのレースとなる。

「マルタン＝ルノーから、お父さんの容体を訊かれたよ」とブリュノが口をひらいた。「気にかけているようだった。きみから直接、電話したらいいんじゃないか。お父さんはあの組織で、かなり重要な人物だったと見える。彼らがどんな関係なのか、いまひとつわからんが。情報部の人間は変だから」

「僕も、よくわからない。父はろくに話してくれなかったし」

「わかるよ。権力は人を遠ざけるというが、ほんとだよ。責任が重くなるほど、孤立する。いま話したことを、わたしは家族になど話さない。あれがまだ家族と呼べればの話だが」

「そっちのほうは変化なしですか？」

　ブリュノは無言のまま、長々と首を横に振った。ポールはいっこうに答えない相手を見ながら、ブリュノはずっと一人なのかもしれないと意識していた。ブリュノは公務、というか自分に課した職務をまっとうしても、おそらく私生活では孤独なままなのだろう。惜しいことかもしれないが、仕方がない。人間が孤独でいるのはよくない、と神は言ったが、人間とは孤独なもので、神にはろくなことができず、そこまで気にかけているふしもない。ポールはそろそろ辞去したほうがいいと感じた。フォアグラのせトーストをつまみ、自分の無益さをひしひしと感じていた。人間は世間とのつきあいや、友だちとのつきあいすら維持しようとあくせくするが、つきあいが何かの足しになることは、ほとんどない。それは人間のいじらしいところではある。大統領は違っていた。そんな弱さとは無縁に見える。ほかの人間など眼中にないようだった。ポールは大統領とちょっと言葉を交わしたことがあるだけだった。少数の閣僚との会議後、大統領はポールに一、二分だけ財務監査局での「いい時代」の話をした。特に必要もなく、ただ二人が無上の悦楽に浸っていた理想郷《アルカディア》の話でもしているようだった。おそらく別の誰かと勘違いされたのだろう。

4

翌朝ポールが目覚めると、十二時間以上眠っていた。ぐっすりと夢も見ずに。というか夢はつねに見ていても、たいがい覚えていないのかもしれない。浴室に入ると、こともあろうにボイラーが故障していた。ツマミを操作してもヒューッという音が鳴るばかりで湯は出ない。シャワーを浴びずに登庁するのは褒《ほ》められたことではない。今日は長い一日になりそうだった。プリュダンスの浴室を使わせてもらうしかなかった。

　妻の寝室に入るのは少なくとも五年ぶりだった。ベッドのそばの椅子に、丁寧にたたまれたパジャマを見て動揺した。分厚くたっぷりとしたそれは、子供用パジャマといえた。アニータ・ブルックナーを読んでいるのか、と気がついた。これじゃ気分が上がらなくても無理はない。

浴室はもっとひどかった。特にふんわりもしていない薄っぺらなタオルが二枚。バスローブもない。洗面台には平凡なマルセイユ石鹼。シャワー室の台にはモノプリ（スーパー・チェーン）マークのシャワージェルとシャンプー。見たところ、美容品は保湿クリームすらない。妻は自分に体があることを忘れてしまったようだった。いい傾向ではない、とポールは思った。まったくいい傾向ではない。

　すみやかにシャワーを浴びたあと、ポールは坐って、妻への書き置きをしたためようとした。まずは、勝手に浴室を使わざるを得なかったことを詫び、次にボイラーの修理を手配してもらえないかと頼みたかった。妻が良心的な水道業者を知っていたように記憶していた。書き出しにしばし迷った。「プリュダンス」だけでは冷たい。「プリュダンスへ」のほうがましだが、まだいまひとつ。「いとしい人《マ・シェリ》」と書きそうになって、はっと思いとどまり、「親愛なるプリュダンス」で手を打った。これはいい。行けるだろう。結びの文句「キスを」だって、なんら嫌らしいことはない。だいたい昨夜、頰にキスをしあったばかりじゃないか。ポールはほとんど得意な気分で家を出た。ラ・クール・サン＝テミリオンのカフェはどこも店を開け、フル回転しているようにすら見えた。〈コニー・アイランド〉で軽く食べて行こうか。店名はバカげているが、ベーグルは許容範囲内だった。すぐに、あの店員が目に入った。のっぽのアホで、何かにつけて「お待ちどお！」とがなり立て、バカのひとつおぼえのように英語で客に話しかける男だ。カフェ・クレームを注文しようとする中国人観光客に、この男が「オーケー、マン」と答えるのが聞こえて、ポールはぞっとした。ここにはいられない。それに混んでいる。食事にありつけるまで何時間かかることか。ポールは腰を上げ、カウンターでコーヒーを飲むだけにした。きっと、役所に何か食べるものがあるだろうし、最悪の場合、ブリュノには専用の執事と料理人がいる。これを利用しない法はない、とポールは思った。まったく、ない。

　ポールは約束の時間きっかりに着いた。アパルトマンのドアの前で執事が待っていた。「大臣は少々遅れています。入って待っていただくように、とのことです」と言われた。予想しておくべきだった。いくらなんでも十五時なんて、ブリュノも読みが甘すぎる。なにしろ大統領とのランチだ。三時間《フレーズ》で片づくわけがない。

ダイニングテーブルには、いぜんとしてフォアグラのせトーストとポムロールのボトルがあった。昨日から何ひとつ変わっていない。トーストはぱさついて硬くなっていた。ポールは台所をのぞいてみた――〈ウドゥベール〉のグルテンフリー・ビスケットと、冷蔵庫には開封された〈神々の《カプリス・デ・》気まぐれ《ディウ》（チーズの商標）〉があった。まあ、これで間に合わせられる。ポールはあまり執事の手を煩わせたくなかった。

窓台にはあいかわらず牝鹿の小さな彫刻があった。うん、やはり牝鹿だ。これは追いつめられた牝鹿なのだろうか。そもそも、追いつめられた、とは牝鹿にとってどういうことか。ポールは漠然と、性的なものを想像したが、いや、目の前の牝鹿は単に不安げなだけだった。しかし、大差ないのかもしれない。牝鹿にそれほど表情のバリエーションがあるとも思えない。牝鹿の一生はそこまで変化に富んでいない。

人間の一生だって、実際そこまで変化に富んではいない、と思いながら、ポールは大きな窓の外に目をやった。ベルシー橋の車の流れは悪くなっていた。十七時だ、と気づいて虚を衝《つ》かれた。長時間ぼんやりしていたらしい。最近、ますます頻繁にうわの空になる。ブリュノはかなり遅れていた。

それから十分もしないうちに、ブリュノがあらわれた。「うん、申し訳ない……」と言いながら、ポールの向かいのソファに腰を下ろした。「思ったより長くなった」

「それで……どうでした？」

「まあ、よかったんじゃないかな。案の定、サルファティが出馬する。今夜にも発表だ。二十時のＴＦ１ニュースにゲスト出演する。ＴＦ１は彼の古巣、なじみのチャンネルだ。お手柔らかに扱ってもらえるだろう」

「やつは、どうです？」

「けっしてバカじゃない」ブリュノは口ごもって、眉間に皺を寄せて言葉を探した。「というか、バカじゃないふりがうまい。自説を講釈されたよ。三十分近くもね。それによれば、メディア業界と政界は二〇一〇年代初めから酷似してきたそうだ。この時期、どちらも実質的な権威を失ったんでね。メディア業界はインターネットという強敵のせい――だって、もう誰もわざわざ新聞なんて買わないし、テレビすら観なくなったから。政界のほうは、ＥＵによる統治と社会的圧力団体のせいなんだそうだ。まあ全面的には同意しかねるが、とにかく弁が立つ。立て板に水だったよ」

「で、大統領はどう考えているんだろう？」

「政界の権威が失墜したなんて言われて、いい気持ちはしないさ。わかるだろ彼のことは。いや、きみはよく知らないんだっけ。でも想像はつくだろう。それに、必ずしも当たってるわけじゃないし。まあ、たしかに省庁によっては、社会的圧力団体の影響力は無視できないものがある。だが、ＥＵの件はでたらめだ。わたしが言うんだから間違いないが、ＥＵの指針など、この五年間、ほとんど考慮に入れたことがない。フランスは制裁を科すには大国すぎる。ちょっと考えればわかることだ。〈大きすぎてつぶせない《トゥー・ビッグ・トゥ・フェイル》〉という説は基本的に正しいよ。いずれにせよ大統領は、サルファティが御しやすい男だと納得しただろう。まるで政治思想がないからね。単にステータスのため、お遊びで大統領になりたがっている――エリゼ宮の大統領官邸、大統領専用機、キルギスタンへの外遊に、エキゾチックな舞姫だのサーベルだのなんだのの茶番。それに五年後にはおとなしく退場するんだ。元大統領はバカにしたもんじゃない。退任しても、専用の運転手、オフィス、秘書、ボディガードがつく。テレビ業界の仲間にはったりをかまし続けられるだろう」

「ほんとに？　サルファティはそれだけの役なんですか？」

ブリュノは、はたと考え込み、ほぼ一分後に口をひらいた。

「ともかく本人は、そう思わせようとしている。それが真意か見せかけか？　なんとも言えない。やつが共和国の派手派手しさや、もったいぶりに参っているのは明らかだ。食事の前、我々は大統領の金ぴかの書斎に招かれた。サルファティは舞い上がっていたよ。あれはたしかに見せかけじゃない。よだれをたらさんばかりだった。だが一方で、彼が並はずれた嘘つきだという印象も受けた。ミッテランの風格には到底及ばんが、嘘つきとしては同程度。つまり、これはちょっとした賭けではある。ところで、大統領の新年祝賀談話は観た？」

「いや、忘れてた。どうでした？」ポールは大みそかを思い起こした。サン＝ジョゼフのダイニングルームでインディーとオーレリアンを前に、義妹を罵倒したいのを必死でこらえていた。おまけに、ひどい歯痛に悩まされた。いい加減、歯医者に行かなければ。

「非常によかった」と、ブリュノは答えた。「見事だったとすら言える。決めのせりふがこれだ。『わたしはフランス号の船長を務める栄誉にあずかりましたが、船長とは水兵の筆頭にすぎません』まったく、うまいことを言ったものだ。それに外見からして、かわいい水兵さん姿の大統領が目に浮かぶよ。そして最後は『みなさんのことが恋しくなるでしょう』って、まっすぐカメラを見つめて。みんなほろりとしただろう」

「で、大臣は次期政権ではどうなるんです？」

「わたしか？　変わらない。経済相のままだ。いや、もうちょっとかな。おそらく最初は、首相に任命される。だが長くはやらない。大統領の狙い——ぜったい確実とは言えんが、かなり本気らしいのは、憲法修正、しかも即行で選挙後三か月以内にやることだ。選挙戦のはじめからそれを政策の柱としてアピールするつもりだろう。コンセプトは本格的な大統領制への移行。つまり、首相のポストは廃し、国会議員の数を減らし、中間選挙を実施する、アメリカ合衆国みたいにね」

「上院も廃止するんですか？」

「いや、大統領は上院に手をつければ不幸が起こると考えている。史実に照らせば間違っていない。だから両院とも温存されるが、議会の権力はさらに弱まる。ポスト民主主義とでも言おうか。だが、いまはどこでもやってる。それしか機能しない。民主主義というシステムは終わりだ。遅すぎるし重すぎる」しばし口を閉ざしたブリュノの顔に、初めてかすかな疲労の色が浮かんでいた。「要するに、わたしは経済・財務省《ベルシー》に残るが、当然、権限は増す。だって、いちいち首相にお伺いを立てる必要がなくなって、大統領一人の耳に入れればいいんだから。しかも経済に関して、サルファティは高校一年生レベルときた。さしあたっての懸案は、選挙協力を求められていることなんだ。例の正副大統領の候補者ペアで選挙戦をやる、アメリカみたいなことをやりたがってるんだよ。じつを言えば、サルファティは昼食中、わたしにゴマをすりどおしだった。わたしをさしおいて大統領に立候補して申し訳ないとばかりにね。自分に大統領になる資格があるとは、まだ思えんのだろう。当然だ。大統領はもちろん、やつをコントロールできるよう、その点を計算に入れている。だが何より二人とも、経済政策の成果を前面に打ち出してアピールしたいんだ。だいたいテレビ出演のことなんて、そう心配しちゃいないだろう。サルファティは口達者。テレビは勝手知ったる世界だよ。一人で楽々こなすさ。恐れるものは何もない。しかし記者会見とか演説会では、わたしの同席が当てにされている。正直、鬱陶《うっとう》しいよ。いずれにせよ、方針はまだ固まっていなくて、ずいぶん話し込んだ。明日は、ある女性と会う。コーチのような人で……」

「ソレーヌ・シニャル？」

「知ってる？」

「いや、個人的には知らないけど、〈コンフリュアンス〉の社長。業界トップクラスの政治コンサルタント会社です。サルファティをデビュー当時から世話してるのも、彼女です」

「なるほど、やり手なんだろう……。まあ、そういうことだ。これから四か月、長くて五か月は選挙戦になる。さっそくスケジュールを見直さねば。予定を大幅に切りつめるとなると、大仕事だ。投票日まで選挙戦がらみの出張以外は、なしだ。公用の面会はすでに設定されたものだけ維持する。新たにアポは入れないでくれ。面会は参事官たちに分担してもらうしかないな。さっそく取りかかろう。オフィスに移動してもいいかい？　それはそうと……」ブリュノは、ローテーブルにあった食べかけの〈神々の気まぐれ〉に目をとめた。「腹ごしらえは大丈夫？　別のものが欲しかったら夕食を頼むけど。サルファティの出馬宣言のテレビは、観るかい？」

「いや、サルファティはいいですよ。ただ、食い物について言っときますが、その生活習慣は本気で変えなきゃダメですよ。いい加減、ピザやサンドイッチはやめて、緑黄色野菜を食べないと」

「い、い、緑黄色野菜？」初めて聞く言葉のように、ブリュノはびっくりしておうむ返しにした。

「そう、緑黄色野菜。それに、魚と少量の肉もです。チーズとかハム・ソーセージ類はほどほどに。

パスタとか、吸収速度の遅い糖分を摂る。でないと、もちませんよ。大統領選の選挙戦はハードだ。まあ経験はないけど、みんなそう言ってます。明日、例のシニャルに訊いてみたらいい。きっと、同じことを言われるから」

二人はブリュノのオフィスへ足を向けた。省内の廊下を十分ほども歩いたが、すれ違う者はなかった。「緑黄色野菜……」とブリュノはうつろな声でつぶやいた。打ちのめされているようだった。

5

二日後、大統領選挙の日程が閣議で決定し、憲法評議会の承認を得るだけとなった——第一回投票が五月十六日、決選投票は五月三十日の日曜となる。慣例より遅めの日程で、大統領選に続く議会選挙がバカンス直前にずれ込むが、憲法に抵触するわけではない。したがって、選挙戦の期間は長めになる。この日取りは戦略上、大半のコメンテーターの意表を衝くものだった。国民連合の候補者はほぼ無名、わかっているのは二十七歳、パリ経営大学院《HEC》卒でオランジュ市議会議員、そして男ぶりがいいというくらいだった。もちろんマリーヌが選挙戦中、出ずっぱりで、演説会でも応援するだろうが、知名度の欠如は否めなかった。与党は、この新人に政界おなじみの顔となる暇を与えず一気に押さえ込むだろうというのが、少なくとも大方の見方だった。日取りがこれほど遅くなった理由は——ことの重大さに比して、あまりにみみっちいが、ほかに考えられない——大統領がその地位を毫《ごう》も手放したがらず、五年の任期ぎりぎりまで引き延ばしたというものだった。ブリュノは不平を鳴らした。早いところ選挙戦にケリをつけたかったのだ。逆に、サルファティはこころよく受け入れた。実際、彼はゆったりとした賢人の境地にあった。ソレーヌ・シニャルがどこかからペルー人シャーマンを連れて来て、サルファティは毎朝、起床後に二時間、ゆったり賢人のトレーニングをしていた。この一か月、ちょっとした冗談も飛ばしていなかった。いずれにせよ、日取りの選択は大統領の意向であり、例によってそれが最終的にとおるのだった。

ブリュノとソレーヌ・シニャルの初顔合わせには、ポールも同席した。場所はブリュノのオフィスだった。ソレーヌは十二時きっかりに到着した。一緒に来た男は、年のころ二十五歳、ぱりっとしたグレースーツに白いシャツ、ボルドーのネクタイ、使い込まれた茶色の革かばんを持っていた。経済・財務省の公務員であってもおかしくない風体だった。ソレーヌは四十がらみ、ややずんぐりして化粧が雑で、一見さほどの貫禄はなかった。ジーンズにグレーのスウェットシャツ、そして毛皮のコートをまとっていた。

「おはようございます。コーヒーもらえますか?」とソレーヌはソファに腰を下ろしながら言った。

「わたしが淹れよう。エスプレッソ二杯でいいかな?」とブリュノ。

「特大の、すごく濃いブラックコーヒー。それと、ゆで卵」

「クロワッサンやペストリーはいかがですか? オレンジジュースなどもありますよ」

「ゆで卵」とソレーヌ。

ブリュノは内線で注文を出した。

ソレーヌ・シニャルが「注文は、何番ですか?」と訊いた。「というのも、この先、何度も来ることになると思うので」

「調理場は27、清掃が必要なら31を押してください」アシスタントがかばんから取り出した手帳に、すかさずそれをメモした。「まあ、次回は省内のわたしのアパルトマンで会いましょう。そのほうが、落ち着けますし」

「あら、ここに住んでるんですか？　それはいいですね。便利で」

　ソレーヌは満足げにうなずいてから、目の前のローテーブルに電子タバコを四つ並べた。のちに本人がする説明では、それぞれマンゴー、りんご、メンソール、黒タバコの風味だった。これらは彼女がまともに機能するのに必須のものであり、少なくとも本人の確信するところによれば、彼女が機能しないことには、全体が機能しないのだった。

　ソレーヌはしばしポールに目をとめ、なれなれしく言った。「個人秘書ってわけね。腹心の部下……」と、最後の言葉で声をひそめた。そう言われてポールは、気を悪くしていないことを示すために微笑んだ。事実、腹心の部下だった。

「よし、よし、よし、我らが候補者は……」とソレーヌは頭をめぐらせブリュノのほうを向くと、あらためてしげしげと一分ほども眺めたあげく、ごく小さな声で「思ったよりひどくない……」と言って唇を噛んだ。つい本音が洩れたのだ。

「ま、もちろん」とソレーヌは急いでつけ足した。「大臣としてだけど、これからはギアチェンジしてもらいます。しかも時間はかぎられている。で、一年前からうちで働いてるラクサネーって子がいるんだけど、彼女を担当につけましょう」アシスタントはすかさず〈ラクサネー〉とメモをした。

「そりが合わないとか、問題があれば、すぐに言ってください」とソレーヌは続けた。「ラクサネーは、大統領選はもちろん初めてだけど、大きな選挙の経験はある……」ここで数秒間、黙考した。

「いやホント、あの子が適任。どのみち、はじめは毎晩、報告させます」

ソレーヌは「ゆうべ、ちょっと考えたんです」と言葉を継いだ。ポールはそちらを一瞥し、彼女とアシスタントがはじめから、どこか変だったことに気がついた。どちらも顔がやつれ、しぐさが妙に緩慢で、ときおり神経質な動きをしていた。明らかに、二人とも寝ていなかった。

「大臣には、いつもサルファティの横にいてもらうわけじゃありません、ま、そうしょっちゅうはね。少なくとも初期の段階で、それはない。出演者が褒めあう対談なんて、ちょっとウザいし、狙ってるのはそういうのじゃない。バンジャマンは当然、大臣を立てるし、口をひらけば政治手腕をもち上げるでしょう。大臣だって、バンジャマンのことを悪くは言わないでしょ。だけどまずは、それなりのレベルに達してもらいます。それがラクサネーの仕事。二月頭までは、あなたを人前に出さないから」ブリュノは少々はっとして、ソレーヌがなれなれしい言葉遣いになったのに気がついた。おそらく本人は意図せずに。だがブリュノはこのとき、自分がソレーヌの手のうちにあり、プロデュースされていること、そしていまや選挙戦の、あと戻りできない段階に入ったことを理解した。「とりあえず、前線に立つのはバンジャマン。彼のために資料を作ったの……」顎で合図され、アシスタントがかばんから書類を取り出した。ブリュノは驚いた顔で書類をぱらぱら眺めて、ポールに手渡した。Ａ４判のブリストル紙が五十枚ほどあり、目に入った見出しは〈自動車産業〉、〈原子力〉、〈貿易〉、〈予算均衡〉だった。

ソレーヌはポールに向かって「確認のためなの」と言った。「ちょっと単純化しすぎと思うかもしれないけど、そんなにくだらないことばかりじゃない。頼みたいのは数字の見直し。それ、最新のデータじゃないから。バンジャマンがやたら数字を並べることはない。そういうキャラじゃない。

だけど、たまに数字を出すなら、正確でなきゃ。数字の間違いがバレるマヌケもないからね。で、こっちは」と、こんどはブリュノに向かって「バンジャマンのプロフィールをプレゼンします。すぐに資料を用意するけど、もちろん同じようにはいかない。二時間程度の映像になるかな。もっとも、デビュー当時はちょっと省く。でもね……、最初の番組から総チェックしたの。もう長年、彼の仕事をしてるから。彼、すごい低級な嫌味とか卑猥《ひわい》なことは全然、口にしなくて、言うのはいつも現場からのレポーターなの。バンジャマンはいつもスタジオでゆったり紳士然として、下品な言葉ひとつ吐かない。すごいの。こうなるのを見越してたみたい……」そこでソレーヌは言葉を切って物思いにふけり、無意識に感嘆の表情を浮かべた。それから口をひらき、「でもやっぱり、その後のキャリアに集中しましょ。彼は政治問題、ベールの女性、メインストリームのインテリの扱いは当然、問題なし。だけど、きわどい場面でもかなりすごいんだから。バディウ（急進左派の哲学者）相手でも完璧。グレタ・トゥーンベリが相手でも文句なし。ゼムールを相手にしたときなんて、まったく見上げたものだった。それに言うまでもなく、人道支援っぽいことを最大限、押し出します。移民とかステファヌ・ベルヌとか……」

猛スピードでメモを取っていたアシスタントが、〈ステファヌ・ベルヌ〉に軽く不意を衝かれた。

「ケチつけないの……」ソレーヌはじれったそうにアシスタントを振り返った。「人道支援とか、文化遺産とかよ、わかるでしょ」言われたほうは、よくわからないようだったが、とにかくメモを取った。

ノックの音がして、執事が盆を持って入って来た。ソレーヌはマグカップのコーヒーを飲み、ゆで卵を立て続けに二個平らげてから、話を再開した。

「もう一点、いま話しておくべきことがあるの。ブリュノ、あなたの婚姻状況だけど……」

ブリュノはにわかに身を硬くした。ソレーヌには予想どおりの反応だったとみえ、穏やかに続けた。

「ええ、話しにくいのはわかる。あたしだって話しにくい。だけど二点、確認しておきたいの。興味本位で訊くわけじゃない。いま、はっきりさせて、これっきり触れないから。まず、離婚訴訟は始まってる？」

「いいや」

「奥さんは訴訟を起こすつもり？　それか、投票日前に公になりそうなことが別にある？」

「いいや」

「よし……。いい話ね。あと、ごめん三点目になるけど、答えは簡単なはず。夫婦間に恨みやいがみ合いは、特にない？　奥さんがメディアに何か暴露するとか？」

「それは、ないんじゃないかな」ブリュノは変なふうに頭を動かし、さらに数秒考えてから、こう結論した。

「ないと断言してもいい」

「よし、よし、よし。素晴らしい。ご立派。大臣の交際に首を突っ込むつもりはないの。関係ないし、あたしの知ったことじゃない」いささか嘘っぽい、とポールは感じた。ソレーヌは間違いなく下調べをし、ブリュノが目下、恋愛沙汰とは縁がないと知っているのだ。でなければ、抜かりなく詮索していただろう。だが、それは優しい嘘、礼儀正しく思いやりある嘘と言えた。ポールはコーヒーのお代わりにかこつけて腰を上げた。彼は昔から逆さに文字が読めた。試験のときはけっこう役立つ、ちょっとした特技だった。アシスタントが手帳に〈下半身、問題なし〉とメモし、下線を引いたのが読みとれた。

「いい仕事ができそう」とソレーヌ・シニャルは続けた。「この選挙の感触がどんどん摑めてきた。コンセプトはこのままでいい。いずれにせよ、バンジャマンがネット際、大臣はコートの後方でプレーする感じだから。でも大臣には、親しみやすさと共感で何ポイントかは稼がせてあげる。もし、大臣の親しみやすさと共感がアップしなきゃ、あたしはまるで無能ってことになる……!」そんなことはありえない、とばかりにソレーヌは陽気に両手を上げた。とっぴな想定にアシスタントが噴き出すのを期待していたのかもしれないが、彼はペンを持ったまま、次の言葉を待っていた。

「ところで、料理はする?」とソレーヌ。

「ええと、いや……」ブリュノはちょっと考えて、「でも、ピザは大好きです」と話を合わせた。

アシスタントはすかさず手帳に〈ピザ〉とメモしたが、ソレーヌはのってこなかった。

「じゃ、出身についてだけど、どこ？　地理的な意味で」

「パリだよ」

「パリ・パリ？　両親ともパリ出身?」

「母はそう。まあ両親とも死んでいるが。父はオワーズ県[*1]育ちだ」

「オワーズ……。いいね。オワーズか。訴えてくるわ。オワーズのどこ?」

「メリクール」

＊1　パリのあるイル＝ド＝フランス地域圏の北に隣接する県。

「まだ現地に家かなんか、残ってる？」

「ええと……そういえば、あったね。メリクールにある父の家を相続したんだっけ。売ろうと思っていたが、暇がなくて」

「家にまだ家具は残ってる？　そこで撮影とかできない？」

「たぶん、できるよ」

「素晴らしい、素晴らしすぎる……！　それに、あそこって極右《フロンテイスト》の地盤だった気がするけど」

　アシスタントがメモを取る右手の速度を落とさずに、左手の指を携帯に走らせ、数秒後に確認した。「まさしく。どんぴしゃりです。ウケるのは、その代わり、市長が共産党」

「共産党市長……」ソレーヌはうっとりと、人生はまったく驚異に満ちている、とでも言わんばかりに微笑んだ。「じゃあ……」と、アシスタントを振り返って「さっそく準備しといてくれる？」

　アシスタントはうなずき、メモを取った。

「よし、今日はこれで十分……」とソレーヌは締めくくり、見るからに満足そうに立ち上がった。

「今日の午後に、ラクサネーを行かせていい？」

　ポールが横から「十五時にクライスラーの最高経営責任者《CEO》との面会が入っている」と口をはさんだ。

　ソレーヌがポールを振り向いた。「クライスラーのＣＥＯ、よし……。いつ終わりそう？」

「ちょっと微妙な面会なんだ。十七時ごろかな」

「ラクサネーは十七時に行かせます。まずは顔合わせということで、本格的に始めるのは、明日からね。ところで……」とまたポールに向かって「バンジャマンの資料の見直し、お願いできる？」

「二、三日中に出せるでしょう」とポールは答えた。

「明日の朝までに欲しいの」乱暴ではないが、ふだんから相手を従わせている者の口ぶりだった。

「できるところまででいい。明日、インタビューがいくつも入っているの」

「問題は、朝はいつも自宅で仕事をしていることなんだ」とポールは言って、〝仕事をする〟はこの場合、適切な言葉ではないかもしれないと思った。

「大丈夫。ご自宅まで取りに行かせるから。八時でいい？」とソレーヌは握手の手を差し出しながら訊いた。

「八時に」とポールはあきらめて答えた。

6

翌朝、所定の時刻に使いの者が来た。ポールは資料の見直しを十五枚ほど終えていた。「日の出とともに起きるようになったの？」生活空間を通ったプリュダンスに驚かれた。胸にウサギの刺繍が入った子供用パジャマのきゃしゃな妻を見て、ポールは胸が締めつけられた。こうじゃない、とひそかに慨嘆した。全然、こんなんじゃない。幸い、妻はそんなことには頓着《とんちゃく》していないようだった。しかし、これは幸いなのか、不幸にしてなのか。

「いよいよ？　政治ゲームの渦中にいるの？」と妻に訊かれた。ポールはふと『ブリタニキュス』のネロンの長ぜりふを思い出し、またもせつなくなった。

美しかった。何の飾りも身に着けず、今眠りから
引きたてられてきたばかりの、手弱女《たおやめ》の、粧《よそお》いもないそのいでたち。[*1]

いや、ポールは政治ゲームの渦中にいるわけではない。むしろ、ブリュノが政治と直接関係のない仕事をせずにすむよう、肩代わりするのがポールの役目だった。むこう数か月は大臣執務室の各専門参事官らと会合して大臣の指示を伝え、政府首脳部と連携してもらわねばならない。

「あとはブリュノと状況を見て、僕にできることがあるか訊いてみるよ」とポールは言った。

「あなたにできることは、たくさんあるに決まってる。ブリュノには慣れないことでしょ。メディアのこんな大騒ぎ。きっと迷いが出てくる。これまで以上に、あなたが必要になる」プリュダンスはしばし口をつぐんでから、優しくこう問いかけた。

「ブリュノが好きなんでしょ？」

「うん……」ポールはやや戸惑ってから「好きだよ」と認めた。

「よかった。コーヒー飲む？」

「いいね」

二人はキッチンコーナーへ移動した。妻は買ったばかりのマシーンでエスプレッソを二杯淹れた。ベルシー公園に朝日が差しはじめていた。

「ブリュノは迷ったりしないよ」とポールは言った。「そんなところは、見たことがない。純粋な肉体的疲労ならある。けど、迷いにとらわれるとは思えない。で、そっちの仕事はどう？」

「うーん、こっちは……金融法の修正案とか、そんな感じのこと。あいかわらず」プリュダンスはコーヒーを飲み終え、「仕度しなきゃ、今朝は九時から予定があるの」と言った。

「僕もベルシーに行かないと。去年の統計を調べなきゃいけない。一緒に行こうか」

二人はベルシー公園を通り抜けた。空気は冷たくからっとしていたが、空は厚い雲に覆われ、一日、晴れることはなさそうだった。こんなふうに一緒に出勤するのは何年ぶりだろう、とポールは思った。イツハク・ラビン庭園に入って、妻が腕を組んできた。ポールは軽く動揺し、心拍が一、二回とまったようだった。それから気を取り直し、プリュダンスと組んだ腕に力をこめた。

続く二週間はポールにとって奇妙な時期だった。事実上、やや疎遠になっていたこの行政機構に、ふたたび関わるようになっていた。ほぼ一年ぶりで、大臣職務室のあるフロアーを離れ、関係部署の責任者らと会議をした。ポールはこの間、ブリュノの出張や公務のスケジュールをすべて把握し、実質的に大臣執務室長の役を演じていた。だが正式な室長のほうは、十一月半ば以来久しぶりに会うと、それをまったく根にもっていなかった。彼にとって、ポールの業務はつまらない事務仕事に毛がはえた程度のものだったし、おかげでできた時間を、三度の飯より好きな道楽——税法の研究にあてられたからだ。

ポールはますます頻繁に、プリュダンスと出勤するようになっていた。歩き出すと、妻はすぐに腕を組んできた。庁舎のホールでは、頬にキスをしてから別れていた。だが、二人ともそれ以上のことはしなかった。妻の話によると、彼女が参加しているウィッカの集会には、ポールが考えていたような近隣住民ではなく、経済・財務省の職員が来ており、階級を問わず事務員から課長までいるそうだ。こうして、国の経済の舵取りを任された公務員が、こうして白魔術に騙《だま》されているとは、不思議なことだった。

＊1　（259頁）ラシーヌ作『ブリタニキュス　ベレニス』（渡辺守章訳、岩波文庫、二〇〇八年）。

夜は同じようにはいかなかった。ポールはめったに零時前に帰宅しなかった。いまや妻よりずっとたくさん働いていた。ブリュノが一人でさばいていた仕事は恐るべき量だった。ある晩、ポールが換算してみると、大統領選挙が終わるまでブリュノの不在を穴埋めするには、フルタイムの財務検査官が三人は必要だった。ポールの仕事能力は、いまとなっては昔の学生時代と大差なかった。そうわかって嬉しくも悲しくもなかった。たくさん働こうが働くまいが、どうでもよかった。どうやら人生のあらゆるレベルにおいて、ポールは沈滞状態のようなものにあるらしく、その意味では、たくさん働くのも悪くなさそうだった。プリュダンスや父、セシルのことなど諸々の想念を、きれいさっぱり忘れられた。午前二、三時ごろ、ポールは〈アニマル〉チャンネルのドキュメンタリーを観ていた。プリュダンスはずっと前に寝入っていた。もしかしたら、アニータ・ブルックナーを読みながら眠りについたのかもしれなかった。

大臣執務室長と久しぶりに会った日の夜、ドキュメンタリーは〈NAC〉、すなわち新しい《ヌーヴォー・》タイプの伴侶動物《ザニモー・ド・コンパニー》の特集で、とりわけタランチュラを詳しく取りあげていた。タランチュラは温暖な地域に生息し、強力な毒をもつ大型の蜘蛛で、ほかの動物がそばにいると我慢ならない。ケージに入って来られると、どんな種類の生き物でも片っぱしから攻撃する。ほかのタランチュラの個体でも、飼い主でも、それが長年餌を与えてくれる飼い主であっても攻撃する。愛着という感情を知らない。要するに番組の解説者が言うように、タランチュラは生き物が嫌いなのだった。

7

ポールがブリュノに会ったのは、二週間後の一月二十日になってからだった。正午に会う約束をしていた。ポールはドアをノックした。省内のブリュノのアパルトマンで誰かが歌っている気配がした。すぐに薄紫色のボディを着た若い女がドアを開けた。「ポールですね？ わたしはラクサネー、イランの名前です。午後はブリュノと二人で相談があるのは聞いています」年は二十五歳くらい、浅黒い顔に髪はボリュームたっぷりの黒い巻き毛で、度はずれの活力がみなぎっていた。ありあまるエネルギーを発散させるために、いきなりジャンプや宙返りをしそうな勢いだった。ポールが耳を澄ますと、たしかに誰かがダイニングルームで歌っていた。容易には信じられなかったが、ブリュノの声らしかった。

　ある日、それか夜に、
　湖のほとりで眠り込んだ

すると突然、空が暗くなり、
羽ばたきとともに、黒い鷲があらわれた。[*1]

二人が入って行くとブリュノは歌うのをやめ、ポールに近寄って来て握手した。Tシャツにジョギングパンツ、テニスシューズの彼もまた、エネルギーにあふれていた。こんなブリュノを見るのは初めてだった。

「お邪魔したくなかったのだが……」とポールは言った。

「とんでもない」とラクサネーが口を出した。「二人で相談があるんでしょ。わたしはすぐに、おいとまします。彼、いいでしょう？　もちろん、歌手になってもらうわけじゃなく、これはいつものウォーミングアップなの。肝心なのは滑舌だから」

「滑舌？」

「そう。わたしは特にコルネイユをつかうの。カミーユの呪詛《じゅそ》、行ってみる？」と彼女が軽くうなずいてみせると、ブリュノはすかさず朗々とした声で、はきはきと始めた。


わたしが憎む唯一のもの、ローマ！

許婚があなたのその腕で、犠牲《いけにえ》として捧げられた国、ローマ！

あなたを生んだ国、ローマ、あなたが崇拝する国、ローマ！

あなたを誉《ほ》めそやす故、わたしの憎む国、ローマ！

「カミーユが、お兄さんに恋人《キュリアス》を殺されて、浴びせるせりふだね？」とポールは訊いた。

「正解」とラクサネー。「そして、このあと自分も、お兄さんに殺されちゃうの。もちろんこれは手始めで、あとはフランスの経済政策に置き換えるんだけど、コルネイユがうまくできたら、なんだってうまくできる」そして、からかうような、ほとんど甘い口ぶりで「もうちょっと、やらない？」と、ブリュノに言った。彼はさっそく上機嫌で実行した。


近隣諸国が挙《こぞ》って力を合わせ、未《いま》だ確かでないローマの土台を覆してしまえばいい！

イタリア全土でも不足ならば、東邦西国連なってローマに当たるがいい！

世界の涯《はて》の数百の国々が一致団結、ローマを倒さんがために、山河を越えて攻め寄せるがいい！

願わくはローマ自ら、その城壁を倒し、おのが手でその内臓を引きちぎるのだ！

我が願いによって、天の怒りにも火がついて、ローマの上に火の雨を降らして欲しい！

願わくは、雷火がローマに落ちるところが、この目で見られますように！

そして家が焼けて灰になり、あなたの勝利の栄冠も無に帰するところが、この目で見られますように！

最後のローマ人が息引きとるところを、目のあたりに見たいもの。

その原因がわたし一人にあるのだから、感極まって死んで行きたい[*2]！

＊1　バルバラ「黒い鷲」（一九七〇）。

「彼の記憶力って、ものすごいの……」とラクサネー。「いちど読んだ文章は頭に入ってる。こんなの初めて。そうだ、言ったとおり、おいとましなきゃ。仕事があるんでしょ」ブリュノより二十センチ背の低いラクサネーは爪先立ちで、彼の頬にキスをした。ボディにぴっちり包まれた彼女の丸い尻を、ポールは無意識に一瞥した。ラクサネーは椅子にかけてあったハンドバッグと毛皮のコート――コンフリュアンス社女性スタッフの制服のようなものらしい――を手に取ると姿を消した。

ポールはダイニングテーブルにつきながら「いやあ……驚きました。でも、効果てきめんのようだ」とコメントした。

「そうだね。これが何年も続くのは困るが、いまのところ、いい感じだ。よかったら昼食にしよう。そっちの状況を聞かせてくれないか」

「メモを作ってきました」とポールは応じ、書類ケースから十枚ほど書類を出した。「見てもらえばわかるように、すべて、だいたい支障なく進んでると思います」

ブリュノはすばやく、しかし注意深くページに目を走らせた。読んだはしから記憶しているのが、ポールには確信できた。やはり秀才と仕事をするのは気持ちがいい。ブリュノがほぼ読み終えたところで、執事が入って来て、テーブルに皿を置いた。

「鱈《たら》とさやいんげんだ」とブリュノが言った。「忠告に従ってる。さて、緊急に片づけることは?」

「申告訂正処理課の課長の件だけ。最後のページです」

「国税調整対策室? 何をしようというんだ?」

「外国移住者のなかに帰国する大物が数人いて、特にメルクールに対してなんですが、税の未払い分を請求しようとしている。賢いやり方なのか、どうか」

「メルクール、ベトナムでフランス風パン屋チェーンを創った男か？」

「タイにもです。それからインド。インドのは大型チェーンで、販売所が八百あったと思う」

「おいおい……。よく解せないんだが。アジアでクロワッサン屋を無数にひらいた男が、フランスに税金を払いに帰って来てくれるのに、過去の未払い分まで請求するってのか……！　まさか、遅滞追徴金まで食らわすわけじゃあるまいな？　特赦に決まってるだろ。午後にでも、電話しておこう。不服か？」ブリュノは元気よく、鱈の切り身を食べはじめた。

「いや全然。任せます。それにしても、そんなに決断が速くて精力的なところは初めて見ましたよ。選挙戦の効果が出てるみたいですね……。次期政権では、一期目より、さらに活躍しそうだ……」

ポールはゆっくりと食べはじめた。

「次期と言うが、ある意味では初の政権だよ。いまの大統領とは、必ずしも気兼ねなくやってるわけじゃないからね」

「その点、サルファティは予想どおり？　期待はずれなことはないですか？」

「サルファティとは週二回、打ち合わせをしている。初めての共同記者会見は、こんどの月曜だ。でかいやつで、世界の経済メディアが勢ぞろいする。政治に関して、サルファティにはろくな考えがないだろう。だが経済面では間違いなく、なんの考えもない。瑣末《さまつ》なことだが、経済・財務省《ベルシー》で

＊2　（265頁）コルネイユ『オラース』第四幕第五場。『コルネイユ名作集』（白水社、一九七五年）伊藤洋訳から引用。

彼と会ったためしがない。興味がないんだよ。エリゼ宮とかマティニオン邸（首相庁舎）とかいった場所が好みなんだ。個人的には、彼が任期中にベルシーに足を踏み入れなくても、いっこうにかまわない。でも、テレビで観てない？　選挙戦の滑り出しを追っていないのか？」

「じつは、あまり時間がなくて」

「ああ、大忙しだったからね」ブリュノはあらためてポールのメモを手に取った。「だが、そっちはそろそろ落ち着くよ。もう軌道に乗るんじゃないかな。マルタン＝ルノーに電話する暇もなかっただろう？」

「むこうは進展がありましたか？」

「また、テロがあった」

「どこで？　ニュースになってないようだけど」

「うん、ほとんどなってないが、今回はフランスと関係がないんだ。狙われたのはデンマークの〈クリオス〉。巨大企業で、精子市場で世界一のシェアを誇る。放火で所有施設が全焼した。こちらに経済的影響はない。競合する企業がないからね。フランスでは、精子はタダで提供されるんだ。まあ当然、法をすり抜けて、精子をネット購入するフランス女性の顧客はいる」

「ええ、そうでしょうね……」ポールはインディーのことなど考えたくもなかった。

「あいかわらず手がかりは、なし。投稿されたのは、また例の、奇妙な文字を使ったメッセージ。だが今回は動画ではなく、静止画像だけだ。いずれにせよ、やつらは多少、時と場合を心得ているらしい。今回、不正侵入されたのはポルノサイトだった」

8

ポールは帰宅するとX動画サイトに接続し、最初の画面のリストにある「飢えた雄鶏　しゃぶる愛人」か「魅惑　おいしい　ビーバー」でしばし迷い、次の画面に進んだ。「仮借なき割礼を受ける男」が明快なわけでもなかったが、いずれにせよ、動画が再生されて三十秒後、女優がストリングを脱ぎもしないうちに、メッセージがスーパーインポーズされた。例によって五角形と円の組み合わせに、いつもの文字で書かれたテキストだが、今回はずっと長く、五十行はあり、二つの数で終わっていた。つまり、この奇妙な言語には数字に相当する記号がないとみえる。そのあとに地図、というかグーグルマップからキャプチャーされたらしい市街図がついていた。通りの名前は北欧言語のような字面で、まさしくデンマーク語なのだろう。テロの標的となったクリオス・インターナショナルの本社は〈ヴェスザ・アレ〉と〈ノア・アレ〉のあいだに位置する〈ヴェスザ・ブロ〉という場所の中央にあった。

ポールはマルタン゠ルノーの携帯電話にメッセージを残し、少し迷ってからドゥトルモンに電話をかけた。ドゥトルモンはオフィスにいて、受付がすぐにつないでくれた。電話に出た彼の声には張りがなく、ポールの口から〈デンマーク〉の語が出ると、とたんに歯切れが悪くなった。それでも質問に答えてくれた。ポールも彼も国家のしもべ、明らかな機密事項でもないかぎり、互いに支え、助け合うのが務めであり、それは婚姻で結ばれた夫婦のようでもある。と少なくともポールは国家公務員をそのようにとらえていた。

「訊いていることは、そんなに機密じゃない？」とポールは気遣った。

「何か摑んでいたら機密と言えるが、いまのところは袋小路。まあ、これまでもそうだが。わかっているのは、テロリストがプロだってこと。使われたのはナパーム弾と白燐弾。軍事的手法です。夜警の避難が間に合って犠牲者が出なかったのは、ほとんど奇跡ですよ」

「でも、今回フランスへの影響は全然ないんでしょ？」

「一見、ないが、奇妙な点がある。メッセージの最後の二つの数をご覧になったでしょう。最初の〈１０３９〉はあるフランス女性の顧客番号、二つ目の〈５２６１〉はフランス人ドナーの登録番号に一致するんです。おそらく１０３９の受胎に、５２６１の精子が使われたんでしょう。デンマークの同業が二人の身元情報を提供してくれましたが、カップルで暮らして五年になる平凡なレズビアンと、ビジネススクールの学生です。二人は面識がなく、当局からもマークされていない。そもそも警察の世話になったこともない。手がかりは何もない。だがこの事案では、はじめから手がかりなんて何もありません。中国のコンテナ船に対するテロでは、極左組織に疑いの目を向けた、というか、それが最初に浮上した線でした。だけど、こんどは精子バンクときた。たしかにこれも資本主義的企業ではあるが、極左のいつもの標的というよりは、カトリック原理主義者が目の敵にする相手です。ブラックリストに数名いますが、カトリック原理主義者がハッキングのスキルを駆使するなんて見たことがない。極左も似たようなものだが、実際、極左に劣るでしょう」

ドゥトルモンは電話してくれたことに機械的に礼を述べてから、電話を切った。かなり参っているようだった。彼らがやっていること、そして、もっと前に父がしていたことは、やはりおかしな稼業だ、とポールは思った。なんの気なしに、ほとんど機械的に確認してみると、やはり１０３９と５２６１は素数だった。まもなくマルタン＝ルノーから電話があった。ポールは素数について口を滑らしそうになって、すんでのところでやめた。概して、相手が多少は期待していることを話したほうがいいものだ。だから、ポールはＤＧＳＩとその職務の難しさについて大雑把な感想を述べるにとどめた。まったくです、とマルタン＝ルノーは応じた。部下はいま厳しい立場にある。自分も過去にこんな案件を扱ったことがある。八方塞がりの案件。ドゥトルモンには初めてのことだ。「堪《こた》えるものですよ。あとあとまで、すっきりしない」とマルタン＝ルノーは言った。「父上にもありました。まれに見る方でしたよ、父上は」

親愛の情も称賛も明らかに嘘偽りのないものだったが、彼が「でした」と言ったことに、ポールはふと気がついた。エドゥアールが昏睡状態から目覚め、専門の医療施設に入ったと知らせると、マルタン＝ルノーは喜んでいた。前回話したときの印象より、二人は親しかったようだ。父の引退後も、サン＝ジョゼフには同僚たちが訪ねて来ていた。彼らは書斎にこもって多少とも機密の問題を話していた。というか、当時のポールはそう勝手に想像していた。マルタン＝ルノーのことは覚えていなかったが、自分自身がここ数年、父にろくに会っていなかったのも事実だった。

電話を切る前にポールは、ボージョレ地方の父を見舞いたければ、いつでも歓迎ですと伝えた。

父にはきっとマルタン＝ルノーがわかる。父が見舞い客の顔を識別しているのは確実だった。この瞬間、ポールは彼をファーストネームで呼びたかったが、ど忘れしていた。そもそも知らない可能性が高かった。ジルだったか？　ジルという名が似合いそうな顔だった。

愛想よく対応してくれるものの、マルタン＝ルノーと話すと、どうも肩が凝った。だから〈アニマル〉チャンネルはリラックスするのに、打ってつけだった。今回はネズミ特集だった。ネズミは群れで生きる社会的動物である。群れにはボスがいて、食べ物の分配に介入し、諍いがあれば仲裁役となり、テリトリーを移るときは群れを先導する。ネズミにはおもに三種類あり、次のような関係にある――クマネズミ（ラットゥス・ラットゥス）がドブネズミ（ラットゥス・ノルウェジクス）の群れのテリトリーに侵入すると攻撃され、追い払われる。逆に、クマネズミのテリトリーに、より大型であるドブネズミが侵入しても、威嚇されるがめったに攻撃されることはない。そしてハツカネズミ（ムス・ムスクルス）には、どちらの種のネズミも敵意を示さない。

ポールはやがてネズミに飽き、〈狩猟と釣り〉チャンネルをしばらく観てから、消音《ミュート》にして、セシルに電話をかけた。妹はすぐに出た。万事、順調にいっている。大ニュースもある、とセシルは言った。なんと、父はまばたきができるようになった。だから、父とコミュニケーションがとれる。方法はいたって簡単、似たような状態の患者によく使われる方法で、イエスかノーで答えられる質問をするのだ。イエスならまばたきをし、ノーならじっとしている。びっくりするわ、イエスとノーだけで、ずいぶん突っ込んだ会話ができるの、とセシルは言った。嚥下のほうも改善している。言語障害治療士も前向きで、この調子なら、あと二、三週間で普通の食事が摂れるとのことだった。セシルは早く父に料理を作ってあげたくて、うずうずしていた。マドレーヌは家を空けることが多くなっていた。父の病室に寝泊まりし、看護師たちともうまくやっていた。よく一緒にいるのは看護助手のマリーズだけど、マリーズのことは覚えてるでしょ、あのかわいい黒人の。うん。ポールは覚えていた。オーレリアンはその後、来ていなかった。時間が取れないのだ。だが、近いうちに来るつもりでいた。この地方の修復事業に配属希望を出していた。そうすれば週末だけでなく、もっと長く滞在できる。

「そっちはどう？」とセシルに訊かれた。「いつ来られそう？　まあ、大統領選挙で、いまはそれどころじゃないんでしょ」セシルですら、大統領選挙のことを考えているとわかり、ポールはいささか面食らった。まったく、メディアは大統領選挙一色だ。とはいえ、「そのうち落ち着くだろう。じきに選挙戦が本格化して、僕の出る幕じゃなくなる」と答えた。こう口にした先から、それがいかに真実かを実感した。月曜におこなわれるサルファティとの共同記者会見が、ブリュノにとって本格的な選挙戦のスタートとなる。もちろん、ブリュノは技術面でのアシスト、ソレーヌ・シニャルが言っていたようにコートの後方にいるわけだが、それでも多大な消耗とストレスをともなう、本格的な選挙戦であることに変わりはない。サルファティのほうは、おずおずとながら穏健進歩主義的な信条を表明するようになっていた。任期中に、手軽な社会改革が一つ二つ、たとえばソフトドラッグの処罰対象からの除外などがおこなわれると予想されつつあった。ブリュノに異論はなかった。ポールはそんな法案の話が以前、出たのを覚えていた。フランスの国土が大麻栽培に適しているのはオランダなどの比ではなく、特にペリゴール地方は好適だった。大麻は、昔から栽培されてきたタバコの、またとない代替作物となるだろう――タバコのほうは、どうやら完全に将来を断たれていた。

ブリュノは政治的信条で知られたことなどなく、ひたすら個々の事案を知悉《ちしつ》する技術屋と見なされていた。そもそも、そんな四角ばったイメージのせいで、大統領から後継者候補に選ばれなかったのだ。だがさすがに今回は、政治的信条をたまに表明しないわけにはいかない。「フランスの民衆と向き合う」のだからね、とポールはセシルに言った。こう言った先からポールは、フランスの民衆のなんたるかについて、大いなる、ほとんど無限の疑問にとらわれた。だが、そんなことはセシルに言えなかった。だいたい、ほかの誰にも言えない。それはあまりに後ろ向きで、気が滅入り、同時に彼自身のなかでもあまりに茫洋とした問題だった。ポールはただ、セシルに別れの挨拶をし、暇ができ次第、サン＝ジョゼフへ行くから、とだけ伝えた。

ポールの疑問は電話を切るや、たちまち人間の共同体全体へと拡大した。ポールは昔からプロイセンのフリードリヒ二世のエピソードが好きだった。フリードリヒ二世は愛犬のそばに埋葬されることを望んでいた。邪悪な種である人間にかこまれて眠らなくていいように。ポールには人間界が自己中心的で、てんでばらばらなウンコの寄せ集めに思えた。ウンコはときにそわそわして、自分本位なまま好き勝手に交接する。その結果、さらに小さなウンコが発生する。たまにあることだが、ポールは妹が信仰する宗教への嫌悪感にいきなり襲われた――なぜ神はウンコの姿なんかで、この世に生まれることにしたのか？　おまけに、それを讃える歌まである。「神の子がお生まれになった」これをドイツ語で言うとどうなるか？「エス・イスト・ゲボーレン、ダス・ゲットリッヒェ・キント」と、そくざに頭に浮かんだ。やはり学があるのはよいものだ、と彼は独りごちた。一定の水準が身につく。数年前から、ウンコたちが大量に交接しなくなっているのも事実だった。選り好みすることを覚えたとみえ、互いの悪臭に顔をしかめて距離をおく。人類の絶滅は中期的には、ありえそうだった。ゴキブリだの能だの穢《けが》らわしいものは、いぜん生き残るだろうが、なんでも一挙に解決するのは無理というもの。つまるところ、ポールは精子バンクの破壊にまったく異論がなかった。精子を金で買うという考え、そしてより広く、性欲や愛などの感情すら言い訳にせず生殖を企てることに、ポールは端的に反吐《へど》が出た。

別に異論はない、とすぐに気づいたのは、中国のコンテナ船の破壊についても同じだった。中国の実業家にも海運業者にも、なんの共感もわかなかった。どちらもぐるになって地球の住民の大半をみじめな貧困に陥れている。それもあさましい金儲け主義を追求してのことだった。そこに称賛の念を起こさせるものは、かけらもなかった。

こんな考えをあたためていてはいけない、とほぼ同時にポールは思い直し、〈アニマル〉チャンネルに目を転じた。いつのまにか話題は変わってバク、特にブラジルバク（タピルス・テレストリス）とヤマバク（タピルス・ピンカクエ）、そしてアジアにだけ生息するマレーバク、別名鞍敷《くらじ》きバクのことになっていた。いずれも警戒心の強い単独性の動物で、森の奥に棲《す》み、おもに夜、活動する。社会生活がなく、つがいは交尾のためだけに形成される。要するに、バクの一生は信じがたいほどつまらなそうだった。だから、ポールはスポーツチャンネルに替えたが、百十メートルハードル走にも思考の流れはそらされなかった。ポールは当初から、正体不明のテロリストらに、つい称賛の念をおぼえている自分に気づいていた。情報技術と軍事技術を駆使する並はずれた手腕、しかも、いかなる人的損害も出さずにすませている巧妙さ——ドゥトルモンがなんと言おうと、デンマークのテロで死傷者が出ていないのは、奇跡でもなんでもないとポールは考えていた。中国船に対してと同じやり方で職員に予告し、単なる脅しではないしるしを示しつつ、避難できるだけの猶予を与えたに違いない。ポールはテロについて詳しく知ろうと、またインターネットに接続した。はたして、そのとおりのことが起きていた。午前三時、夜警の詰所に電話があり、その場を全員退去するよう警告された。その間、夜ふけで無人のオフィス群は炎上しはじめていた。さらに、クリオス・インターナショナル本社はオーフス（デンマーク第二の都市）の中心地にあるというのに、火災は敷地の境界線内で、ぴたりととまっていた。連中は間違いなく、手練《てだ》れだった。

　悪いことに——しかし、なぜプリュダンスは帰らないのだろう？　唐突に、ポールはそう思った。もうすぐ二十一時。いま、妻にいてほしかった。妻が必要で、ふだんの会話が必要なのに、仕方がない。これ以上、待っていられない。ベッドに入って寝たほうがよさそうだ。ひょっとして、スキーのジャンプを観るのも手だろうか——悪いことに、テロリストらの目的が、世界を滅ぼすこと、ポールがよく知るこの世界、近代世界を滅ぼすことならば、必ずしも彼らを責める気になれないのだった。

9

記者会見はマルソー大通りのインターコンチネンタル・ホテルの大広間で、正午におこなわれた。たしかに大勢のジャーナリストが詰めかけ、その数は数百を下らなかった。ソレーヌ・シニャルは早々にあらわれ、緊張した面持ちで、到着して一時間、電子タバコを交互に吸っていた。そのかたわらで、ラクサネーはゆったり構えていた。手塩にかけた教え子を信頼しきっているようで、現にブリュノはうまくこなしていた。少なくともポールの目にはそう映った。航空運輸から欧州中央銀行《ECB》、ＥＣＢから化石燃料にいたるまで、どんな質問にも余裕で答えていた。一度ならず聴衆をわかせ、「ウォール・ストリート・ジャーナル」紙の男などは、腹をかかえて笑っていた。サルファティは危なげないとは言えなかった。どの質問にも正面から答えず、ほぼ毎回、冗談で切り抜けようとしていた。いつもこの手が効くわけもなく、特に「フィナンシャル・タイムズ」紙相手にちょっとボロが出た、とポールは見た。会見後、ソレーヌが「泡を飲み」に行こうと提案した。実際、インターコンチネンタルのバーでは、とりわけ発泡酒が提供されていた。

ポールにとって、ブリュノとサルファティを一緒に見るのは初めてだった。そもそもサルファティに会うのが初めてだった。「上出来……」と、ソレーヌはシートに身を沈めて脚をひらいた。疲れきっているようだった。「おおむね上出来。現時点では首位だけど、あと三か月ある。問題は、こっちが上出来だって、あっちも悪くないってこと」

「国民連合のやつのこと？」とサルファティが訊いた。

「もちろん。ほかは目じゃない。あの坊や、やるね、正直びっくり」

「誰が世話してるか、知ってる？」

ソレーヌは答えるまでもない、とばかりに疲れた笑みを浮かべた。「ベランジェール・ド＝ヴィルクラオン」と、アシスタントが代わりに答えた。記者会見のあいだ姿を見なかったが、先日の、グレースーツを着た経済・財務省の公務員みたいな男だった。

「そのベランジェールって、知り合い？」と訊いたサルファティも、事情にうといようだった。ソレーヌは長く引っぱる奇妙な笑い声のようなものを洩らした。はじめはオペラ・コミックのルラード調で、最後に鶴のような甲高い声を発してから、ビールをひと口飲んで叫んだ。「知ってるかって？　知ってるわよ。あのメスブタ……！　悪どいやり手。侮っちゃいないからね。要は、こっちが上手《うわて》だって見せつけてやりゃいいの。繰り返すけど、現時点ではこっちが上出来。決選投票の予測を見れば……」

そこでいきなり話をやめ、アシスタントに憤然と目を剝いた。アシスタントは「何も言ってません……」と、おずおずと抗弁した。

「言うとこだったでしょ。考えが聞こえた。言いたいことはわかってる。三か月前の数字に意味はないってんでしょ。そのとおり。だけど、やっぱり数字を見ないわけにはいかない。ほかにやりようがないの。要するに、いまこっちは五割五分。悪くない。五割五分は五割二分よりよっぽどマシ。でも、それじゃギリギリなの。差をつけてる感じを出すのよ。そしたら自動的に現実となる。差をつけてる感じを出せたら、差がつく。で、そうなるのは、いまなの。だから、不本意ではあるけど、左派に応援を頼まざるを得ない」

　経済・財務省の公務員もどきが、こんどはうろたえた目を向け、消え入りそうな声でおうむ返しにした。

「左派……」

「そう、左派！　言葉は知ってんでしょ。なんか思い出す？　政治学院《シアンス・ポ》で聞いたことあんじゃない？」

「だけど、どの左派……？」と、気の毒な男はもごもご言った。

「そりゃ、本物の左派、昔ながらの左派よ！　たとえば、ローラン・ジョフラン[*1]に来週の『オプス』誌で、ちょっとしたことをやってもらう」

「ローラン・ジョフランって、死んでないの？」

「まさか！　ぴんぴんしてるわよ。毎朝ディエップの浜でジョギングしてる。最近、彼の『クリーンな顔をしたファシズム』って記事を読んだけど、めっちゃきれいにまとめた、彼お得意のやつ。

＊1　一九五二年生まれのジャーナリスト。「リベラシオン」紙、「ヌーヴェル・オプセルヴァトゥール」誌（「オプス」誌の前身）に執筆後、政治運動を開始。

もちろん、それだけじゃ足りない。この手のものがどっさり要るの。ちょっと古めかしい道徳的な左派、できればユダヤ人も二、三人、記憶の責務ってやつのためにね。投票日までこれを全部泡立てていく。じっくりと。狙いは中道人道主義者を動かすこと。ね、デュアメル[*1]系のデブの腑抜けよ。デブの腑抜けが、デカいケツを動かす気になって、こうしちゃいられないって騒ぎ出したら、こっちのもの。同時に……」と、こんどはブリュノを振り返った。ビールが効いてきたとみえて、ソレーヌはふたたびエンジン全開になっていた。「いちばんいいのは、あっちの経済政策のメッキをはがすこと。水曜のＬＣＩに出演するとき、やってみてくれない？」

「それは、ちょっと難しそうだ」とブリュノはやんわりと応じた。

「なんでよ。教えてくれない？」

「だって、我々のとまったく同じだからさ。この五年間におこなわれた経済施策には、全面的に賛成なんだ」

「へえ……。それ、押さえてなかった。あたしとしたことが」ソレーヌは一瞬考え込み、ウェイターにお代わりの合図をしてから、すぐに「そうだ！」と叫んだ。「ある意味、願ったりかなったり。素晴らしすぎる。そこに切り込むの――『そちらの提案にはなんら革新的なものがありませんが、単に同じ政策を続行するのでしたら、我々のほうがずっとうまくできますよ』って展開するの。しかも嘘じゃないし……！」と、得意満面で締めくくった。


　それぞれの運命は続いて行く。ほかの運命とは、たまさかにしか交わらず、進路変更などさらにまれだが、進路変更とは、いつでも起こるものである。オーレリアンはこの日の午後、文化省内にある文化財局で面接があった。所定の時刻に着き、いささか薄汚い廊下で数分待たされた。ここの官僚は、地位を利用して仕事場を快適にしつらえていないようだった。インテリアのくすんだ緑色は文句なくお役所的で、たまに貼られたポスターは、前世紀の都市郊外にある共産党市政の青少年文化会館にふさわしいものだった。

　文化財局長ジャン＝ミシェル・ドラピエは、そんな環境にしっくりとなじみ、陰気さを隠すことなくオーレリアンを迎えた。「いいお知らせがあります」と彼は生気のない声で言った。「というか、いいお知らせだと思いますが。ブルゴーニュ地方のポストを希望されていましたよね、ご家族の事情とかで？」オーレリアンはうなずいた。

「そこで格好の任務、というか任務のようなものがあります。シャロン＝シュル＝ソーヌに近い、ジェルモル城のタペストリー修復です」ドラピエはデスク上の薄っぺらい書類を手に取り、初めて見るような顔で眺めてから話を続けた。いちいち書類に目を落とし、どうも、内容をすっかり忘れているようだった。

「城自体はなかなかのものです。歴史的に、ということですが、城は一三八〇年に、初代ブルゴーニュ公であるフィリップ豪胆公の所有となりました。その後、ジャン畏不知《おそれしらず》公、フィリップ善良公、そしてシャルル無鉄砲公に受け継がれたあと、フランス王国の所有となりました。文化財としては、クラウス・スリューテルの手になる、けっこう見事な彫刻群があって、去年修復されています。フレスコ画もあります。ジャン・ド＝ボーメスとアルヌー・ピコルネの作です。最初に修復されたの

＊1　アラン・デュアメル。一九四〇年生まれの政治ジャーナリスト。

は、例によってフレスコ画で、もう十年になります。それからタペストリーですが……」ドラピエは観念したような顔をした。「率直に言って、かなり傷んでいます。いちど火災があり、風雨にさらされ。まあ、写真をご覧になればわかります。いまはハンガリーの聖マルガリタの作業中で、そろそろ終わりなんですね？」

「今週中に終わります」

「けっこう、それは、けっこうです。ハンガリーの聖マルガリタは重要ですから……」ドラピエの手が、優雅にささやかな渦を描いて、ハンガリーの聖マルガリタの歴史的、そして文化財としての重要性を物語っていた。「ジェルモル城に週二日、行ってもらえます。たとえば月火、あるいは木金でも、週末をご家族と過ごすのに、ご都合のいいように」

「週三日は無理ですか？」

「難しそうですね」ドラピエは一瞬、考え込んだ。「別の修復はシャンティイ城でしたっけ？」

　オーレリアンはうなずいた。「そうすると、だめですね」とドラピエは陰気に応じた。「どうにもできません。シャンティイが優先です。観光客が多いのですよ、シャンティイは。優先順位がどう決まるかは、ご存じでしょう……」と言い訳がましく言葉を切った。だんだん椅子に沈み込んでいくように見えた。それから不安げに、はっと身を起こし「ひとつ、はっきりさせておかねばならないのですが」と口をひらいた。「宿泊費と交通費は自費でいいのでしたね？　経費の請求はありませんね？」オーレリアンは諾《うべな》った。「というのも、当然ジェルモル城につかえる予算は……。まあ、潤沢とは言えませんので。しかも県議会の意向にかなり左右されますし。でも、慣れてきたのではないですか？　ここに来てもう十年ですね？」

たしかに十年、ほぼぴったり十年になっていた。オーレリアンには承諾するほかなかった。彼が承諾すると、ドラピエはまた打ちひしがれたように黙り込んだ。

オーレリアンは文化省を出て最初のカフェに入り、ミュスカデ（白ワイン）のボトルを注文した。アルコールは飲みつけず、すぐに効いてきた。アルコールはひとつの解決策かもしれない、と思った。部分的解決策。手早くネット検索すると、嬉しいことにジェルモル城はヴィリエ＝モルゴンから九十キロ足らず、ほとんど高速6号線でカバーできる楽な行程だった。その代わり、写真のタペストリーはどんな修復師でも自殺したくなるような代物だった。損傷を最小限に食いとめる、それしか手の施しようがなかった。

さしせまった問題は、家に帰りたくないことだった。家以外なら、どこに行ってもよかった。これはいまに始まったことではないが、週を追うごとに、そして最近では日増しに激しくなっていた。妻と顔を合わせるのが怖いなんて、やっぱり普通じゃない、とオーレリアンは思った。ただ怖い、としか言いようがなかった。どう転んでもギャーギャー言われるだろう。妻はオーレリアンに当たり散らして、ますます思うようにいかなくなったジャーナリスト人生の、期待はずれな一日の鬱憤を晴らすだろう。人生をしくじった女なんかと結婚するものではない。人生をしくじった男と結婚すべきでもないが、オーレリアンは自分を人生の落伍者とは思っていなかった。中世のタペストリーを愛していたし、手先をつかう孤独な作業が好きで、転職したいなどと思ったこともなかった。

遅く帰宅するのは、もっとまずかった。妻がキレる理由を増やしてしまう。妻はほぼ毎晩、外出し、だんだん当てにならなくなっている交際を維持しようと努めていた。妻は特ダネを掴ませてもらいたがっていた。特ダネならまだあったが、彼女のものではなかった。旬が過ぎたまでのことだった。本当に旬だったこともないまま、それは過ぎた。だから妻は社交に励み、街で会食し、その間、誰かがゴドフロワと留守番することにこだわっていた。どう考えたって、そんな心配は無用なのに。息子、というかオーレリアンの息子ということになっているこの同居人は、自室にこもってソーシャルメディアでも見ているのか、何があろうと出て来る恐れはなかった。

　オーレリアンはグラスにワインを注ぎながら、妻に言いそびれていることを考えた。言ったら、また修羅場になる。母の彫刻の売却金に、妻はむやみと期待をかけていた。シュザンヌ・レゾンの人気は文字どおり暴落していた。オーレリアンは三人の美術商に照会したが、いずれも意見は一致していた。母の彫刻の相場は、いまや一点千ユーロ、よくてせいぜい二千ユーロ、しかも買い手がつくまでかなり時間がかかり、へたをすれば買い手がつかないかもしれなかった。値下げしたって、どうにもならない。単にもう需要がなかった。もちろんオーレリアンのせいではないが、妻からはまた、甲斐性なしとなじられるだろう。そうに決まっている。

　もちろんオーレリアンは自分が疫病神《やくびょうがみ》、おまけに金に汚い疫病神と結婚したとはすぐに気づいていなかった。こういうことは、すぐにわかるものではない。数か月かけないと、これからは地獄を生きることになると納得できない。しかも、その地獄は重層的で、彼は年々ますます強迫的でどす黒く、息苦しい深みへとはまり込んでいった。毎晩交わされる辛辣な言葉には、徐々にむき出しの憎悪がこめられていった。おそらく妻は浮気はしていない。していても、ちょっとだけ。まだ彼女を大物ジャーナリストと勘違いして尻尾を振ってくる研修生と、たまに火遊びくらいはしているだろう。彼女の多くの部分が、満たされない野心に蝕まれ、ただ、気さくで進歩的で親しみやすく、業界に顔の利く女に見られたいという飽くなき欲求だけがくすぶっていた。二、三年前からオーレリアンは妻を殺す夢想にふけるようになっていた。ときに毒殺、より頻繁には絞殺で、切れぎれになっていく妻の呼吸、首の骨がボキッと折れる音を想像していた。ありえない夢想だ。オーレリアンは虫も殺せない男だった。殴り合いもしたことがない、というか殴られても殴り返したことなどなかった。むしろ長いあいだ、年上の少年たちから虐待され、殴られていた。それはいつも、あっという間の出来事だった。学校の廊下で逃げ惑い、泣きついても聞いてもらえず、ボスの前に引っ立てられる。ボスは脂肪と筋肉が百キロの黒人の巨漢で、〈怪物〉と呼ばれていた。それからオーレリアンはひざまずかされた。いまでも目に浮かぶ。怪物が幸せそうな、ほとんど慈愛に満ちた笑みをたたえて、ズボンのチャックを開けて放尿し、自分はそれを顔で浴びた。振りほどこうにも、ほかの少年らに押さえつけられていた。小便の饐《す》えた臭気がいまもよみがえる。そんなことが二年続いた。八歳から十歳まで。あれが人間社会との真のファーストコンタクトだった。以来、オーレリアンは暴力を受けつけなかった。

　インディーとケリをつける方法はわかっていた。アルコールは度胸をつけてくれるというが、離婚という戦いの火蓋《ひぶた》を切るには、度胸が要るだろう。当然、妻は財産の半分を要求し、手に入れる。養育費も要求し、これも手に入れるだろう。問題は金額の設定だけ。世事にうといオーレリアンにも、離婚争議の鍵はいい弁護士を雇うことにあるとわかっていた。オーレリアンは綜絖《そうこう》（織機の部品。緯糸を通すために経糸を上下にひらく器具）のことなら、水平型でも立て型でも取付け工を知っていたし、腕のいい金具職人も型付け工も、装飾家具師も知っていた。だが、弁護士となると誰も知らず、ほとんど当てもなく決めていた。インディーには間違いなく、豪腕弁護士の知り合いが複数いる。弁護士もジャーナリストも似た者同士、とにかくオーレリアンにとっては、どちらも同じ世界の人間、素材とも現実とも、いかなるかたちの労働とも接点のない、嘘を扱うさん臭い世界に属していた。自分を騙してはいけない、オーレリアンはスタートから分《ぶ》が悪かった。

ワインのボトルはほぼ空《から》だった。けっこうすぐ飲めるものだ。オーレリアンは、ほどほどに客の入った店内を見まわして、瞬間的かつ絶対的な確信にとらえられた――自分の話に親身に耳を傾け、苦悩を分かちあってくれそうな人は、このカフェに一人も、ただの一人もおらず、おそらく世界にもほとんどいない。もう日が暮れていた。オーレリアンはボトルを空にした。かつてなく、人生のどんな時期にも経験したことのないほど、完全に行きづまった状態だった。

ちょうど同じ時刻、リヨン中心街では、セシルが最初の依頼主の玄関の呼び鈴を鳴らしていた。セシルはMarmilyon.orgから派遣されていた。それがサイト名だった。おそらくスタートアップ。少なくとも、セシルはそう理解していた。社員は一人だけで、会ったことはなく、やりとりは電話、そしてとりわけインターネット上でおこなわれていた。会社が提供するのは四人の料理人の出張サービス――イタリア人、モロッコ人、タイ人、そして今日から、セシルがフランス料理を担当することになっていた。これは最新企画で、サイトで謳われているように〈郷土料理プラン〉を希望する顧客向けだった。

セシルを出迎えたのは金髪で、どちらかといえば美人の四十女だった。この女が三日前に予約を入れていた。その晩のディナーに客を十二人招待していた。セシルにすれば食事の準備に三時間、それが予定していた所要時間だった。なんの不安もなかった。

アパルトマンはだだっ広く、これがロフトというものなのだろう。ただし、たいていのロフトが工房跡に作られるのに対し、こちらは工場全体を改装したかのようだった。なかに入ると応接間、遊戯室らしきものがどこまでも連なっていた。

　台所も広く、中央に溶岩石の巨大な作業台があった。「指示されたものは買っておきました……」と、女はいらついたように、かすかに顔を歪《ゆが》めた。指図されたのが気に食わなかったようだ。だが、セシルのせいではない。材料の調達はサイトが提供するサービスには含まれていなかった。「設備の説明はしませんよ。ありきたりなものばかりだから……」と女はせっかちに言った。ありきたりなのはたしかだが最高級品、いずれにしても高価そうなものだった。なかでもずらりとそろった〈ハイク・イタマエ〉の調理用ナイフセットは圧巻で、〈ラ・コルニュー〉のガスレンジまであり、すべてほぼ未使用状態、商品カタログからそっくりそのまま出てきたかのようだった。

　セシルは仕事にかかり、徐々にリラックスしていった。料理をすると、いつもリラックスでき、それは幸いなことだった。依頼主の女も招待客も、好きになれない予感がしたからだ。サイトでは二つのオプションが用意されていた。一つは、料理ができ次第、セシルは帰ってよい。もう一つは、料理のあとも残って、給仕と皿洗い、片づけをする。運悪く、今夜は第二のオプションが選択されていた。夜の十二時までは帰れなそうだった。エルヴェはサン＝ジョゼフにいったん帰宅し、また車で迎えに来ることになっていた。

　仔牛のブランケット（ホワイトシチュー）の煮込みに入ってから、セシルはデザートに取りかかった。これが一番、集中を要する。フレジエ（苺のケーキ）は簡単なケーキではない。作るのは数年ぶりだったが、不安はなく、自信も余裕もあった。前菜はまったく問題ない――どうってことのない千切り根セロリのレムラードソース（マヨネーズにハーブやピクルスのみじん切り、ケイパーをまぜたソース）和えと白アスパラガスのオランデーズソース（卵黄とバターを湯煎で攪拌し乳化させた温かいソース）添え。オランデーズソースは直前に作ればいい。

前菜、そしてメインのブランケットをテーブルに運んだとき、予感は的中していたことがわかった。まったくいけ好かない人たちだった。女の職業は覚えていなかった。不動産業、いやリフォーム業者だったか。リヨンでは近年、不動産のリフォームが盛況だった。ともかく夫は金融業だった。やや呆《ほう》けた丸顔で、妻よりは感じがよかった。最初に連絡をくれたのは、なぜかこの夫で、少なくとも値切ろうとはしなかった。招待客も似たような階層に属し、文化関係者もいるのか、テーブルでは現代美術やあれこれの展覧会の話が出ていた。セシルは聞いている暇もなく、どのみち興味もなかった。完全に透明になったような気がしていた。彼女の存在に誰も気づいていないようだった。せめてひとこと料理の感想を聞きたかったが、十二人のうち誰一人として、そんな気遣いを見せる者はなかった。今夜のブランケットは上出来だったというのに。

セシルがフレジエをテーブルに運んで行くと、次期大統領選挙の話題になっていた。とはいえ、盛り上がりはなく、与党を支持することで意見が一致していた。ほかの選択肢はないというわけだ。セシルはケーキを切り分けながら、とっぴで子供じみたことを言ってやりたくなった――「うちのお兄ちゃんは、大臣と知り合いなんだもん！」とかいったことを。だがこらえ、台所に戻ってあと片づけに取りかかった。セシルは四十を過ぎて初めて、階級闘争というものを知った思いがした。それは不快で薄汚い変な感覚で、できるものなら知らずにいたかった。

セシルは食器洗浄器をスタートさせ、コーヒーを出し、客は応接間、というか数ある応接間のひとつに移動した。セシルは片づけをすませ、やっと帰れるようになった。「見送らないわよ、玄関はわかってるでしょ」と女主人に言われた。エルヴェはすでに到着し、あらかじめ決めておいたラファイエット通りの角に車をとめて待っていた。セシルは階段を下りながら、ふいに泣き出したくなった。車までは遠くなかったが、凍てつく空気のなかを五十メートル歩くだけで、気を取り直すことができた。そしてエルヴェの隣の助手席に乗り込み、どうだった、と訊かれたとき、じつにさりげなく答えられた――「とてもよかった」。

10

一月二十九日金曜日、オーレリアンはハンガリーの聖マルガリタのタペストリー修復を終えた。あとは機材一式がジェルモル城に移送されるのを待てばよい。すぐ完了するだろう。こういうことにかけて、文化財局は仕事が早かった。

毎朝、オーレリアンは間近に迫る出発を思うと嬉しくなった。シャンティイ城へ向かうこの道は気に入っていた。さすがに、はじめに通過するボンディにもオルネ＝スー＝ボワにも、心躍りはしないが、ロワシーの空港を通過すれば、あとは田園地帯が広がり、ラ・シャペル＝アン＝セルヴァルからは森を抜ける道となって、シャンティイまでは人家もない。帰路はもちろん、同じように気分は浮かず、モントルイユの自宅に近づくにつれて恐怖がつのった。インディーは猫の額ほどの庭を何かにつけて鼻にかけていたが、それは庭と言える代物ではなく、草ぼうぼうのただの地面で、空き缶が転がって錆びついていた。どうせ、妻には野菜など育てられやしなかった。

その金曜の夕方、自宅の玄関に入ったオーレリアンは、ほとんどうきうきしているのに気づき、すぐに、インディーの前では敵対的で嫌味っぽい、いつもの態度を維持しなければと思った。難しいことではない。どうせ、妻は早々に外出するだろう。妻はいつも金曜に外出していた。

土曜日はオーレリアンにとって、一週間で一番やり過ごすのがつらい日だが、妻とは顔を合わせずにすみ、夕方セシルに電話をかけた。姉の近況は明るく、父が三日前から普通に食べられるようになったと興奮ぎみに話してくれた。もちろん、食べ物はすりつぶしてピュレ状にしなくてはならないが、父はまた味を楽しめるようになった。「ワインも?」とオーレリアンは訊いた。そう、ワインも。ワインは液体だから、なんの問題もない。オーレリアンは医学的なことにうとく、セシルが誤った道に入る危険に触れたときは、何をほのめかしているのかと訝しんだ。もうすぐ会いに行けると知らせると、姉は喜んでくれた。いつでも来たいときに来てちょうだい。オーレリアンは、一、二週間後には行くと告げた。一人で行く、ともつけ加えた。姉は何も言わなかった。

一月の最終週、ポールは仕事に追われていた。ブリュノはやや楽観的すぎた。ブリュノの不在を穴埋めするには思ったより長くかかった。ポールは週一回ブリュノと会い、決着をつけるべき微妙な問題について話したが、あくまで念のため、という感じだった。ずいぶん一緒に仕事をしてきたため、ブリュノの反応はたいがい予想どおりだった。こうして、経済・財務省の機構が発動する。それはよくできた強力な行政機構で、初動はやや遅くとも、週を追って軽快になっていった。

ソレーヌ・シニャルの作戦はたいして功を奏していなかった。〈道徳的左派〉の大物の発言には、いまや誰も耳を傾けず、それはソレーヌが考えていた以上にひどかった。デブの腑抜けな人道主義者らは腰を上げなかった。今回は珍しくユダヤ人の選挙協力もなかった。彼らの離脱には、候補者がルペン一族でないことが決定的に影響していた。老体は齢《よわい》九十九になんなんとしていたが、しぶとく生きていた。例のガス室がらみの冗談のひとつでも飛ばしてくれたら、あの党が土壇場で撃沈されるのに。ソレーヌはそんな一縷《いちる》の望みを捨てきれなかったが、あまり当てにもしていなかった。老体はルペンを名のらない候補者には、もはや自分の息がかからないものと見なしているようだった。彼自身が「天のお迎えを粛々と待っている」ありさまで、インタビューではこんなせりふしか出てこないのだった。決選投票の予想得票率は五割五分対四割五分のまま膠着《こうちゃく》し、選挙戦開始時から変わらなかった。

　ポールはラクサネーに会うのをいつも楽しみにしていた。いつ会っても元気はつらつ、つねに変わらぬ上機嫌で、驚くほどたくさんのボディを所有していた――ターコイズブルー、ミントグリーン、フクシアピンク、と虹の色ならなんでも好きらしかった。一方、形はどれもほぼ同じ、体のラインをむき出しにするものだった。彼女は見るからにブリュノと仲がよさそうだったが、きっと寝てはいないだろう。ブリュノにはありえない。まだこの段階では。それに職業倫理上の問題になる。しかし職業倫理など、実際コンフリュアンス社の者は誰も気にかけていないようだった。だが、ラクサネーから一人の男として見られる、ただそれだけで、ブリュノにはよい効果がもたらされていた。ブリュノ自身が男であることを再認識していた。ラクサネーは生き物が性的なのはあたりまえという考え方を隠そうともせず、それは信じられないほど、ほっとさせられることだった。

　プリュダンスとは、さして進展がなかった。いまや二人は毎朝一緒に出勤し、同じくらいの時刻に帰宅していた。毎晩、生活空間でしばらく話してから、それぞれの寝室に寝に行った。いまだに食事はともにしていなかったが、ある夕方、ポールは冷蔵庫にパテのパイ皮包みを二切れ見つけて動揺した。プリュダンスが彼のために買っておいたものだった。

二月二日の夕方、プリュダンスは所属する信徒グループのインボルク祭に出かけて行った。スコット・カニンガムによれば、神を出産した女神の体力回復を祝う祭礼だった。温められた大地（すなわち女神）は肥《ひ》沃《よく》になり、種子が芽吹いて地上に出る。こうして春のうごめきが目に見えるかたちであらわれる。プリュダンスは明らかに試みていた。けなげに事物や自然、そして自分の本能との結びつきを取り戻そうと試みていた。暇ができてサン＝ジョゼフへ行くときに、誘ってみよう、とポールは思った。プリュダンスは父の容体を気にかけてくれていたし、あの家を昔から気に入っていた。ひょっとしてサン＝ジョゼフで、二人の関係に弾みがつき、新しい人生がスタートするかもしれない。いずれにせよポールは、そう期待せずにはいられなかった。

二月十五日月曜日の朝、オーレリアンがシャンティイに出勤すると、ドラピエから電話があった。ジェルモル城の修復現場の用意が整ったので、木曜にも作業を始めてもらえる、とのことだった。通話を終えたオーレリアンは、水曜の晩に出発できる、と実感した。あさってだ。こんなに早く解放されるとは思ってもみなかった。しかも、出張するのにインディーからケチをつけられることはない。それどころか、彫刻の売却という名目もあるのだ。オーレリアンは最終的に、ある美術商と一点千二百ユーロで折り合いをつけていたが、妻には言いそびれていた。ロマンヴィルの工場跡で営業するその美術商には、保管場所が十分にあり、輸送も請け負ってくれるとのことだった。

昼休み、オーレリアンは同僚を昼食に誘った。同じ部署に最近入った若い女性で、一緒に「聖ペテロの否認」の修復をしていた。レストランは城内のフランソワ・ヴァテルの厨房跡にあった——

フランソワ・ヴァテルはコンデ公の給仕長、おそらく優秀な料理人だったのだろうが、後世では自殺したことで有名だった[*1]。

「何かお祝いすることでもあるの？」とフェリシーに訊かれた。意外に思われても無理はなかった。オーレリアンはふだん、仕事場を離れず、チキンのラップサンドを五分でつめ込んで昼食にしていた。

「別に。っていうか、もうすぐ離婚できそうなんだ」

「そう……」相手はあっぱれな慎み深さで、メイン料理が運ばれて来るまで質問を控えた。オーレリアンは離婚について、さほど気まずさもなく、ほとんど率直に、とはいえある程度はオブラートにくるんで語った。子供がいるかと訊かれ、いない、と答えた。「それはよかった」と言われた。「子供がいなければ、問題も少ない……」それは、たいがいの人が考えることだった。フェリシーはたいがいの人とまったく同じことを考えていた。あらゆる点で、心休まる人だった。

　オーレリアンはモントルイユの自宅に寄らずにすむよう、前日に荷物をまとめておき、十六時にシャンティイを出発した。パリ環状線は渋滞で、高速に入っても状況はよくならなかった。二十一時ごろ、サン＝ジョゼフ到着はかなり遅くなりそうだし、疲れていることにも気がついた。途中のシャロンで一泊したほうがよさそうだった。シャロン＝シュル＝ソーヌ北出口そばのホテル・イビス・スタイルズに難なく部屋が取れた。ホテルのレストランはまだ営業していたが、オーレリアンのほかに客は二人だけ、どちらも一人で食事をしていた。一人は四十代の地方まわりのセールスマ

＊1　フランソワ・ヴァテルは大祝宴の際、注文していた魚介類がなかなか届かず自殺した。

ン風、というかオーレリアンは実際に地方まわりのセールスマンを見たことはないが、映画でよく見るセールスマンの風体だった。もう一人は若めの女性で、やはり営業関係と思われた。それが化粧のせいか服装のせいか、オーレリアンにはよくわからなかった。営業関係の仕事をしている知り合いもいなかった。世の中について彼の知見はかぎられていた。ひそかに自問した。得意先からのご愛顧などという、ありそうにない理想を求めて年中、旅に明け暮れ、ホテル・メルキュールとかホテル・イビス・スタイルズに泊まるような人同士が、一夜かぎりの関係をもつこともあるのだろうか。投宿先で狂おしい情事を体験することもあるのだろうか。おそらく、ないだろう。ちょっと考えてから、そう思った。父の時代にはあったかもしれない。だがそんな慣習はすたれた。いまどきの精神にそぐわない。あの二人がそれぞれの客室に戻ってから、インターネット上の位置情報にもとづくマッチングアプリを起動させるとも思えなかった。たぶん、何も起こらないだろう。

　オーレリアンは心安らかに夢も見ずに眠った。翌朝八時にはジェルモル城に着き、門衛に案内を請うた。地方では始業が早いのを知っていた。門衛は呪われた従僕といった風采で、鶏の首を刎《は》ねて生《い》け贄《にえ》にしたり、納屋の床にあやしげな印をつけたりする、Z級怪奇映画によくある黒魔術の儀式に手を染めるような、多少変質的な人物に見えた。彼はオーレリアンが来るのを知らされていた。タペストリーは恐れていたとおりの惨状で、なかでもよくできた、水浴から上がるバト・シェバ[*1]を描いたタペストリーは半分ネズミに食われていた。予想外だったのは寒さで、城内の広間はどこも凍てつくような寒さだった。困ったことだった。織り直しは手先をつかう繊細な作業で、かじかんだ指では進められない。門衛がぼやきながら電気ヒーターを持って来てくれ、格段によくなった。門衛は城に見学者が来ない冬のあいだ、ろくにすることがなかった。だから日が一日、犬に餌をやって過ごしていた。犬は十四ほどいて、ロットワイラーやマスチフみたいな、あまり近寄りたくない犬種だった。それでもオーレリアンは、昼休みに城の敷地内を散歩した。犬たちは警戒して、こちらを見ていたが、近寄っては来なかった。そのあと、城のある街メルセのバー・レストランへ昼食に行った。とてものどかで、まるでメグレ警部の世界だった。

　オーレリアンには、セシルがインディーについて何も問わず、こちらから話すまで待ってくれる、とわかっていた。だが最初の晩は、その件に触れる気力が起きなかった。土曜はみんなで医療センターへ行く、とセシルに言われた。マドレーヌを迎えに行くのだ。マドレーヌは毎週土曜はサン＝ジョゼフに帰宅して寝た。日曜にまた医療センターへマドレーヌを送りがてら、みんなも父と過ごすことができた。

　翌日の夕食後、セシルは台所にこもった。セシルはいまや一週間分の食事を作っていた。料理は密閉容器に入れて、翌日マドレーヌに渡すことになっていた。セシルにとって二、三時間はかかる作業だった。エルヴェが寝に行くと、オーレリアンはダイニングルームで一人になった。何を話すか熟考していたわけではなく、頭はほぼ空っぽだった。そして、はっきりした考えのないまま立ち上がり、台所に入ってドアを閉め、テーブルについた。セシルは深鍋で煮込んでいたソースをかきまぜ終えると、振り返って、手を拭きながら弟の向かいに坐った。

＊1　旧約聖書に登場するウリヤの妻。水浴中をダビデに見初められ妊娠させられ、のちにその妻となる。ソロモンの母。

彫刻の売却はほとんど片がついた、とオーレリアンは切り出した。あと一回週末をつかえば目録ができる。その次の週末に美術商が取りに来る。すでに二十七日の土曜に予定してる。彼らは朝早く着くだろう。オーレリアンは話す声が平板で、自分の声のような気がしなかった。やや不安なことだった。

オーレリアンはしばらく母の作品のこと、売れるまでにかかる時間や売却で見込める金額について話した。セシルは口をはさまず、じっと耳を傾けていた。いちど立ち上がってソースをかきまぜ、また弟と向かいあって坐った。

「そのあとすぐ、離婚の手続きをするつもりなんだ」とオーレリアンはまったく同じ口調で続けた。

「三月一日に弁護士と会うことになってる」

「息子は？　交代で家に引きとるの、それとも週末だけ会うの？」

「この先、息子に会うつもりはない」

セシルはショックを隠しきれなかった。一分ほども黙り込んだあと弟に近寄って、その手を両手で握り、わかる、というか理解できる、と言った。たしかに、必ずしも息子というわけではなく、同じわけにはいかない。彼が無精子症でさえなければ、話は違っていただろうに。

「僕は無精子症じゃないよ」とオーレリアンは静かに応じた。

セシルはこんどは啞《あ》然《ぜん》として弟を見つめた。言われたことの意味をのみ込むにつれて、それは徐々に驚愕に変わっていった。遠くでドアのきしむ音がした。二人は黙った。たぶんエルヴェが起き出したのだろう。すぐ静かになった。オーレリアンはセシルと目を合わせるのを避けていたが、ようやく、他人事《ひとごと》のような口ぶりのまま先を続けた。

「もとから無精子症じゃない。インディーの出まかせだよ。どうして別のドナーが欲しかったのか、いまだにわからない」

姉の目から涙がひと粒こぼれて初めて、オーレリアンも泣きはじめた。彼は長いこと静かに泣いた。涙がとめどなくあふれ、セシルの腕に抱かれて泣いた。とりたてて何も感じず、ともかく悲しみはなく、むしろやや抽象的な自己憐憫のようなもの、そしてもっと不穏に、空っぽになっていくような感覚をおぼえていた。もしかして大量出血すると、こんな感じがするのかもしれない。どうやら涙が尽きたころ、こんどは全身の組織が脱力していくのを、強烈な疲労とともに感じた。それからオーレリアンは、すぐベッドに入った。

翌朝、医療センターに到着し、父の病室へ向かう廊下でマリーズと出会った。「お父さんは外出中ですよ。マドレーヌが庭の散歩に連れ出してます。一番下の息子さんですね？」オーレリアンはうなずいた。「マドレーヌがお父さんに話してましたよ。みんなで会いに来てくれるって。ドクター・ルルーも会いたがってたけど、今週末は、お休みなんです」

庭に足を向けながら、オーレリアンが「あの看護師、かわいいね」と言った。セシルは「あ、わかった？」と応じ、あとは何も言わなかった。

ブランケットにくるまれたエドゥアールのかたわらで、マドレーヌはベンチに坐っていた。遠くの彼らに気づくと、大きく手を振って腰を上げ、車椅子を押しながら近寄って来た。途中、すれ違った二人の看護師が、マドレーヌに挨拶するのを避けるように何メートルか離れた。オーレリアンは看護師らが険のある目を投げかけたような気がした。

オーレリアンは父に近づき、ブランケットからはみ出した手を両手で握った。「また来たよ、パパ」と言った。「そろそろ病室に戻ろう。ちょっと寒いでしょ？」エドゥアールはまばたきをした。ゆっくりだが、はっきりとしたしぐさだった。「イエスって意味よ、覚えてる？」とセシルが言った。病室に戻るとセシルは、「二人だけで話せるように、わたしたちは下がってるから」と言った。

セシルとマドレーヌは病室を出て行った。父の視線が、じっとオーレリアンの目に注がれていた。父には感情表現ができず、気持ちを伝えるすべもない、とオーレリアンは自分に言いきかせた。それでも口をひらくのに一、二分かかった。

「これからは、ときどき会いに来れるよ、パパ」と切り出した。「シャロン＝シュル＝ソーヌの近くで働けることになったんだ。それから、ママの彫刻は売るよ。パリの美術商に買い取ってもらう。納屋を片づけるからね」

父はゆっくりとまばたきをした。オーレリアンは目をみはり、このしぐさをどう解釈してよいかわからず、話を続けることもできなかった。

オーレリアンはやっとのことで口をひらいた。「パパが言ったとおり、あの人と結婚したのは、間違いだった。離婚を申し込もうと思ってる」

父はまばたきをした。こんどはよりはっきりと、確信的なしぐさだった。

オーレリアンには、ほかに言うことがなかったが、ふっきれた爽快な気分で医療センターをあとにした。そんなわけで夕食では、オーレリアンがほとんど一人で話題を提供し、いま修復しているタペストリーはアラスで織られたらしいとか、アラスは中世後期、ヨーロッパ随一のタペストリー生産地で、この産業が、アラスの繁栄に大いに寄与したなどと話した。「繁栄か、変わりはてたもんだ……」とエルヴェが手酌をしながらコメントした。

日曜日、オーレリアンは朝から作業にかかり、彫刻の寸法を測って写真に撮った。全部できたら美術商にメールで送るのだ。楽な作業だったが、この納屋もまた寒く、夕方になって、オーレリアンは帰路を運転するだけの元気がないことに気づいた。今夜もサン＝ジョゼフに泊まって、フェリシーには電話で知らせておこう。「聖ペテロの否認」なら急ぐことはない。

オーレリアンは翌朝七時に出発した。早朝にもかかわらずセシルは起きていて、オーレリアンを長く、とても長く抱きしめてから送り出した。

11

次の金曜日、ポールとプリュダンス夫婦はマコン＝ロシェ行きの列車に乗った。別々の部屋で寝よう、微妙だ、久しぶりすぎる、と出発直前に話しあっていた。だがプリュダンスは、夜が明ける前に彼のベッドに合流してみると言った。「ベッドが小さすぎるよ」とポールは指摘した。それはわかってるけど気にならない、かえっていいんじゃないかな、と妻は言った。ポールは自分がなぜ、思春期を過ごした部屋で寝ようとするのか、いまひとつわからなかった。わかったところでどうにもなるまい、と思った。もうキャリー＝アン・モスのポスターはないだろうが、あればまっ先に、はがすだろう。これも、なぜなのかわからなかったが、そうしたほうがいいような気がした。

TGVの駅のホームで、出迎えのセシルがプリュダンスを長々と抱きしめるのを見て、ポールは直感した――妹は妻が快適に週末を過ごせるよう、心おきなく滞在できるよう、最善を尽くすつもりだ。ポールがかつての自室で寝ると告げると、セシルはさすがに目を丸くしたが、何も言わなかった。

自室に入ってみると、キャリー＝アン・モスのイメージは見当たらず、あるのはニルヴァーナの無害なポスターだけだった。不思議なことに、ポールはすんなりと眠りに落ちた。それでも部屋のドアのひらく、かすかな音で瞬時に目覚めた。だがじっとしていた。プリュダンスを迎えるしぐさもせず、それどころか、縮こまって壁に身を寄せた。まだ、まっ暗で、夜明けを告げる冷え込みもなく、朝の五時にもなっていないはずだった。

　プリュダンスはまず、ポールの腰のあたりに手をのせ、胸のほうへ這わせた。ポールは身じろぎもしなかった。すると妻は身ぶるいのような曖昧な動きをし、いきなり力いっぱい彼を抱きしめ不可解な音を立てた。ポールは妻が泣いているのかと思った。ふわふわした手触りに、あの子供用パジャマを着てるな、と無意識に心にとめた。妻の締めつけがやや緩んだ。いぜん強く締めつけられていたが、問題なかった。いいものだった。

　ポールはそのままじっと、長いこと妻の体温を感じていた。妻は燃えるように熱く、激しい息遣いで、循環器系が猛烈な速さで機能しているようだった。

　朝日で部屋がかなり明るくなったころ、ポールは意を決して体を動かした。妻のほうを向きながら、自分がひどくおびえていることに気がついた。

　おびえることなどなかった。すぐ目の前に妻の口があった。プリュダンスが一瞬の躊躇《ちゅうちょ》もなく、口づけしてきて、舌を入れゆっくりと動かし、二人の舌はからみあった。ポールにはそれが長く、永遠に続くかに思えた。

　だが、終わった。この地上で永遠に続くものなど何もない。二人は身を離し、いまは三十センチの間隔をおいていた。「コーヒーを飲みに行こう」とポールは言った。

パジャマ姿の二人が手をつないで台所に入って行くと、セシルはまた、思わず目を丸くした。きっと、必要な何か、よりを戻すための儀式のようなものがあるのだ、とセシルは自分に言いきかせた。夫婦の問題とは、他人には口も手も出せない、うかがい知れない秘密の領域だ。せいぜい当人が思いきって話してくれるのを、期待せずに待つほかない。夫婦の問題とは、その夫婦に固有なもので、別の夫婦には当てはまらず、介入やコメントを受けつけない。人生のほかの問題とは隔絶し、人間一般の生活はおろか、多くの哺乳類に共通する社会生活とも異なっている。夫婦が子孫をつくれたとしても、その子孫から推し測ることすらできない。それは別次元の体験、正確には体験ですらなく、企てなのだ。

「オーレリアンは一緒に病院に行けないの」とセシルが言った。「今日は彫刻の梱包で忙しいから。一日がかりよ。もう運送業者が来てるんじゃないかしら」

ポールには、妹が何を言っているのか理解するのに、まる一分もかかった。そうだ、オーレリアンが来ていたのだ。すっかり忘れていた。ゆうべは弟に会っていなかった。だいたいポールたちの到着が遅かった。それに母の彫刻のことなんて、正直なところ、やはり忘れていた。

「うん、ママの彫刻なんだよ……」とポールに言われて、プリュダンスはよくわからないまま機械的にうなずいた。

セシルが二人に「シャワー使う?」と訊いた。少し急いでいるようだった。

「いや。すぐに出かけよう」とポールは答えた。プリュダンスも力強く同意した。彼女も同じ考えだった。つまり、このまま体を洗わずに一日を開始する。二人の肉体は真に交わったわけではない。それはまだ先のことになるだろう。だが二人は長い時間触れあい、体に痕跡と匂いが残っていた。

これも肉体をなじませる儀式のひとつだった。このような現象は、ほかの動物種、とりわけ鵞鳥に観察される。ポールはそんなドキュメンタリーをずっと前に観たことがあった。

たしかに運送トラックが納屋の前にとめられ、両びらきの後部扉が全開になっていた。まだ漠然とだが、早春の気配が漂っていた。大気にかぐわしさがあり、植物もそれを感じとっていた。木々の葉は、冬のよろいをしどけなく脱ぎ捨て、無防備にも柔らかな部分をむき出しにし、若い芽はふいの霜でもあれば、たちまち壊滅しかねなかった。ポールはエルヴェのダチアの助手席に乗り込みながら、この先、母の彫刻を見ることはないかもしれない、と意識した――そういえば、母の顔を忘れかけていることも。

医療センターに着くと、エントランスにいるルルー医師が目に入った。管理職らしきスーツ姿の男と、見るからに激しい口論の最中だった。医師はそそくさと話を打ち切って、近づいて来た。

「やあみなさん、おそろいでお見舞いですか……。ただし、お父さんはお待ちかねじゃありませんよ。恋人と出かけてます。だいたい二人はしょっちゅう外出していて、どこへ行くのやら、午前中は散歩してるんです。マドレーヌは車椅子が四時間稼働できるとちゃんとわかってますから、昼に戻ってお父さんに食事をさせ、バッテリーを充電するんです。お父さんには看護師がいらないくらいで、現にアグラエには、ほかの患者の世話をするよう指示しましたよ。残っているのはマリーズで、毎朝お父さんをベッドから出して、夜はベッドに寝かせるのを手伝ってます。でもそれ以外は、マドレーヌが全部、一人でやってるんです。オムツを替え、体を洗い、食事をさせて」

「お邪魔じゃないですか？」とポールは訊いた。

「邪魔だなんて、とんでもない。看護助手の仕事を無給でやってくれてるんですから。病院はいつだって人手不足でしょ。個人的には、マドレーヌは言うことなしですよ」
どうも話したくない問題があるようだ、とポールは感じたが、あえて尋ねず、みんなでエドゥアールの病室へ向かった。今回も、海辺で抱きあう両親の写真に、はっとさせられた。両親は見るからに若く熱々で、二人からは文字どおり、欲望がにじみ出ていた。両親はこのままでいるべきだったのではないか、とポールは思った。子供をもつべきではなかったのではないか。母はおそらく子育てには向いていなかった。

五分後、セシルからエルヴェと庭に出ていると言われ、ポールはうなずいた。プリュダンスも二人について行くことにした。施設を見てまわりたかったのだ。ポールは病室で一人になると、肘掛け椅子に身を沈めた。写真を眺めるうちに昔のことを思い出して、急に落ち込んだ。写真はいつもこうだ。楽しくなるか悲しくなるか、見る瞬間までわからない。部屋をぼんやり見まわすうち、父の書類に目がとまった。目をとおしてもいい、とマルタン＝ルノーから言われていた。書類は分類されておらず、どうせポールが見ても理解できないだろう。

最初にひらいたファイルはやはり、ちんぷんかんぷんだった。父の明瞭で傾斜したこまかい筆跡で、十ページほどにわたって書かれていたのは「ＡｙＢ３ｎ６－１２８２」のようなことだった。これが何百行も、反復や規則性があるのかも判別できず、注釈もなしに続いていた。ポールは長いこと眺めたあげく、何もひらめかずにファイルを閉じた。

次のファイルをひらくと、ポールはショックでしばし目を疑った。目の前にあるのは、五角形と円と奇妙な文字の寄せ集めで、数か月前からインターネット上で動画の前に映し出されていたテロリストの犯行声明だった。ポールには、どのメッセージかも識別できた。第二のメッセージ、ブリュノの断頭動画に添えられたものだった。思い起こせば、これがインターネット上にアップされたのは、父が昏睡状態に陥る直前だった。父がまだ時事問題をチェックしていたとしても、なんら不思議はないが、よりによってこの図像に関心を抱いていたとなると、じつに奇妙だった。

著者略歴

ミシェル・ウエルベック

Michel Houellebecq

1956年生まれ。1998年、長篇『素粒子』が大ベストセラーとなり、世界各国で翻訳・映画化される。現代社会における自由の幻想への痛烈な批判と、欲望と現実の間で引き裂かれる人間の矛盾を真正面から描きつづける現代ヨーロッパを代表する作家。小説に『ランサローテ島』(2000)、『プラットフォーム』(01)、『ある島の可能性』(05)、『地図と領土』(10、ゴンクール賞受賞)、『服従』(15)、『セロトニン』(19) など。エッセイに、『H・P・ラヴクラフト　世界と人生に抗って』(1991)、『ショーペンハウアーとともに』(2017) など。

訳者略歴

野崎歓（のざき・かん）

1959年新潟県生まれ。フランス文学者。放送大学教養学部教授。東京大学名誉教授。著書に、『フランス小説の扉』、『五感で味わうフランス文学』、『異邦の香り——ネルヴァル「東方紀行」論』(読売文学賞)、『水の匂いがするようだ——井伏鱒二のほうへ』、『無垢の歌——大江健三郎と子供たちの物語』など多数。訳書に、トゥーサン『浴室』、サン＝テグジュペリ『ちいさな王子』、スタンダール『赤と黒』、ヴィアン『うたかたの日々』『北京の秋』、ウエルベック『素粒子』『地図と領土』、ネルヴァル『火の娘たち』など。

齋藤可津子（さいとう・かつこ）

1974年生まれ。翻訳家。一橋大学大学院言語社会研究科博士課程中退。訳書に、コロンバニ『三つ編み』『あなたの教室』、デパント『アポカリプス・ベイビー』、アベカシス『30年目の待ち合わせ』、アミゴレナ『内なるゲットー』など。

木内尭（きのうち・たかし）

1983年生まれ。東京大学大学院博士課程単位取得退学、パリ第八大学博士課程修了。現在、名古屋外国語大学准教授。共著書に『フローベール 文学と〈現代性〉の行方』、共訳書に『作家たちの手紙』。

滅ぼす　上

2023年7月20日　初版印刷
2023年7月30日　初版発行

著　者　ミシェル・ウエルベック
訳　者　野崎歓／齋藤可津子／木内尭
装　画　引地渉
装　丁　鈴木成一デザイン室
発行者　小野寺優
発行所　株式会社河出書房新社
〒151-0051 東京都渋谷区千駄ヶ谷2-32-2
電話　(03) 3404-1201〔営業〕(03) 3404-8611〔編集〕
https://www.kawade.co.jp/
印　刷　株式会社亨有堂印刷所
製　本　小泉製本株式会社

ISBN978-4-309-20887-9

河出書房新社の海外文芸書

ランサローテ島

ミシェル・ウエルベック　野崎歓訳

カナリア諸島のリゾートで過ごす快楽の一週間。そこで知り合った男が起こす犯罪的事実。現代の自由とカルトをめぐる傑作。地震と火山で荒涼とした島を著者自身が撮影した写真 80 点も収録。

セロトニン

ミシェル・ウエルベック　関口涼子訳

巨大生化学メーカーを退職した若い男が、遺伝子組換え、家族崩壊、過去の女性たちへの呪詛や悔恨を織り交ぜて語る現代社会への深い絶望。世界で大きな反響を呼ぶベストセラー。

服従

ミシェル・ウエルベック　大塚桃訳

2022 年フランス大統領選で同時多発テロ発生。極右国民戦線のマリーヌ・ルペンと、穏健イスラーム政党党首が決選投票に挑む。世界の激動を予言したベストセラー。

ある島の可能性

ミシェル・ウエルベック　中村佳子訳

辛口コメディアンのダニエルはカルト教団に遺伝子を託す。2000 年後ユーモアや性愛の失われた世界で生き続けるネオ・ヒューマンたち。現代と未来が交互に語られる SF 的長篇。